한국문학사의
　　　　두　공간,
　　세 가지
　　글쓰기

지은이

김윤식 金允植, Kim Yoon-shik

1936년 경남 진영 출생. 1962년 『현대문학』을 통해 문학평론가로 등단, 1968년 서울대학교 교양과정부 전임강사, 1975년 서울대학교 국문과 교수로 재임한 이래 문학사, 문학사상사, 작가론, 예술론, 비평, 에세이 등 광범위한 영역에서의 연구와 글쓰기를 통해한국 현대문학사 연구의 기틀을 닦았다. 2018년 10월 25일 별세했다.

엮은이

윤대석 尹大石, Yun Dae-seok

1970년 대구 출생. 현재 서울대학교 국어교육과 교수 및 국어교육연구소 겸무연구원으로 근무하며 '김윤식 강좌 선정위원회'의 위원장을 맡고 있다. 동아시아 식민지 담론과 근대 문학교육, 일제 말기 제주문학 등에 관심을 가지고 연구하고 있다. 지은 책으로『식민지 문학을 읽다』, 『식민지 국민문학론』, 『근대를 다시 읽는다』(전2권, 공저) 등이있으며, 옮긴 책으로 『키메라』, 『국민이라는 괴물』 등이 있다.

서울대 국어교육연구소 김윤식 강좌 0

한국문학사의 두 공간, 세 가지 글쓰기

초판발행 2024년 8월 25일

지은이 김윤식
엮은이 윤대석

펴낸이 박성모
펴낸곳 소명출판
출판등록 제1998-000017호
주소 서울시 서초구 사임당로14길 15 서광빌딩 2층
전화 02-585-7840
팩스 02-585-7848
이메일 somyungbooks@daum.net
홈페이지 www.somyong.co.kr

ISBN 979-11-5905-969-8 03810
정가 16,000원

한국문학사의 두 공간,
세 가지 글쓰기

차례

첫 번째 강의

학문으로서의
한국 근대문학 연구

진리는 어떻게 진리가 되는가

지구가 둥글다고 그럽니다. 그러나 인류는 지구가 평평하다고 생각하며 몇천 년을 살아왔어요. 그렇다고 해서 별로 이익 본 사람도 없고 별로 손해 본 사람도 없었을 겁니다. 지구가 둥글다고 하는데, 지구가 둥글다고 생각하면서 우리가 살아왔는데, 그렇다고 특별히 이늑 본 사람도 없고 손해 본 사람도 없을 겁니다. 그러면 어느 것이 옳고 어느 것이 진실이냐 하는 문제가 나올 수 있겠습니다.

그런 문제에 부딪힐 때 저는 칼 포퍼라는 사람을 떠올리곤 합니다. 포퍼는 『열린사회와 그 적들』1945을 쓴 사람입니다. 이 사람이 빈 대학을 다닐 때인 1919년 세계적으로 어떤 사건이 일어났어요. 그것 때문에 삶의 방향이 바뀝니다. 이 사람의 생각은 이래요. 어떤 것이 진실이 되려면 이것은 반증될 수 있는 가능성을 그 자체로 갖고 있어야 된다는 겁니다. 오류가능성falsifiability을 말하는 거지요. 진실은 가짜가 될 수 있는 가능성을 그 자체로 갖고 있을 동안만 진실이다. 그래서 이것이 진실이라고 통용될 때에는, 이 속에 반증될 수 있는, 이것이 가짜라고 증명될 수 있는 요소를 이 자체가 갖고 있는 동안, 그동안만 진리라는 것입니다.

포퍼가 이것을 깨달은 계기는 아인슈타인의 상대성 이론의 등장입니다. 이것은 1905년, 1916년 두 번 발표되었어요. 이건 가설에 지나지 않아요. 우리 인간의 최고 두뇌는 음악과 이론 물리학이지요. 그런데 그 당시 이론 물리학에서 최고의 법칙은 뉴턴이었어요. 뉴턴의 역학, 즉 만유인력의 법칙이 진리였어요. 이것이 아인슈타인에 의해 무너지게 되는데, 뉴턴이 갖고 있던 법칙 속에 가짜가 들어 있기 때문이지요. 가짜가 들어 있기 때문에 그것이 진실이었다는 거죠. 그렇기 때문에 아인슈타인에 의해 반증이 되는 겁니다.

이 상대성 원리가 발표되었을 때 세계 최강국은 영국이었어요. 영국이 세계를 지배하고 있을 때입니다. 영국의 세계 제패의 동력이 뉴턴이라고 해요. 과학이란 말입니다. 근데 아인슈타인의 상대성 이론은 뉴턴에 대한 도전입니다. 그러니까 영국에 대한 도전인 셈이지요. 아인슈타인은 독일 사람입니다. 제1차 세계대전을 치르고 있는 판에 이 이론의 등장에 제일 초조한 것이 영국이었어요. 아인슈타인의 이론이 사실로 확정되는 것은 대영 제국에게는, 말하자면 신의 소멸 같은 그런 위기처럼 느껴졌어요. 그래서 영국 천문대가 총력을 기울여서 아인슈타인의 이론을 검증하려 했어요. 이것이 가짜냐 아니냐를 자기들이 판명해야 했어요. 그런데 1919년 5월 29일, 이것이 결판이 납니다. 이날은 세계 각처에서 개기 일식이 일어나는 날이었어요. 영국 천문대는 개기 일식을 제일 잘 관찰할 수 있는 세계 각처에 천문대 직원들을 파견해 촬영을 하게 했어요. 이것으로 아인슈타인의 이론이 맞느냐 안 맞느냐 결정됩니다.

태양 뒤에 어떤 성좌가 있어요. 이건 태양 빛 때문에 평소에 보이지 않는데 일식 때는 보입니다. 그때 빛이 휘는지 안 휘는지, 얼마나 휘는지 관찰할 수 있는 거지요. 그런데 아인슈타인은 빛의 경로가 몇도 휘는지까지 미리 계산을 한 겁니다. 이것이 1916년에 발표한 상대성 이론이죠. 그런데 영국 천문대에서 촬영을 해보니까, 빛이 휘어서 들어왔어요. 아인슈타인은 휘는 각도까지 재 놨는데 말이죠. 이렇게 빛이 휘어서 들어왔으니까 중력 법칙하고 다른 점들이 증명이 되었어요. 구체적인 것은 과학의 전문적인 이야기라 잘 모릅니다만, 『타임즈』는 1919년 11월 7일 자에서 "새로운 우주론이 뉴턴의 물리학을 전복시키다"라고 보도했다고 합니다. 제1차 세계대전 승전 기사와 이 뉴스가 똑같은 비중으로 발표되었다고 알려져 있습니다.

이것이 무엇을 의미하느냐 하면 전에 있었던 이론이, 즉 뉴턴의 이론이 진리로 통용되는 것은 뉴턴 이론 속에 가짜가 될 수 있는, 반증될 수 있는 그런 요소를 갖고 있을 때만 진리라는 거지요. 어떤 진리도 다른 것으로 격파될 수 있는 가능성을 갖고 있을 때만 진리이다. 아인슈타인 이론은 그 후엔 다 깨져 버렸죠. 아인슈타인이라는 사람은 출세하고 나서 쇼맨이 되어서 온갖 연기를 잘했어요. 1920년대 이후로 아인슈타인이 얼마나 바보 같은 짓을 했냐 하면, 그 사람의 통일장 이론은 세상의 웃음거리가 되고 말았습니다. 말하자면 빛이 파동이냐 입자냐 하는 것을 통합 이론으로 하려다가 웃음거리가 되고 말았죠. 소립자 이론에 들어오면 아인슈타인 이론은 하나도 통하지 않는다고 합니다. 그러니까 아인슈타인의 이론이 진리로 통용되는 것은 다른 이론에 의해서 격파되기 전까지입니다.

우리 세대 인문학의 사명

왜 제가 잘 알지도 못하는 이런 얘기를 하느냐. 전 대학 다니다가 도중에 군대를 갔어요. 군복무를 마치고 복학해 졸업하고 대학원에

간 때가 1960년입니다. 그때 우리 세대가 갖고 있었던 인문학의 가장 절박하고 중요한 명제는 식민사관 극복이었어요. 북한도 그랬고 우리도 그랬어요. 말하자면 우리 세대가 안고 있었던 인문 사회과학의 제일 절박한 문제가 식민사관 극복이었습니다. 아주 간단하게 말하면 "너희들은 자체 내에 구조적인 모순을 극복할 능력이 없다. 그러니까 식민지가 되어야 한다"라는 것이 식민사관 아닙니까. 그런데 그게 만일 사실이라면 어쩔 수 없죠. 과학적으로 그렇다면 어쩔 수 없습니다. 과연 이것이 학문적으로, 과학적으로 반증될 수 있느냐 하는 것이 우리 세대에게 주어진 문제였습니다. 식민사관을 주장하는 사람들의 말이 사실이라면 받아들일 수밖에 없고, 그것이 사실이 아니라면, 즉 그 속에 반증 가능성이 들어있다면 이걸 하는 것이 우리 세대의 몫이었어요. 이게 당시 인문학의 사명감이었어요. 그러면 이 식민사관을 극복하는 데 키워드가 되는 것이 무엇이냐 하면, 당시로서는 '근대'라는 문제였습니다.

역사학 가운데 가장 과학적인 학문은 사회경제사입니다. 사상사나 철학사, 왕조사, 문학사, 이것은 다 검열을 통과한 사료를 가지고 연구한 것입니다. 그러나 사회경제사라는 것은 토지의 문제입니다. 이것을 연구하는 것이 제일 과학적이고 기본적이라는 것은 누구나 아는 것입니다. 경성제국대학의 엘리트들이 그랬습니다. 시카타 히로시四方博 밑에서 공부한 사람들, 박문규를 위시해서 이강국이니, 최용달이니, 유진오 같은 사람들은 전부 사회경제사 패들입니다. 그런데 사회경제사 쪽에서 제일 문제가 되는 것이 근대란 언제부터인가라는 것입니다. 우리는 자본주의를 근대라 하는데, 자본주의적인 요소, 그러니까 한 사회 구조의 모순을 합리적으로 해결할 수 있는 능력, 이것이 조선 사회에 있었느냐 없었느냐 하는 것이 증명되어야 되는 것입니다. 그래서 사회경제사 쪽에서 우선적으로 이 문제가 제기되고 처리되고 할 수밖에 없어요. 다른 분야는 여기서 결정된 것을 따라갈 수밖에 없는 것입니다. 우리 사회에 이 구조적인 모순을 극복할 수 있는 그런 근대적인 맹아가, 그런 자본주의적인 맹아가, 그런 합리적인 사고가 있었느냐, 있었으면 언제부터냐 하는 것입니다.

이것은 북한 쪽이 우리보다 먼저 했지요. 북한은 체제우위라 해서, 먼저 자본주의를 거쳐서 사회주의로 나갔다고 설명할 수밖에 없으니까요. 김옥균 연구도 그쪽에서 먼저 했지요. 김옥균의 부르주아혁명갑신정변을 극복하고 넘어가야 사회주의가 된다는 것이지요. 그래서 그쪽에서는 광산 연구를 해서 광산조직에서 자본주의적인 경영 방식을 찾아냈어요.

그런데 우리 쪽에서는 그런 것을 어디에서 찾느냐. 그때 우리는 사실 지푸라기도 있으면 붙들고 싶은 그런 심정이었어요. 남한 쪽에서는, 하타다 다카시旗田巍가 남쪽에서 최고 업적이라 평가한 양안量案 연구가 그것이었어요. 이건 제가 겪었던 얘기입니다.

관악산에 가면 어떤 대학이 하나 있는데, 그게 형편없는 대학이라고 말합니다만, 거기에도 괜찮은 게 하나 있어요. '규장각'입니다. '규奎' 자는 별 규 자인데, 하늘에 규성奎星이 있어요. 문운文運을 담당하는 별입니다. 이 규장각이라는 데 가면 괜찮은 자료들이 좀 있는데 양안이라는 자료가 그래요. 이건 토지대장입니다. 대구 근처의 토지대장이 남아 있는데, 18세기 후반의 토지대장들입니다. 이것을 조사해 보니까 여기에 자본주의적인 토지 경영 방식의 맹아가 있었다는 겁니다. 이것이 저 유명한 김용섭의 '경영형 부농'이라는 개념입니다. 김용섭 교수는 『조선 후기 농업사 연구』1971~1972라는 책을 냈어요. 거기에 이런 문제들이 밝혀져 있습니다.

그때 우리 생각으로는 만일 이게 사실이라면, 18세기 후반 사회의 한 부분에 지나지 않지만, 이런 것이 사실로 존재한다면 자본주의적인 근대의 맹아를 여기서부터 잡을 수 있다고 생각했어요. 그래서 김현과 같이 『한국문학사』1974를 썼어요. 밤새도록 토론하고 또 토론하고 해서 문학사를 썼어요. 지금 보면 엉성하고 우습고 그렇습니다만, 이렇게 이야기할 수 있을 것입니다. "이 책은 김현이나 김윤식이 쓴 것이 아니라 김용섭이 썼다"라고. 말하자면 근대를 이렇게 잡아서 여기서부터 우리 문학사를 쓴다, 이런 것이 그때 우리의 생각이었어요.

또 하나 중요한 것은 식민사관 극복이라는 인문학의 절박한 이 과제가 일종의 국가적이고 민족적인 어떤 문제와 연결되어 있었다는 사실이에요. 그것을 보여주는 게 무엇이냐 하면 월트 휘트먼 로스토의 『경제발전의 제 단계The Stages of Economic Growth』1960라는 책입니다. 이 사람은 MIT 교수입니다. 미국에 가면 MIT라는 학교가 있는데, 이건 대학도 아니고 기술 연구소입니다. 거기 가보면 복도에 우리 거북선도 있습니다. 이 대학은 단춧구멍을 뚫는 기술자 학교입니다. 그런데 여기에 세계 최고의 언어학자인 촘스키도 있고, 세계 최고의 경제학자도 있어요. 땜장이들에게 그런 것을 왜 가르치냐 말이야. 그러나 그게 진짜 대학이죠. 그래서 오늘날 MIT를 최고의 대학으로 쳐줍니다. 로스토가 그 학교 선생이었는데, 『경제발전의 제 단계』라는 책이 제시한 것이 당시 우리 시대에는 민족적, 국가적인 과제로 주어졌어요. 박정희 씨가 아마 이런 모델을 염두에 두었던 것이 아닌가 생각합니다. 그 시대 사람으로서 우리는 그렇게 생각했어요. 우리가 쓴 문학사는 이 책이 쓴 것이고 우리는 이 책에 그냥 손만 빌려준 것이라고 생각합니다.

그러면 여기서 주장한 것이 무엇이냐. '경제 이륙take-off' 이론입니다. 공산주의를 할 니라는 공산주의를 하라. 마르크스를 따르면 경제 발전이 더 빨리 되고 더 잘 조직될지도 모릅니다. 그러나 그런 것을 하지 못하는 곳에서는 어떻게 해야 하느냐? '경제 이륙' 이론을 따르라는 것입니다. 우리로서는 이 이론을 따를 수밖에 없었습니다. 공산주의 체제를 따르지 않는 제3세계나 우리나라 같은 경우에 경제발전을 하려면 어떻게 해야 하느냐? 강력한 이데올로기에 의해서, 즉 민족주의 이데올로기로 결속해서 경제를 일단 이륙만 시키면 발전해 나간다는 것이 '경제 이륙' 이론입니다.

강명구, 이상규 교수가 이 책을 번역1969했는데, 책도 크지도 않아요. 그러나 이것은 우리에게는 바이블 같은 것이었어요. 이 책의 핵심이 무엇이냐 하면 어떤 지도자가 강력한 이념을 내세워 놓고 이 이념 하에서 사람들을 집결시켜서 경제를 이륙시킨다는 내용입니다. 이 책이 나오자 소련 공산당 기관지 『프라우다』에서 공격을 하곤 했던 것도 당시 잡지 『사상계』에 모두 실려 있습니다. 말하자면 "우리가 단군의 후손이다, 홍익인간이다. 우리 민족에게는 잡종이 없다. 일사불란하게 밀고 나가라" 하는 것이 이데올로기이고 허구라는 것은 누구나 알죠. 그렇지만 지금 그런 단계가 아니란 말입니다. 그런 것 다 무시하고 우리 민족이 이렇게 굉장하다고 생각하는 것, 이것 없이는 경제를 이끌어갈 수 없었어요. 『경제발전의 제 단계』와 『조선 후기 농업사 연구』 밑에서 제가 근대문학을 공부했습니다.

대학과 학문

이야기가 조금 겉돈 것 같지요. 조금 좁혀서 이야기하겠습니다. 저는 사실 지방의 어떤 상업학교를 졸업했어요. 주산을 놓고 하는 그런 학교를 다녔는데, 대학에 가려 하자 우리 아버지가 "너는 주산 하는 대학에 가지마!"라시는 것이었습니다. 제가 다닌 '주산 학교'는 서울 상대에 16명 합격했어요. 명문입니다. 그런데 아버지는 "넌 그런 것을 하지 말고 교장 선생님이 되라!" 그러셔요. 그게 제일 할 만한 거고, 그게 제일 중요한 거라고 말씀해요. 이 영감님께서 이렇게 말씀하니까, 할 수 없이 교원 양성 학교를 갔어요.

저는 거기 가서 시도 쓰고 소설도 쓰고 하려고 했는데, 가보니까 대학은 학문하는 곳이었어요. 학문은 과학science입니다. 그 대학에서도 학문을 하더란 말입니다. 그러니까 학문을 할 수밖에. 학문은 어떤 법칙에 있어야 되고 체계가 있어야 되고, 체계 그 자체에 봉사하는 그런 것이 있어야 해요. 가령 어떤 학문이 있으면, 현실과 아무 관계 없더라도, 현실과 동떨어져 있더라도 그 자체 내의 체계나 법칙이 있어야 한단 말입니다. 그런데 이런 학문을 하다 보니까 아무 재미가 없어요. 저는 학문하러 대학 간 게 아니니까요. 군대를 갈 수밖에.

그때는 군대가 길었습니다만, 군대 가 있다가 제대하고 다시 학교로 돌아왔어요. 다시 학문하고 부딪힐 수밖에요. 그때 제가 생각한 것은 이런 것입니다.

한국 근대문학, 이 가운데서 '한국'이라는 것은 좀 알아요. 잘은 모르지만 좌우간 '문학'이라는 것도 중학교에서 좀 배웠어요. 그런데 제일 알 수 없는 것이 '근대'였습니다. 도대체 '근대'란 뭐냔 말이죠. 우리는 지금 넥타이 매고 구두 신지, 한복 입고 짚신 신고 다니지 않지요? '궁상각치우' 이런 걸 하질 않고, '도레미파솔라시' 하지요? 그리고 산수화를 그리지 않고 원근법 있는 그림을 그리지요? 도대체 '근대'란 게 뭐냐?

대학이라는 것, 이건 공부하는 곳입니다. 학문^{Wissenschaft}하는 곳이지요. 대학은 학문하는 곳입니다. 대학보다 잘난 데 많아요. 대학은 학문밖에 하지 않아요. 그러면 학문을 한다 했을 때, 이 학문이 과학이 되려면 맨 먼저 뭐가 있어야 하느냐. 학문이 될 수 있는 바탕이 있어야 합니다. 우리가 '국어국문학', '국어국문학과'라 그럽니다. 그럴 때 국어학, 이것이 맨 앞에 옵니다. 국어학, 이것은 언어학의 일종이고 엄격한 법칙을 가지고 있습니다. 그래서 이것은 대학에서 할 수 있어요. 그런데 문학이라는 것, 이것도 법칙을 가지고 있느냐? 이 문제를 두고 19세기 옥스퍼드대학에서 큰 논쟁이 있었던 것은 잘 알려져 있습니다. 문학이라는 것이 어떻게 학문이냐? 그게 잡설이 아니냐? 셸리의 아내가 어떻고 하는 사담 같은 것이 어떻게 대학에 들어올 수 있습니까? 문학이 대학에 들어오려면 언어학을 닮으라는 것입니다. 언어학을 닮아서 이것처럼 과학이 될 때 대학에 들어올 수 있

다는 것입니다. 그래서 문학이 겨우 들어온 것입니다. 그래서 교수요
원도 국어학 절반, 국문학 절반, 이렇게 해서 국어국문학이 되어 있
습니다.

제가 대학원에 들어갔을 때 지도교수가 일석一石 이희승 씨였어요.
문학 교수가 한 사람도 없었어요. 도남 조윤제 선생이 그때 다른 데
로 밀려났기 때문에 아무도 없었단 말이에요. 국어학만 학문이니까
요. 그러다가 문학이 야금야금 들어갔습니다. 그래서 국문학도 강좌
가 생기고 담당 교수도 생겼습니다. 오늘날은 어떻습니까? 국어학,
고전문학, 근대문학, 이렇게 삼분법으로 되어 있지요? 교수요원도
똑같이 되어 있지요? 이렇게 만드는 데 우리 세대가 얼마나 굉장한
노력을 했는가. 노력이라기보다도 분위기가 그랬겠지만. 어쨌든 이
게 근대의 문제입니다. 근대를 공부하려고 여러 가지 책도 보고 토론
도 하고 했어요.

근대란 게 뭐냐? 그게 날조된 게 아니냐? 요새 같으면 대번에 그렇
게 말하겠지만, 그때로서는 그렇게 생각 안 하고, 모던modern이라는
게 있다, 이전은 전근대pre-modern 아니겠느냐? 이게 끝나는 것 같으면
후근대post-modern 아니겠느냐, 그러면 역사의 한 단계로서 근대를 생
각한다면 근대의 기점은 언제며 후근대의 기점은 언제인가 하는 생
각을 하게 되었습니다. 그때 여러 책들도 이런 식으로 설명하고 있었
어요. 서양 쪽의 책들도 그랬고. 날조된 것이라 하면 할 말이 없지만
그때는 그렇게 생각을 안 했어요.

부르주아혁명과 근대

그러면 근대는 언제부터냐. 사람들이 그전까지 핏줄 가지고 통치했어요. 우리 조선 왕조도 핏줄 가지고 통치했지요? 여러 번 끊어졌습니다만 그래도 핏줄 가지고 했어요. 그래도 아무 탈이 없었어요. 사람들이 별로 이상하게 생각하지 않았단 말이에요. 아버지가 왕이면 자식도 왕이디, 그렇게 생각했습니다. 그런데 말이지 이게 좀 이상하단 말이야. "내가 왕을 하면 안 되겠어?" 하는 패들이 나왔어요. 그래서 이런 패들이 나와서 왕의 목을 단두대로 잘라 버리고 권력을 한번 잡아 보겠다고 했지요. 부르주아혁명이 그것이지요.

제가 입고 있는 이 양복이 프랑스혁명군의 옷입니다. 프랑스혁명이란 게 얼마나 고약한지 아십니까? 프랑스인들은 사르트르를 봐도 그렇지만 혁명하는 데 대단히 열정적인 그런 사람들 같아요. 혁명하다 망명한 사람들을 받아들이고 월급도 주고 하는 나라니까. 캄보디아에 가면 크메르 루주의 학살 유적이 남아 있습니다. 크메르 민족이 독해서 그랬느냐? 베네딕트 앤더슨에 의하면 그게 아닙니다. 프랑스어로 된 혁명 책들 때문에 그랬다는 거예요. 크메르 루주 그 패들은 모두 프랑스 유학생들입니다. 프랑스혁명이 얼마나 굉장합니까. 우리가 잘 알다시피 앙시앙 레짐이라는 것이, 맨 위가 왕과 그 떨거지들이고, 두 번째가 중과 그 떨거지들, 세 번째가 부르주아로 계층화되어 있었습니다. 장사꾼들 말이죠. 그리고 네 번째가 불알만 갖고 있는 사람들, 프롤레타리아입니다.

파스칼이란 사람이 있어요. 이 사람이 『팡세』[1670]를 썼는데, 골드만이 여기다 이렇게 평가를 해놨어요. 『팡세』를 읽어보면, 이것도 아니고 저것도 아니라는 말밖에 없다고. 인간은 약하다, 그러나 강하다. 수증기 한 방울로도 죽일 수 있다, 그러나 생각하는 갈대다. 이따위 소리를 하는데, 이게 다 그가 법복 귀족 출신이기 때문이라는 겁니다. 골드만은 창작의 최종주체를 집단으로 보는 사람 아닙니까? 책상이 있으면 이 책상을 한 사람이 들 수도 있고 두 사람이 들 수도 있습니다. 두 사람이 드는 것이 한 사람이 드는 것보다 훨씬 과학적이고 밀도가 높습니다. 왜냐하면 한 사람이 들면 저 사람이 자기 집에서 뭔가를 먹고 힘이 세서 저랬다는 개인 얘기밖에 안 돼요. 그것은 객관성을 가질 수가 없어요. 두 사람이나 세 사람이 드는 것 같으면 그 사람들의 공통분모를 추출해서 이 사람들이 어떻다고 말할 수 있기 때문에 훨씬 밀도가 높습니다. 이것이 골드만의 기본적인 생각인데, 이 골드만이라는 사람은 파스칼에 대해 이렇게 말합니다. 파스칼은 법복 귀족, 즉 대대로 재판을 해 먹고 사는 집안 출신입니다. 그 집안은 대대로 재판만 해. 그런데 재판할 때 원고, 피고가 있지요? 원고나 피고로서 제일 합리적인 사람은 장사꾼들입니다. 시장에서 장사하는 분들이 제일 합리적입니다. 억지를 부리지 않지요. 그 사람들이 제일 경우가 밝아요. 그래서 재판에서 그 사람들을 옹호해 줘야 하는데, 대개는 권력자나 이런 사람들과 소송이 걸리고 한단 말입니다. 재판에서는 합리적이고 옳은 쪽의 손을 들어 줘야 하는데, 그러면 권력자 쪽에서 가만히 있지 않죠? "너희들 이제 재판하지 마, 너는 이제 그만 둬"라고 하면 어떡할 겁니까? 이러지도 못하고 저러지도 못하죠? 그게 파스칼이라는 겁니다. 반대로 "나는 생각한다. 고로 존재한다". 데카르트의 이 명제는 2박자로 명확합니다. 골드만의 설명에 의하면, 그가 장사꾼 집안의 사람이기 때문입니다.

남의 나라 이야기이기 때문에 사실인지는 아닌지 잘 모르겠지만, 이건 사실이 아닐까 생각해요. 이 장사꾼들이 자유를 내세우며 혁명을 했는데, 이때 자유라는 것은 장사를 마음대로 할 자유입니다. 우리가 부르주아라 말하는 것, 이것은 독일말 'burg'에서 왔지요. '성城'이라는 말 아닙니까? 부르주아bourgeois 역시 '성'이라는 말에서 왔습니다. 성안에 사는 사람들은 세금 내는 사람들입니다. 이 사람들은 권리가 있습니다. 이 사람들이 권력을 쥐고 만들어 낸 세계가 근대입니다. 우리는 이를 보통 국민국가nation state라 합니다. 요새 이것처럼 악명 높은 것은 없습니다. 이것을 굉장한 악당이자 괴물인 것처럼 이야기하는데, 천만의 말씀입니다. 이것이 출발점입니다.

국민국가와 근대

근대라는 것을 공부해 보니까, 그것이 우선 국민국가라는 걸 우리가 알게 되었습니다. 이걸 공부할 수밖에 없었습니다. 이것을 거칠게 말하면 이렇게도 얘기할 수가 있을지 모릅니다. "하느님은 우리나라만 보호해라." 세계 어느 국가도 모두 그렇죠? 남의 나라는 보호하면 안 된다. 왜냐하면 자기 나라에 진선미가 다 있으니까. 옛날에는 교황이 있는 바티칸에 있었지만. 이런 설명 어떤가요? 제가 이렇게 설명했더니 어떤 학생이 이런 말은 어느 책에도 안 나오더라 그래요.

아마 없을 겁니다.

유럽의 성에 사람들이 사는데 도둑들이 와서 약탈해 가니까, 거기 살던 사람들이 모여서 도둑들과 계약을 맺었어요. 너희들 도둑질하기 힘들지 않느냐. 우리도 지키기가 힘들다. 그러니까 그러지 말고 우리 계약을 맺자. 이 계약이라는 건 라틴어로 팍티오pactio라고 하고 로마법의 기본원리입니다. 신과 맺은 계약도 마찬가지입니다. 신도 지켜야 합니다. 상황이 달라지면 다시 계약을 맺어야 합니다. 이것이 신약 아닙니까. 셰익스피어라는 풍각쟁이가 『베니스의 상인』1596이라는 희곡을 썼습니다. 그것은 말도 안 되는 것입니다. 재미로 써본 것이지, 그게 실제로 통용될 이치가 없어요. 계약은 준수되어야 합니다. 도둑들하고 계약을 맺었으면 도둑들이 와서 동네 성을 쌓고 지킵니다. 성안의 사람들은 밖에 나와서 일을 하고 살아갑니다. 그러다가 도둑 두목이 사람들을 모아놓고 "계약을 다시 맺자. 세금 더 내라. 무기를 만들어서 옆 성을 치겠다. 거기 돈을 뺏어 와서 같이 나누자"라고 제안합니다. 그것이 괜찮다고 생각되면 계약을 다시 맺습니다. 결국 쳐들어가서 본인들의 영역이 더 커집니다. 그것이 반복됩니다. 그 사람들이 국민 = 민족nation이라 하면, 자기의 땅을 위해 목숨을 바쳤으므로 진선미가 여기에 다 있다고 생각합니다. 네이션이 먼저 생기고 나서 국가가 생깁니다.

물론 대전제는 있습니다. 사람이란 자기에게 경제적으로 이득이 안 되면 손가락 하나도 움직이지 않는 존재라는 전제 말입니다. 이것이 마르크스가 말하는 계급 상황Klassenlage입니다. 막스 베버가 거기에 토를 답니다. 마르크스의 말이 맞지만, 종교나 신분에 의해 손가락 하나는 움직일 수 있다는 것입니다. 그러나 그건 토에 지나지 않고, 중요한 것은 대전제가 있다는 것입니다. 침략한 나라의 진선미라는 것은 무엇입니까? 별로 힘들이지 않고 잘 먹고 잘살게 되었다는 겁니다. 이 땅을 위해서 목숨도 버릴 수 있다는 것, 이것이 국민국가의 기본입니다.

국민국기가 삼인 사상이고, 식인 사상, 즉 카니발리즘^{carnivalism}이라는 것은 누구나 알고 있습니다. 왜냐하면 지기 동네 바깥은 다 짐승이니까 잡아먹어도 된다고 생각하기 때문이죠. 대신 자기 테두리 안의 것은 보호합니다. 우리끼리는 잡아먹지 말자는 것이죠. 좌우지간 이것이 커지니까 국가가 완성되었습니다. 국가 사이는 함부로 넘나들 수가 없어요. 그러면 어디로 가느냐? 이제 국민국가에서 제국주의로 깃발을 바꾸어 달게 됩니다. 인도, 필리핀, 아프리카 등지로 나아갈 수밖에 없습니다. 왜 이렇게 식민지로 나아갈 수밖에 없느냐? 선교사를 내세우고 대포를 내세워서 말이죠. 그것은 이유가 뻔합니다. 가령 일본 제국주의가 한국을 식민지로 삼지 않으면 자기들이 죽을 수밖에 없습니다. 불평등조약을 보면 바로 알 수 있습니다. 자기들도 할 수 없었단 말이죠. 그런데 일본이 조선을 식민지로 만들지 않으면 자기들이 죽을 수밖에 없다는 이것이 무엇이냐 하는 것입니다. 그것이 바로 두 번째로 거론할 자본제 생산양식입니다.

자본제 생산양식과 근대

마르크스는 자본주의capitalism라는 말을 쓰지 않았다고 합니다. 마르크스가 쓴 말은 '자본제 생산양식capitalist mode of production'입니다. 이것이 침략을 만든 것입니다. 근대를 자본주의라고 이야기하는데, 자본제 생산양식을 하는 한 침략은 불가피합니다. 식인 사상이 될 수밖에 없습니다. 아까 로스토 이야기를 했죠? 박정희 씨가 쿠데타를 했을 때에 "절망과 기아 선상을 허덕이는 민생고를 시급히 해결하고"가 네 번째로 언급됩니다. 우리 일인당 국민소득이 300불 정도 될 때입니다. 인도가 그때 900불이었습니다. 식민사관을 극복하는 것, 강력한 내셔널리즘으로 이것을 학문적으로 정리한다는 것이 우리 세대의 사명감이었습니다.

그런데 1980년대 후반쯤 안병직 교수의 역부족론이 나옵니다. 한국은 근대화할 힘이 모자랐다는 것입니다. 이어서 오늘날에는 일본 제국주의가 조선을 근대화시켰다고 하고 있습니다. 식민지근대화론입니다. 그렇다면 우리 세대는 허깨비였던가요? 우리 세대는 일인당 국민소득을 15,000불까지 올려 두었습니다. 식민사관이나 민족주의라는 것은 없고, 자유주의밖에 없다고 말합니다. 좋습니다. 그렇게 하란 말입니다. 대신에 일본이나 미국처럼 2만 불, 3만 불로 올려놓으란 말입니다. 그러면 아무 소리 하지 않겠습니다.

그러나 이것은 지나간 이야기입니다. 너무 심각하게 생각하지 않기를 바랍니다. 온고지신이라는 말이 있듯이 윗세대들이 생각한 것이 여러분들의 사고에 참고가 되었으면 하는 마음에서 하는 이야기입니다. 왜냐하면 이것이 저의 밑천이기 때문입니다.

이런 자본제 생산양식을 공부하려면 경제학과에서 4년 공부해야 합니다. 1학년 학생들에게 저는 "너희들이 근대문학을 공부하려면, 정치학과에서 4년 공부하고, 경제학과에서 4년 공부한 다음에 근대문학을 공부하라"라고 말합니다. 근대문학보다 잘난 것은 많아요. 어떤 사람들은 한국문학사 마지막에 근대문학에 대해 씁니다. 그러나 근대문학은 종자가 다릅니다. 지금 생각해 보면 옳은지 그른지 모르지만, 그때 우리들은 그런 생각을 했었습니다. 어리석다면 어리석을 수도 있는 이야기입니다.

자본제 생산양식이라는 것은 여러 가지로 설명할 수 있지만, 첫째가 아마 합리성을 의미할 것입니다. 우리가 10을 투입해서 20이 나온다 칩시다. 이를 재투자하지 않으면 자본주의가 아닙니다. 자본이라는 것은 밑천이죠. 자본은 자기 증식을 하지 않으면 안 됩니다. 자꾸 늘어나야 하지요. 그래서 자본주의를 설명할 때 『마태복음』 제25장을 늘 이야기합니다. 저는 종교는 잘 모르지만, 복음서 중에서는 『마태복음』이 참 대단하다는 생각이 듭니다. 마태라는 사람은 대단히 강파른 사람입니다. 의사인 루가처럼 여유 있는 사람이 아닙니다. 마태가 예수의 제자를 다 열거하는 가운데 자기 직업만 밝혀두었습니다. "세리稅吏 마태"라고. "나는 최하층인 세리다"라는 거지요. 사람들이 자본주의를 말할 때 『마태복음』 제25장 14~30절을 많이 인용하는데 여기에 보면 이런 이야기가 있습니다. 주인이 여행을 떠나면서 종 셋에게 돈을 나누어 주었습니다. 그 후 주인이 돌아왔습니다. 첫째, 둘째 종에게 돈을 어떻게 했냐고 주인이 물으니 두 종은 장사를 해서 두 배로 불렸다고 말합니다. 그래서 주인은 "착하고 충성된 종아, 너를 풍족하게 하마"라고 말합니다. 세 번째 종에게 똑같은 질문을 하자, 그 종은 돈을 땅에 묻어두었다며 캐서 줍니다. 그러자 주인은 그 종에게 "악하고 게으른 종아, 너는 그 있는 것까지 빼앗으마"라고 했다고 합니다. 말하자면 자기 증식이 자본의 기본논리입니다.

이슬람에서는, 마호메트가 장사꾼이긴 했지만, 은행 이자가 없습니다. 자기 증식을 처음부터 포기했습니다. 자본은 자기 증식으로 나아가야 합니다. 이것이 중간에 멈추면 자본주의가 성립하지 않습니다. 자기 증식으로 쌓이는 것은, 계속 진출하는 것으로 해소해야죠. 그러니까 프로테스탄티즘 없이 자본주의를 하기 어렵다고 하는 것도 그런 이유입니다. 재물은 지상에서 쌓는 것이 아니라 하늘에서 쌓아야 한다는 것, 그러니까 낭비해서는 안 됩니다. 그러면 남는 것은 어떻게 해야 하느냐.

물건을 만들어 팔려면 질이 좋아야 하고 값이 싸야 합니다. 그렇지 않으면 팔리지 않습니다. 상품으로 팔리려면 결사적으로 도약하지 않으면 안 됩니다. 질을 유지하기 위해서는 원료를 제대로 써야 합니다. 결과적으로 잉여 자본이 생기려면 노동자의 임금을 잘라먹는 수밖에 없습니다. 그리고 물건을 해외시장에 팔아야 하는데, 안 사면 대포를 가지고서라도 팔아야 합니다. 자본제 생산양식을 택하는 한 이것은 당연한 일입니다. 자본제 생산양식이 근대를 지탱하고 있습니다.

오늘날 유엔 가입 국가가 191개국입니다. 이 가운데 우리나라는 12위권 강국입니다. 분배냐 성장이냐를 늘 고민하는데 성장의 측면에서 보면 우리는 세계 12위권입니다. 굉장한 선진국에 속합니다. 그런데 분배는 어떤가. 28위로 되어 있습니다. 생수 한 병에 500원입니다. 원가는 190원. 이것이 성장입니다. 분배는 어떤 거냐. 4인 가족이 한 달에 내는 수도 요금이 만 원 정도인데 원가는 3만 원입니다. 나머지 2만 원은 지역이나 국가가 냅니다. 이것이 분배입니다. 스웨덴이나 프랑스는 분배를 많이 합니다. 우리도 형편없는 분배는 아닙니다.

한국 '근대'의 특수성

자본제 생산양식 자체가 좋다, 나쁘다를 떠나서 오늘날 국민국가를 하지 않는 나라는 어디에도 없습니다. 인류는 공산주의를 한 번도 해보지 못했습니다. 소련은 국가사회주의 제1단계를 하다가 중단하고 말았습니다. 그런데 지금 국민국가를 하지 않는 나라가 어디에 있습니까? 자본제 생산양식을 취하지 않는 나라가 어디에 있습니까. 아무 데도 없습니다. 지역에 따라 불균형적이겠지만, 인류사가 나아가는 한, 자본제 생산양식과 국민국가는 거치지 않을 수 없는 단계입니다. 아직도 이것을 넘어선 것이 없습니다.

힘센 사람은 약한 사람을 노예로 삼을 수 있다는 원리, 이것처럼 합리적인 것이 없단 말이지요. 이것처럼 고약한 것은 없지만 대안이 없어요. 한 사람은 밤새도록 공부하고 왔어요. 또 한 사람은 밤새도록 놀다가 왔어요. 둘이 동등하다는 것은 말도 안 되지요. 종교는 이것과 물론 다릅니다. 불교에서는 자성自性이라고 해서 저마다 자기의 특성이 있는 것이지, 어떻게 줄서기가 있냐고 하지만, 또 분별심分別

心을 배제하고 그러지만, 우리가 사는 세계는 그렇지 않습니다. 불교에서도 할 수 없으니까 색즉시공色卽是空이라 그래요. 공즉시색空卽是色, 그러니까 색과 공이 같은 거라 말해요.

국민국가나 자본제 생산양식은 환각이고 부정하고 싶은 것이지만, 모두 사실입니다. 그렇다면 이것을 보편성이라고 말해볼 수는 없을까 하고 그때 우리는 생각했어요. 이 둘을 보편성이라고 하고, 한국 근대사에서 어떤 특수성을 설정했습니다. 우리는 국민국가를 만들려고 했는데 나라가 망했어요. 그렇다면 국민국가의 의지를 가지고 반제反帝 투쟁을 하지 않을 수 없었어요. 원래는 자본제 생산양식으로 나아가야 하지만, 반봉건주의 투쟁을 할 수밖에 없었단 말이죠. 우리 근대사는 이래요. 이것을 특수성이라고 할 수 있습니다. 구체적으로 따져보면 이런 보편성과 특수성은 거의 절대 모순에 가깝습니다. 상대적 모순이 아니고, 절대적 모순에 가깝습니다. 임시정부 사상, 제국주의 사상이 모두 국민국가 사상인데, 일제와 투쟁을 한다는 건 국민국가를 포기하겠다는 것이 아니냐는 것이죠.

그러면 근대문학을 공부한다는 것은 무슨 의미냐. 근대라는 게 이렇고 한국의 근대라는 게 이렇다 할 때 근대문학은 어떤 문학이냐를 탐구하는 것이지요. 예를 들면 사랑, 자의식 같은 건 신라 사람들도 다 갖고 있었어요. 사랑을 다루되 사랑이라는 것이 국민국가 때문에 어떻게 되었느냐, 사랑이라는 것이 자본제 생산양식 때문에 어떻게 되었느냐, 그것이 반제국주의, 반봉건주의 때문에 어떻게 되었느냐 하는 것을 점검하는 것이 한국 근대문학 공부입니다.

그런데 보편성으로서의 국민국가와 자본제 생산양식, 특수성으로서의 반제국주의와 반봉건주의, 이 네 가지 가운데 어떨 때는 반제국주의가 제일 중요할 때가 있었습니다. 윤동주라야 되고 만해 한용운이라야 된다, 그들 작품을 교과서에 넣어라, 할 때는 반제국주의가 필요한 때였어요. 오늘날은 그럴 필요 없지요. 국사가 선택 과목이 되었지요. 선진국은 다 그래요. 그들은 세계사 속에서 자기 역사를 보지, 후진국이나 국사를 독립 과목으로 설정하는 것입니다. 우리도 세계 12위권이기 때문에 그럴 필요가 없어요. 잘 먹고 잘살면 되지, 역부족이면 어떻고 식민지면 어때? 하나도 이상할 것 없어요. 우리 같은 사람들이 허깨비였죠. 그러나 허깨비는 허깨비고, 지금은 다 그렇게 생각하니까 그게 진리겠죠. 이것도 조만간 뒤집힙니다. 처음에 말했던 포퍼의 반증 가능성 말이지요. 그건 당연한 일이지만. 좌우지간 지금은 그런 상태가 되어 있어요.

그런데 근대문학을 점검할 때 현시점에서 반제국주의가 강조되어야 하느냐, 반봉건주의가 강조되어야 하느냐, 국민국가, 혹은 자본제 생산양식이 강조되어야 하느냐 하는 게 문제입니다. 염상섭의 『삼대』1931를 어떻게 볼 것인가? 자본제 생산양식, 이거 말고 뭐로 설명할 거냐 말이지요. 이기영의 『고향』1933도 마찬가지지요. "나만 빼고 다 망해라!" 이건 채만식의 「태평천하」1937 소제목 가운데 하나입니다. 왜 '태평천하'인지 아십니까? 의병들이 나라를 되찾는다고 뛰어다니고 소란을 피워요. 우리 집에도 쳐들어와서 돈 내놓으라 그래요. 그런데 일본 헌병들이 와서 이런 의병들을 다 쓸어 버렸어요. 그걸 가지고 '태평천하'라 했지요. 물론 풍자지만 말입니다. 말하자면 이런 게 자본제 생산양식으로 설명되는 겁니다.

그러니까 우리가 처한 상황이나 시기에 따라서 작품 하나 하나에 대한 강조점이 달라진다는 것입니다. 한국 근대문학이 국민국가, 자본제 생산양식, 반제국주의, 반봉건주의라는 단위로 되어 있다는 것, 이러한 단위로 제도화되어 있다는 것입니다. 임화 문학사 연구의 키워드가 제도입니다. 임화는 마르크스주의로 문학사를 쓴 게 아닙니다. 마르크스의 사상은 하나도 안 들어 있어요. 제도, 그러니까 근대라는 제도가 어떻게 문학에 반영되었냐 하는 것이었습니다. 임화 문학사는 이해조에서 끝나고 말았죠. 앞에서 말한 네 가지 단위가 제도로서 국어국문학의 삼분법을 근거 짓고 있어요. 이것이 시대적인 풍조였어요. 저 같은 사람이 이런 이야기를 하면서 잘난 척 살아왔어요. 그런데 나중에 보니까 저보다도 먼저 이런 것을 아주 정확히 밝혀 놓은 사람이 있었어요. 나중에 발견하고 대단히 놀랐는데, 제가 쓴 『한국 근대문학 사상연구 1 - 도남과 최재서』[1984]가 그 놀람의 표현입니다. 그것을 지금 얘기함으로써 제도에 대한 것을 한 번 더 강조해 보겠습니다.

나의 근대=일본 체험

저는 공부하러 일본에 두 번 갔었는데 한 번은 이광수 자료를 찾기 위해서였고, 두 번째도 역시 이광수 연구를 마무리하기 위해서 갔었어요. 그때 저는 도쿄대학으로 갔습니다. 도쿄대학에는 생활 협동조합이 있어요. 일본의 다른 대학에도 그런 게 있습니다. 도쿄대학 생협에서는 여러 물건을 팔았어요. 양복 가게도 있고, 또 북한에서 온 꿀도 팔고 그래요. 그런데 한쪽 구석에 책 비슷한 것을 파는데, 자세히 보니까 책은 아니고 교수들의 강의를 필기한 노트를 팔고 있어요. 학생들이 받아적은 걸 팔아요. 도쿄대학 법학부 교수들은, 요새는 어떤지 모르지만, 저술이 없었어요. 논문을 쓰지, 책은 쓰지 않았어요. 책이란 건 원래 대중성을 가지고 있으니까. 교수들이 강의한 것을 학생들이 받아쓰어서 파는 거라 말이죠. 책이 없으니 공부할 방법은 그것밖에 없겠지요.

거기서는 또 대학원 세미나 교재를 팔고 있었는데, 그 가운데 이 책이 있었어요. *Thought Control in Prewar Japan*[1976]. 미주리대학 교수인 리처드 미첼이 쓴 책이었습니다. 저는 이것을 한국으로 가져와서 번역했어요. 『일제의 사상 통제—사상전향과 그 법체계』[1982]라는 제목으로. 별로 두꺼운 책은 아닙니다. 이 책을 읽고 제가 충격을 받은 이유는 딴 데 있는 것이 아닙니다. 일본 정부는 일제강점기 내무성 자료, 사법성 자료 가운데 중요한 것은 아직도 공개하지 않고 있어요. 사법성 자료는 절대 공개하지 않아요. 내무성 자료는 중요하지 않은 것을 공개하지만. 다른 나라에서는 중요한 외교 문서라도 시간이 지나면 다 공개하도록 되어 있지요? 미 국무성 자료도, 38선 관련 자료도 지금 다 공개되어 있어요. 일본은 아직도 안 해요. 그런데 이 책은 다른 나라 사람들에게는 모르겠지만, 저한테는 대단히 충격적인 것이었어요. 그 이유에 대해서 좀 이야기하려고 해요.

야마베 겐타로山辺健太郎라는 사람이 있어요. 저는 이 사람이 살았을 때 본 적이 있어요. 미국 헌정 자료실에 가면 이 사람의 사인도 남아 있어요. 키가 작고 늘 일본 옷을 입고 다니는 영감인데, 이 사람은 전쟁이 끝날 때까지 감옥에 갇혀 있었던 사람이에요. 공산당이었고. 그러니 일본 제국주의라면 이를 가는 사람이지요. 그러면 이 사람이 쓴 책에 객관성이 있겠는가? 여러분 세대는 이 사람을 아마 잘 모를 겁니다. 명성황후 시해사건도 이 사람이 다 파헤치고 그랬어요. 대단한 학자입니다. 그런데 이 사람은 『한일합병 소사小史』1966 같은 책에서 "나는 일본의 관변 자료는 절대 사용하지 않는다"라고 못 박았어요.

또 마루야마 마사오丸山真男라는 사람도 있습니다. 이 사람도 참 굉장한 사람으로 평가되고 있어요. 마루야마는 일본의 전쟁 사상을 우리가 잘 아는 울트라 내셔널리즘ultra-nationalism, 즉 초국가주의라고 해요. 국가가 있으려면 헌법이 있어야 되고 이 헌법 위에는 아무도 올라갈 수 없지만, 일본은 천황을 헌법 위에 올려놓고 국가를 경영했다는 거죠.

메이지 유신을 일으킨 것은 사쓰마薩摩번과 조슈長州번이었죠. 이두 번이 당시에 외국과의 접촉으로 제일 앞서갔던 번이었죠. 이들이 연합군을 만들어서 바쿠후幕府를 무너뜨리고 메이지 유신을 만들었는데, 나중에 이 패들이 메이지 신정부의 관료가 됩니다. 이토 히로부미伊藤博文는 조슈번 출신이지요. 이들은 사무라이 출신입니다. 이사람들 다 칼 차고 있던 사람들이에요. 그런데 근대를 해야 하니까, 서양에 가서 공부를 할 수밖에. 이토 히로부미는 무얼 배우러 갔느냐. 헌법 배우러 갔어요. 이와쿠라岩倉 사절단은 뭘 배우러 갔느냐? 근대 제도를 배우러 갔어요. 해군은 영국에서, 육군은 독일에서, 교육은 프랑스에서, 경찰도 프랑스에서 배웠습니다. 도쿄의 경시청하고 지방의 경찰청은 월급 체계도 다르고 명령 계통도 달라요. 우편 제도는 영국에서 배웠는데, 영국은 우편함이 모두 빨간색이지요? 미국은 파란색인데. 일본 정부는 최고의 엘리트들을 전부 서양에 파견해서 공부시켰단 말이에요.

이토는 독일에 가서 헌법을 배워왔어요. 제일 중요한 게 헌법이었어요. 헌법이 있어야 해. 이토가 서양에서 들여온 것이 무엇이냐. 천황제 헌법이에요. 이토가 영국의 허버트 스펜서라는 유명한 학자에게 직접 질문한 것도 남아 있어요. 유럽에 가서 보니까 근대국가라는 것은 중성국가中性國家, der neutraler Staat란 말이에요. 헌법은 가치관을 규정하는 것이 아니라 그냥 형식으로 존재한다는 거지요. 가치관은 기독교가 담당하고 있어요. 그 둘로 근대국가가 성립되었던 것이죠. 그런데 이것을 일본에 정착시키려면 스펜서의 말대로 기독교를 가져오지 않으면 소용이 없어요. 그러면 일본에 기독교가 있느냐? 없다. 그러면 뭐가 있느냐? 그 비슷한 것도 별로 없는데 찾아보자. 그게 천황이고 신도神道에요. 천황은 교토에 있었는데, 이 사람은 무당이죠. 무당은 제사를 주관하는데, 상징적인 존재입니다. 천황을 내세워서 신도를 개발하지요. 이 신도를 기독교와 같은 그런 것으로 이론화해서 천황제 헌법과 결부시킵니다. 그래서 지금도 일본은 천황제에 대해서 저항감이 거의 없죠.

그런데 마루야마의 생각으로는 일본이 근대를 잘못 봤다는 거지요. 서양에서 국가는 중성국가였고 가치관은 기독교에 맡겨 버렸는데, 일본은 가치관까지 천황이 다 관여하도록 해버렸다는 것입니다.

그런 것은 원래 사회나 종교가 하는 것이기 때문에, 그래서 국가가 울트라ultra가 돼 버렸다는 것입니다. 그러니까 서양이라는 합리적인 잣대로 보니까 일본은 이렇게 형편없고 저질이라는 게 이 사람의 생각입니다. 교양층에 속하는 엘리트들은 마루야먀처럼 서양이라면 껌뻑 죽으니까, 이게 제일 중요한 것으로 보였단 말이에요.

이것도 가만히 생각해 보면 대단히 편파적인 것입니다. 어째서 서양은 그렇게 대단하고 일본은 형편없느냐 말이에요. 근대 미달이라는 둥 말이죠. '근대의 초극'이라 하는, 일제 말기에 유명한 좌담회도 있고 그랬죠. 이 좌담회에서는 '근대의 초극'이라 그랬는데 마루야마는 초극은커녕 미달, 그러니까 일본은 아직 근대도 아니라는 식으로 말했죠. 그런데 야마베나 마루야마와는 다른 어떤 중요한 게 또 있지 않을까 하고 저는 생각했어요.

서울대학교 관악 캠퍼스를 만들 때, 그곳은 원래 골프장이었어요. 관악 캠퍼스를 만들 때 총감독이 별 하나짜리 사단장이었어요. 왜냐하면 학생 수가 사단 규모 정도 되니까요. 이런 일은 사단을 움직여 본 사람만이 그래도 좀 할 수 있어요. 무슨 대대장 같은 사람으로는 안 된다는 거지요. 바로 그게 *Thought Control in Prewar Japan*이라는 책이에요.

일본에서 사상을 통제하고 근대국가를 만들어내는 데 결정적 역할을 한 엘리트들이 누구냐. 히라누마 사단입니다. 히라누마 기이치로平沼騏一郎, 이 사람이 사법성의 총책이었고 이후 계속 이 사람의 세력권 하에 사법성이 유지되었는데, 이 사람의 생각은 이런 것이었습니다. "감옥에 갔다 오고 또 서양에 유학했다고 너희들은 우리가 지금껏 살아온 방식을 욕하지. 그렇지만 나는 말이지, 국가를 경영해 봤어. 네가 국가를 한번 경영해 봐라. 어떻게 할 것이냐." 이건 국가를 경영해 본 사람이 할 수 있는 이야깁니다. 남의 종살이나 하고 감옥이나 가고 한 사람의 이야기가 아니란 말입니다. 감옥에 가고 이런 것도 중요하지만, 국가를 경영해 본 거, 이게 더 중요하지요. 그런 걸 이 책에서 미첼이 파헤친 겁니다. 물론 자료가 많지 않아서 여러 가지 문제도 있습니다만. 일본은 절대로 사상 탄압을 한 나라가 아니다, 근대 법치국가로서 일본은 말이지 지식인을 단 한 사람도 죽이지 않았다, 라는 거지요. 사법성 생각으로는. 고바야시 다키지小林多喜二라는 소설가를 죽이지 않았느냐고 할 수 있을지 모르지만, 조르게Richard Sorge 사건도 있지 않았느냐 할 수 있을지 모르지만, 적어도 소련이나 중국이나 다른 나라처럼 지식인을 탄압한 적은 없었다는 거지요.

제1차 세계대전 직후 일본은 세계 4대 강국이었어요. 자신만만하니까 다이쇼 데모크라시라 해서 뭐든지 다 들고 들어오라 그랬어요. 도쿄대학 법학부에서는 심지어 천황 기관설을 내세웠어요. 천황은 한낱 국가 기관에 지나지 않는다는 거지요. 이런 세상이었어요. 공산주의도 마음대로 들어와라. 상관없어. 서구 사상 다 들어와. 이러다가 이제 1931년 만주사변 무렵부터 탄압이 시작됩니다. 천황 기관설을 억압하고 군부가 권력을 쥐고 십 년간 전쟁으로 치달았는데, 이때 사상 탄압에서 제일 문제가 되는 게 공산당입니다. 공산당 6만 명을 재판했어요. 그런데 공산당 두목도 전부 도쿄대학 출신이고, 판사도 검사도 도쿄대학 출신이야. 일본 제국에서 판검사 가운데 똑똑한 사람들은 독일에 유학시켜요. 이 책에 그런 과정이 다 서술되고 있어요. 그들이 유학을 가서 사상을 탄압하는 법률을 공부해 가지고 돌아옵니다. 그러고는 자기 동창들인 공산당 두목들과 "너희들 전향해야겠다", "그러면 어떻게 하면 좋겠느냐"라는 식으로 재판을 했어요. 이게 소위 '옥중 전향사건'이란 겁니다. 여기서 전향한 사람들은 사회로 복귀시켜야 하니까 보호관찰법 만들어서 직업을 다 주고 그랬습니다. 이건 식민지에도 적용했는데, 전주사건[1934] 같은 걸 보면 알 수 있어요. 한마디로 말하면 국가를 경영해 본 사람들은 주체적이라는 것입니다.

그런 생각을 갖고 제가 이 책을 번역했습니다. 왜 이런 얘기를 하냐 하면 근대화를 제도가 하느냐, 주체가 하느냐 하는 문제 때문입니다. 금융 제도, 학교 제도, 철도 제도, 그리고 무슨 무슨 제도 등, 이 제도가 확립되면 제도에 의해서 근대화가 효율적으로 되는 거냐, 아니면 이게 주체에 의해서 되는 것이냐 하는 문제입니다. 어느 한쪽을 더 강조하느냐는 다른 여건과 연결되어 있습니다. 그래서 이렇다 저렇다 딱 집어서 얘기할 수 없고 다른 여건과 맞춰 보면서 이때는 제도가 더 중요했다, 이때는 주체가 더 중요했다, 이렇게밖에 이야기할 수 없지 않을까 합니다.

근대 학문으로서의 국어국문학

그런데 이런 이야기들은 정치학이나 경제학 전문가들이 하는 거고, 저는 제 전공에 속하는 한국 근대문학에 관해 이야기하겠습니다.

근대가 관여되어 있는 어떤 문학적 현상만 근대문학이고, 아무리 그
보다 잘난 것이라도 근대가 아닌 건 근대문학이 아니고 그런 건 다른
데 가서 하라는 것이 제 생각입니다. 그런 생각으로 문학사도 쓰고
글도 쓰고 있어요.

한국 근대문학은 식민지화된 적이 없습니다. 적어도 제도로는. 일
제가 다른 모든 제도는 다 식민지 통치에 넣었는데 문학만은 넣지 않
았어요. 그래서 한국 근대문학입니다. 문학을 넣지 않았다. 왜 문학
을 넣지 않았느냐. 처음부터 그런 생각을 안 했어요. 한국문학은 식
민지 체제에 넣을 수 없다고 하다가, 문학도 식민지 체제에 넣어야겠
다고 생각한 것이 1942년입니다. 그게 조선어학회사건입니다. 그때
부터 해방까지의 한국문학을 암흑기라든가 친일문학이라든가 하는
말로 표현하지요. 그 시대를 이제부터 제가 얘기하려고 하는데, 그
준비로 앞의 이야기를 했다고 여러분이 이해해 주시면 되겠습니다.

앞에서 제가 그랬지요? 우리 세대, 60년대 세대가 한 것도 아닌데,
잘난척하고 우리 세대가 한 것처럼 떠들고 그랬다고요. 삼분법을 만
들고 했으니 근대문학을 공부하는 사람은 우리 세대한테 신세를 졌
다고 생각하라고 떠들었지요. 근대문학이라는 제도를 만들었으니까.
그런데 나중에 알고 보니까 저보다도 윗세대 사람들이 이런 생각을
다 하고 있었어요. 그러니까 공부가 모자라서 우리 세대가 다 한 것
처럼 말하고 그랬지요. 실제로는 그렇지 않습니다.

학문이라는 것은 대학에서 하는 겁니다. 학문하는 곳이 대학이에
요. 대학이 왜 있어요? 이런 근대적 제도로서 대학은 학문을 떠나서
는 성립할 수 없습니다. 그러면 조선에서 대학이 언제 생겼느냐? 학

문이 언제 시작되었느냐? 이건 근대의 문제입니다. 유학이나 성균관 같은 우리 전통을 이야기하는 것이 아니고, 원근법이 있고 도레미가 있는 세계를 이야기하려는 것입니다. 근대를 제도로써 문제삼는 한, 한국에서 대학이 생긴 것은 1926년입니다.

일본이 근대화를 하면서 서양의 제도를 받아들이는데, 대학도 제도로 받아들였습니다. 서양 제도를 받아들여서 도쿄제국대학을 만들었어요. 대학에 '제국 imperial'이라는 단어를 쓴 것은, 왕립royal이라는 단어를 쓰려고 하다가 영국 사람들의 빈축을 사서 그렇게 못했다는 설이 있습니다. 이 제국대학을 만들 때, 교수요원을 뽑아 서양에 파견해서 공부를 시켰어요. 그래서 그쪽 대학에서 무엇을 공부하는지 알아 가지고 오라 했어요. 처음에는 서양 사람을 교수로 사 와서 그 나라 말로 강의토록 했습니다. 클라크라는 미국 사람을 데리고 와서 삿포로농農학교1876를 만들었는데, 그 클라크라는 사람이 "Boys, be ambitious!" 이딴 소리를 하고 그랬지요. 그렇게 대학 교육을 만들어서 졸업생들이 나오기 시작하니까 국가가 이들을 유학 보낸 거지요. 그들이 돌아와서 서양 사람들을 밀어내고 교수요원이 되었습니다. 그런데 국어국문학, 우리 쪽에서 보면 일어일문학입니다만, 이 분야에서는 하가 야이치芳賀矢一라는 사람이 독일에 가서 문헌학을 배우고 왔어요. 문헌학이라는 것은 실증주의적이라고 생각하지만, 서양 문헌학은 인문주의가 밑바탕에 깔려있는 문헌학입니다. 이 사람은 그런 인문주의적인 것까지는 할 수가 없고 실증적인 것을 주로 해서, 돌아와서 화문학과和文学科 교수가 되어 국어국문학이라는 학문을 열었지요.

경성제대와 식민지 학문

일본에서 학제는 이렇게 되어 있었습니다. 초등교육인 소학교가 있죠. 그다음에 중등교육인 중학교 5년. 제가 학교에 다닐 때는 소학교에서 국민학교로 개변되는 무렵이었어요. 국가주의 이데올로기를 내세우기 위해서. 그러다가 일본은 전쟁 끝나고 나서 소학교로 되돌아 가버렸습니다. 우리는 국민학교라는 명칭을 계속 썼죠? 요새 초등학교로 바꾸었지만. 중등 과정 5년 다음에 직업학교가 있습니다. 전문학교, 단춧구멍 뚫는 곳이에요. 연희전문, 이화여전, 보성전문, 이것들이 모두 다 직업을 위한 학교죠. 대학을 가려면 고등학교를 가야 했어요. 중학교 나와서 대학에 가려면 고등학교를 가야 했지요. 고등학교는 조선에 하나도 없었습니다. 일본에만 고등학교가 있었습니다. 지금 도쿄대학 교양학부가 제1고등학교였는데, 1고, 2고, 3고 해서 8고까지 있었어요. 또 이들 넘버스쿨이 아닌 공립, 사립 고등학교도 있었어요.

여기를 나온 사람은 형식적인 시험만 치르고 제국대학으로 바로 올라갑니다. 거의 무시험에 가까웠어요. 조선에서 고등학교에 들어가려면 일본에 가서 시험을 치고 들어가야 했어요. 이게 대단히 어려웠어요. 이양하 선생은 평양고보를 졸업했는데, 몇 번이나 떨어지고 나서야 교토에 있는 제3고에 겨우 들어갔습니다. 그만큼 어렵다는 것이죠. 이양하 선생은 3고에서 도쿄제대로 바로 간 것으로 되어 있습니다. 이광수가 다닐 때만 하더라도 와세다대학은 4년제 대학이 아니었습니다. 전문대학에 지나지 않았죠. 사립대학은 이름만 대학이라고 하고 실제로는 제1차 세계대전이 끝나고 나서 4년제 대학으로 바뀐 것입니다. 1918년의 '대학령' 이후이지요. 고등학교-제국대학이 엘리트 코스인데, 고등학교는 3년이었습니다. 여기서는 외국어하고 철학이 중심이었어요. 소위 말하는 교양이지요.

이런 제도를 가져다가 조선에서도 일본처럼 하려고 했어요. 조선에서 경성제국대학을 만들었는데, 처음에는 조선제국대학으로 하려고 했다가 일본의 각의에서 '조선'이라는 말을 빼자 해서, '경성'이라는 말을 대신 넣었어요. 제국대학 중에서 여섯 번째입니다. 일본이 식민지에 세운 대학은 세 개인데, 제일 먼저 세운 것이 경성제대입니다. 그다음이 일곱 번째 제국대학으로 대만에 세운 타이페이제국대학[1928]입니다. 그 목적은 해양생물 연구였고 경성제대는 대륙 경영이 목표였지요. 그다음이 만주 건국대. 육당 최남선이 교수로 가 있었던 곳이죠. 3·1운동 이후 조선 사람들도 대학을 만들려고 했어요. 민립대학이라고 해서 모금도 하고 했는데 무산되고 말았죠. 일본은 경성제국대학에 대단히 비중을 많이 두었습니다. 조선을 통치하는 관리 중에 사무관 이상이 제일 많은 데가 경성제대였어요. 그러니까 총독부보다도 경성제대에 높은 급수의 관리가 더 많았다고 해요. 그만큼 비중이 있었어요.

그런데 고등학교가 없으니까, 고등학교를 급조했어요. 이것을 예과라고 합니다. 1924년에 청량리에 예과를 만들었지만, 원래 고등학교는 3년이라야 하는데 급조하다 보니 2년으로 했어요. 여기에는 문과반[법문학부 진학], 이과반[의학부 진학]이 있었고, 문과반에는 또 A, B반이 있었습니다. A반은 법과고 B반은 문과입니다. 법과라고 하는 것은 법만 가르치는 줄 알지만, 사실은 경제학이 중심입니다. 경성제대도 경제학이 중심입니다. 제국대학에 공산당원이 있어서 문제가 생기고 감옥에 가고 한 것도 모두 경제학 쪽입니다. 이것이 다 문과반인데, 예과를 개설할 때 문과반 1등으로 들어간 사람이 유진오입니다. 졸업할 때도 1등이었어요. 유진오 부친인 유치형은 근대 개화기 일본 유학생이었어요. 법률을 전공하고 돌아왔지요. 이분의 일기가 남아 있어요.

경성제대는 의학부와 법문학부가 있었습니다. 문학부하고 법학부가 분리되어 있는 곳은 제국대학 가운데 딱 두 군데밖에 없었어요. 도쿄제대와 교토제대만 문학부와 법학부가 따로 분리되어 있었어요. 다른 제국대학은 전부 법문학부로 묶여 있었어요. 카프의 권환 같은 사람은 교토제대 문학부 출신이지요. 그의 학적부를 보면 성적도 문학부 전체 단위로 석차가 매겨졌다는 걸 알 수 있어요.

경성제대 조선어문학 전공

경성제대 법문학부에는 조선어문학 전공이 있었어요. 요새 말하면 국어국문학과입니다. 여기에 첫 번째로 들어간 사람, 제1회에 혼자 들어간 사람이 있는데, 이 사람이 도남 조윤제입니다. 대구 사람입니다. 이분에 대한 이야기를 하려고 합니다. 혼자 들어가서 혼자 졸업했어요. 그런데 교수들은 어떤 사람이냐. 제국대학은 강좌제였어요. 일본은 대학 제도를 독일에서 가지고 왔어요. 유럽식으로. 유립은 교수, 조교수, 조수로 하나의 강좌가 이루어집니다. 이것은 독립된 학문 단위입니다. 지금 우리나라는 미국식 학과제이지요. 그래서 교수는 조그마한 방에 쪼그려 앉아있고, 월급도 그렇게 많지 않습니다. 그리고 권한은 아무것도 없고 그렇죠. 그런데 대륙식은 그렇지 않아요. 유럽 대학에 가보면 교수 연구실이 없어요. 필요 없으니까. 사무실만 있단 말이에요. 제국대학은 그 제도를 그대로 갖고 왔어요.

그러면 경성제대 조선어문학 전공은 어떻게 구성되었느냐. 제1강좌 담임이 다카하시 도루高橋亨라는 사람입니다. 도쿄제대 나와서 대구 고보 교장을 지내다가 차출되어 경성제대 교수가 되었지요. 제2강좌는 오쿠라 신페이小倉進平였지요. 오쿠라는 프랑스에서 언어학을 공부하고 조선 총독부 촉탁으로 있다가 경성제대로 들어왔어요. 이두 사람이 교수였습니다. 다카하시가 문학을 가르쳤고, 오쿠라가 어학을 가르쳤습니다. 그러면 이걸로 다 되느냐. 강사가 있어야겠지요. 조선문학을 누가 가르쳤느냐 하면, 조선한문, 조선시가를 가르친 사람은 정만조라는 사람입니다. 정만조는 규장각 실장이었습니다. 이사람이 조선문학을 가르쳤습니다. 또 한 사람이 있는데, 어윤적, 이사람은 풍속사를 가르쳤습니다. 이 두 사람이 강사고, 위의 두 사람은 교수였어요. 그러다가 오쿠라가 도쿄제대로 전출해 버립니다. 그래서 후임으로 고노 로쿠로河野六郎라는 사람이 오기도 합니다.

좌우지간 이렇게 출발했는데, 도남이 왜 조선어문학을 지원했느냐? 자신이 써 놓은 글에서 보면 독립운동을 하기 위해서였다고 합니다. 그런데 대학에 들어와 보니까 대학은 독립운동하는 곳이 아니라 학문하는 곳이었다는 겁니다. 독립운동은 만주 벌판에서 하는 거죠. 그러니 이 청년이 얼마나 당황했겠어요. 회고록『도남 잡지』[1964]에 그렇게 적혀 있어요. 대학은 학문하는 곳이다. 그러면 학문을 하는 수밖에. 도남의 졸업 논문이「조선 소설사」[1929]였습니다. 졸업하고 나니까 갈 데가 없어요. 오쿠라 교수의 조수로 들어갑니다. 조수 노릇을 하다가 경성사범학교 교유로 갑니다. 그렇게 연구를 이어갑니다. 그런데 조윤제의 고민을 살펴보면, 우리 세대가 한 고민보다 훨씬 심각하다는 것을 알 수 있어요. 우리 세대에게는 그래도 민족도 국가도 있지만, 이분들은 우리보다 훨씬 더 열악한 조건 속에 있었습니다. 이분들의 사고나 고민, 이런 것들을 검토하다 보면 한국 근대문학이 어떻다 하는 그런 이야기들이 대단히 부실하고, 또 부끄럽고 그래요. 그런 것을 저는 통절하게 느꼈어요.

그러면 이분은 어떻게 했느냐? 학문을 하겠다고 조선 소설사를 썼습니다. 그런데 오쿠라의 논문이 나와 버렸어요.『경성제대 기요紀要』제1집에. '기요'라는 건 논문집을 말합니다. 경성제대가 1926년에 생기고 나서 논문집이 나온 건 첫 졸업생이 나온 1929년이 되어서입니다. 오쿠라의 논문만 딱 한 편 실려 있어요. 그게 그 유명한「향가 및 이두 연구鄕歌及び吏讀の硏究」[1929]라는 논문입니다. 양주동이란 분 알지요? 무애无涯 선생. 이분은 금성파라 해서 시도 썼는데, 시를 보면 얼마나 시에 재능이 없는지 알 수 있어요.『조선의 맥박』[1932] 같은 시집을 읽어보면 쉽게 알 수 있습니다. 그런데 이분이 공부를 대단히 많이 한 분이고 문장이 아주 뛰어나고 말재주도 뛰어나서, 카프 논쟁때 절충파라 해서 이쪽 저쪽을 다 비판한 훌륭한 비평가로 평가되고 있습니다. 스스로는 아주 시를 잘 쓴다고 생각했는데, 숭실전문 영

어 교수로 있으면서 잡지도 내고 글도 쓰고 그랬어요. 그러다가 어느 날 도서관에 가보니까 오쿠라의 논문이 실린 기요가 있어요. 그걸 읽고 집으로 돌아와서 그날 당장 장기판부터 없애버렸다고 해요. 본인 말이 그래요. 우리가 총칼에 망한 것이 아니구나 라며 한적漢籍을 짊어지고 평양으로 가서 밤낮 향가 연구를 했어요. 식구들에게도 향가를 나눠 주고, 또 임무를 줘서『두시언해』도 조사하라 그랬어요. 자신은 화장실에도 향가를 써 붙여놓고, 아파서 죽어가다가도 일어나서 향가를 읽고 있다고 말했습니다. 그건 아마 사실일 것입니다. 그렇게 해서 쓴 논문이『청구학총』1937에 실린「향가 해독─특히「원왕생가」에 대하여」입니다. 일본어로 쓴 논문입니다.『청구학총』이라는 것은 경성제대와 조선사 편수회의 일본 학자들이 만든 수준 높은 사학 잡지입니다. 실증주의는, 한국사의 실증주의적 연구는 지금도 일본 학자들이 더 많이 하고 있습니다.

「원왕생가」를 무애 선생이 아주 집중적으로 연구했어요. 이 향가는 불교의 아미타 사상에서 나온 것이지요. 중국에서 가장 오래된 고대 시가집은『시경』입니다. 조선은『삼대목』입니다. 일본은『만요슈萬葉集』입니다. 고대 시가라는 것은 아주 정제된 고도의 예술성을 지닌 것이기 때문에 대단히 중요한 것입니다. 동양 삼국에서『시경』은 중국이 세계 중심이니까 당연한 것이고, 일본에도『만요슈』가 있는데 우리만 없을 수 없지요.『삼대목』이 있었는데, 지금은 사라지고 없단 말이에요. 그 흔적으로『삼국유사』에 겨우 14수가 남아 있어요. 그런데 이것은 해독이 안 되니까 없는 거나 마찬가지였는데, 이걸 오쿠라 박사가 해독했지요. 그러면 오쿠라는 천재인가? 천재지요.

오쿠라는 언어학을 유럽에서 공부하고 돌아온 사람이에요. 전공이 방언학입니다. 이 사람이 경주 지역에 가서 한적을 한 트럭이나 사 가지고 왔어요. 그 속에 『균여전』이 들어 있었어요. 『균여전』에 보면 향가 11수가 있지요? 「보현십원가」 11수가 그것이지요. 이 향가는 한역이 옆에 딱 붙어 있습니다. 그러니 이걸로 향찰식 표기를 해독할 수 있었지요. 향찰식 표기는 한자 어순으로 된 이두와 달라서 문상 선제기 훈독인 셈이지요. 오쿠라는 그걸 알아채고 『균여전』을 해독해 보았더니 해독이 돼요. 그래서 이것을 갖다가 『삼국유사』에 있는 향가를 해석합니다. 이것까지는 굉장한 것이지요. 일본 제국 학사원 은사상恩賜賞을 받을 정도로 일본학계에서도 충격적인 사건이었습니다.

그런데 오쿠라는 실수를 하나 했어요. 이 사람은 언어학자이니까 향가의 형식에 대해서는 좀 소홀했습니다. 향가는 4구체, 8구체, 10구체로 발전하는데, 오쿠라는 8구체를 향가의 기본체, 즉 최종적인 형식으로 봤어요. 이것은 잘못입니다. 평론가인 쓰치다 교손土田杏村이 이것을 비판해서 둘 사이에서 크게 논쟁이 벌어졌어요. 이 논쟁을 도남이 지켜보고 있었습니다. 도남이 그 후 소설사를 접고 시가 연구로 들어가는 계기가 되었지요. 무애의 「원앙생가」 연구도 오쿠라에 대한 도전입니다. 오쿠라가 이것을 읽고 조선 사람도 이제 공부를 하는가 보다 했다고 합니다.

무애 선생은 온 집안에 향가를 적어놓고 공부했는데, 이것을 자신은 『장자』의 포정해우庖丁解牛로 비유하여 설명해요. 백정이 소를 잡을 때 처음에는 힘들지만, 여러 마리 잡다 보면 실력이 늘어서 나중에는 칼을 갈 필요도 없이 매듭만 풀면 쫙 펼쳐진다는 것입니다. 향가를 척 보기만 해도 훤하다는 것이지요.

그러나 지금 여기서 문제가 되는 것은 도남의 경우입니다. 도남은, 루카치를 읽지도 않았으니까, 소설 따위에 법칙성이 없다고 생각했어요. 그렇지만 가만히 보니까 시가에는 법칙이 있어요. 이 법칙이 뭐냐? 「서동요」 같은 거는 4구체지요. 「원왕생가」는 8구체입니다. 그 다음에 완성체는 10구체지요? 그런데 도남에게는 4, 8, 10으로 전개되는 규칙이 문제였어요. 소나타 형식이 12줄인 것처럼, 조선시가만이 가지고 있는 규칙을 찾아야만 과학이 되고 학문이 된단 말이에요. 가만히 보니까 이게 반으로 딱 갈라진단 말이야. 8구체는 앞 4구와 뒤 4구로, 10구체는 앞 8구와 뒤 2구로. 법칙 하나가 뭐냐 하면 '반절성'입니다. 이렇게 잘라서 반절로 삼는데, 전절은 덩치가 크고 후절은 작단 말이에요. 그래서 두 번째 법칙은 '전절대 후절소' 법칙. 이 두 가지가 도남이 발견한 조선시가의 과학입니다. 얼마나 굉장합니까?

그런데 만일 이 법칙이 향가에만 적용되고 다른 시가에는 적용되지 않으면 어떡하느냐. 도남이 제일 미워한 것이 가사입니다. 우리나라 시가의 중심은 시조지요. 시조는 초장, 중장으로 된 전절과 종장인 후절로 나눕니다. 시조야말로 이 법칙에 딱 맞게 적용됩니다. 한국 최대의 시가인 시조가 말이죠. 고려 가요인 〈정과정곡〉, 경기체가인 〈한림별곡〉도 여기에 맞아 들어갑니다. 그런데 가사는 여기에 맞지 않아요. 인문학에서는 70% 정도만 맞으면 법칙이라 합니다. 인문학에서 100%는 없어요. 이 정도면 과학으로 성립됩니다. 그러니 가사를 버릴 수밖에. 도남이 이걸 정리해서 한국시가의 역사를 쓴 책이

『조선시가사강』[1937]입니다. '강綱'은 '벼리'란 뜻이지요. 이건 그가 발견한 과학이자 학문의 일종입니다. 우리나라 시가에 향가가 있었다가 없어지고 고려 가요가 생겼다, 왜 그랬느냐, 이게 우리 민족의 감정에 맞았다, 이런 식으로 설명하는 것은 과학이 아닙니다. 아무리 뚱뚱한 문학사 책을 써도 잡동사니에 불과합니다. 아무리 간단해도 법칙을 세워야 과학이자 학문이라 할 수 있지요. 규칙이 없다면 문학사를 쓸 수 없습니다. 웰렉과 워렌이 쓴 『문학의 이론』을 보면 문학사란 관습convention이고 학문이 되기 어렵다고 합니다만, 문학사를 과학에 가장 근접시킨 사람이 바로 도남이었습니다.

도남은 그 후에 더 연구를 진행하기 위해서, 자신의 말로는 민족이 없어질 위기라서 이것을 더 연구해야겠다고 하며 경성사범학교 선생을 그만두고 지금 고려대가 된 보성전문학교의 도서관에서 살다시피 했어요. 아무 직책도 없이 말이에요. 그때 보성전문 교수로는 손진태가 있었는데 그 사람한테서 연구실을 하나 얻어서 계속 연구를 해나갑니다. 도남은 해방 후 경성제대가 이름을 바꾼 경성대학의 교수가 되어 첫 강의를 하고 연구실로 돌아와 울었다고 합니다. 그의 사상을 신민족주의라고 하는데, 일제시대에 조선의 독창적인 사상은 이것밖에 없다고 말하는 사람도 있습니다. 마르크스주의도 과학이지만 그것은 서양 것이지요. 그러면 그 독창적인 사상은 구민족주의하고 어떻게 다르냐? 조선의 정신이 있다, 조선의 얼이 있다고 주장하는 구민족주의는 과학적으로 증명할 수 없는 것이에요. 신민족주의는 과학적으로 증명되는 것이지요.

도남 조윤제와 국어라는 '사상'

　신민족주의 사상은 두 가지가 있었어요. 대한민국 정식정부, 이 명칭은 김동리가 늘 사용하던 명칭인데, 이것의 역사 이념이 신민족주의 이론입니다. 이것은 손진태 같은 사람들이 중심이 된 민족 행복론입니다. 그러나 도남은 자신의 신민족주의론은 그것과는 다르다고 했어요. 자신의 연구는 민족이 망할지 모를 시기에 나온 민족 생존론이라는 거지요. 대학 시절 저는 고시 공부를 잠깐 한 적이 있는데, 그때 중요 과목 가운데 하나인 국사를 공부하기 위해서는 손진태가 쓴 『국사대요』[1949]를 봐야 했어요. 민족 행복론이라는 것은 거칠게 말하면, 해방이 된 새로운 나라에는 여러 계층들이 있고 또 여러 분자들이 있는데 그들을 모두 민족사적으로 수용하여 민족 행복으로 나가자는 통합론이라 할 수 있습니다. 이런 논의는 한편에서는 용납할 수 없지요. 친일파나 민족 반역자도 함께 해야 하느냐는 반론이 있을 수 있으니까요.

　도남이 쓴 최초의 문학사가 1949년에 나온 『국문학사』입니다. 이것은 제가 알기로는 어떤 사관史觀이나 법칙으로 쓴 최초의 문학사가 아닌가 합니다. 대단히 뚱뚱하고 풍부하게 서술한다고 해서 문학사 서술이 되는 것은 아닙니다. 도남의 문학사는 유기체 이론으로 되어 있는데, 그것은 독일에서 말하는 정신과학Geistwissenschaft에 속하는 것입니다. 정신과학, 이것은 말하자면 해석학입니다. 대학에서는 과학을 해야 하고, 문학은 정신과학의 일종이며 그 법칙은 이러이러하다고 주장한 것이지요. 그렇지만 도남이 조선문학을 유기체로 봤기 때문에 그것을 탄생, 성장, 성숙, 쇠퇴기와 같은 생물적 순환처럼 해석했다는 점에 문제가 있어요. 또 하나 문제로 삼을 수 있는 것은 도남이 한국문학을 보는 시점, 이게 제가 가장 강조하고 싶은 점입니다만, 곧 국가＝문학이라는 점입니다. 국가가 없으면 그 나라 문학을 논할 수 없다는 생각 말입니다.

국민국가가 만든 언어인 국가어, 이것을 줄여서 '국어'라 합니다. 이연숙이라는 학자가 있어요. 일본의 히토쓰바시대학에서 공부하고 거기 재직하고 있어요. 『'국어'라는 사상』1996을 쓴 사람이지요. 이 책은 일본 사람들이 손대지 않았던 영역을 개척한 연구인데, 국어라는 것이 얼마나 굉장한 이데올로기냐 하는 것을, 일본 자료를 통해 일본에서의 그 사상의 발전을 체계적으로 정리한 업적입니다. 국어란 국민국가가 만든 언어입니다. 국민국가가 가지고 있는 폭력을 통해 이 언어만 쓰라고 내놓은 것이지요. 근대국가를 만들기 위해서는 이 방법밖에 없어요. 베네딕트 앤더슨의 『상상의 공동체』1983를 읽어보면 알 수 있지요. 지역 다르고 그에 따라 방언이 여럿 있고 계층 다르고 그에 따라 다른 언어가 존재하는데, 국민국가를 만들고자 하면 언어부터 통일해야겠지요. 그래야 지방 차이, 계층 차이를 다 없앨 수 있어요. 국가의 통일적 사고의 도구가 되는 것이 국어란 말입니다.

이러한 국어로 된 텍스트만이 국문학이고 한자로 된 것은 절대로 안 된다는 것이 도남의 생각이었습니다. 도남은 한문을 잘 알고 있었습니다. 도남의 장서가 영남대학교에 소장되어 있는데, 그 대부분은 한적입니다. 그렇지만 도남은 근대국가가 아니면, 국어가 아니면 국문학이 성립될 수 없다는 것을 처음부터 내세웠어요. 그러면 국가라는 것, 조선의 국가라는 것은 식민지시대에 어디 있느냐 라는 문제가 나옵니다. 다음 시간에 이 문제를 다루려 하는데, 도남은 근대다 뭐다 하는 것을 넘어서서 그보다 더 큰 단위를 가지고 사유를 전개했습니다. 오늘날 우리가 볼 때는 엘리트들이 한문으로 글을 쓰고 사유하고 했으니까, 한문으로 된 것이 진짜 문학이지 한글로 된 것이 뭐 대단한 게 있느냐 하겠지요. 고려 가요나 시조 같은 건 유행가 아닌가 말입니다. 고려문학을 공부하려면 고려의 엘리트들이 쓴 한문학을 다뤄야지요. 요즘은 다 그렇게 생각하지요. 그러나 이때는 사람들이 그렇게 생각하지는 않았어요. 국가어, 즉 국어 때문입니다.

한국문학의 두 공간, 세 가지 글쓰기

제도로 다시 돌아갑니다. 제도로 정착한다는 것은 무슨 뜻이냐? 과장해서 말하자면 이런 거지요. "너한테 실권 다 줄 테니까, 국가를 한번 경영해 봐라. 감옥 만들지 않겠어? 국어라는 폭력 장치를 만들지 않겠어?"라는 겁니다. 대학이라는 제도가 있고, 또 문학이라는 제도가 있어요. 국문학이라는 제도가 있어요. 이 틀을 도남이라는 사람이 그 시대에 맞게 제시해 보려고 했습니다. 해방 후에 일제가 물러간 후에도 경성제국대학으로 그대로 있다가 미군정이 들어와서 육군 대위가 서울대학교를 만들었어요. 미군정이 경성대학으로 이름을 바꾸기1945.10 전까지 경성제대란 이름을 그대로 썼어요. 국문학과는 언어학, 즉 국어학이 제일 위에 오는 건 당연하지요. 일석 이희승,

심악 이숭녕 선생이 다 국어학을 한 사람들이지요. 그다음에 문학 전공이 도남입니다. 또 한 사람이 있었는데 가람 이병기 선생. 또 이명선李明善이라는 사람이 조교수로 들어가요. 이렇게 멤버가 만들어졌어요. 그래서 국어국문학과가 제도로서 이루어졌어요.

저는 이런 것과 다른 '근대문학'을 전공한다면서, 이광수가 「자녀중심론」1918에서 말했듯이, 하늘에서 떨어진 새로운 종자라 자처했습니다. 우리 세대는 조상도 없고 애비도 없는 완전히 새로운 종자라는 것이었지요. 그때는 철이 없어서 그런 소리를 하던 시절이었습니다. 그러나 그것보다 더 큰 틀은, 도남에게서 보았듯이 이미 국어국문학으로 만들어져 있었어요. 그러면 국어를 가지고 우리는 근대문학을 어떻게 해왔던가? 그것이 두 공간 이야기입니다. 이 제도로서의 문학을 일제가 자기 통치하에 넣지 않았다는 것, 그것 때문에 우리 문학이 가능했다는 것입니다.

보통 말하는 '암흑기'라는 것을 어떻게 해석하느냐 하는 것은 지금 세대들이 하는 작업입니다. 새로운 이론이라는 것도 모르고 요새 돌아가는 것도 모르고 다만 제가 살아온 것을 말해보려 할 따름입니다. 그동안 제가 여기에 대해 정리한 것이 세 권의 책입니다. 하나는 『일제 말기 한국 작가의 일본어 글쓰기론』2004, 또 하나는 『해방공간 한국 작가의 민족문학 글쓰기론』2006, 또 다른 하나는 『일제 말기 한국인 학병 세대의 체험적 글쓰기론』2007입니다. 저 같은 구세대가 다른 세대보다도 조금 쉽게 할 수 있는 것, 기여할 수 있는 것은 이런 정도에 지나지 않습니다. 다음 시간에는 이것들을 얘기해 보도록 하겠습니다.

두 번째 강의

일제 말기
이중어 글쓰기

국민국가와 이중어 공간

이번 시간에는 우리 근대문학사의 두 공간 중에 일제 말기의 이중어 공간에 대해서 얘기하려고 합니다. 제가 서 있는 위치는, 즉 제가 논의하고 있는 한국 근대문학은 국민국가에 기반을 두고 있습니다. 국민국가의 단일성에 대해서 여러 문제가 제기되고 있는 것은 여러 분들도 공부해서 다 아는 것일 터이지요. 제가 얘기하려는 것은 국민국가에 기반을 두었을 때 한국 근대문학사가 성립된다는 것입니다. 이게 제일 기본적인 명제입니다. 국어로 하는 문학, 이것이 한국 근대문학이라는 명제입니다. 국어라는 것은 국가어의 준말입니다. 국가를 떠나면 국어는 성립할 수 없습니다.

채만식 소설 「논 이야기」[1946]에서는 8·15해방이 돼서 만세 부르지 않은 것이 얼마나 다행이냐, 일제시대에 빼앗겼던 자기 농토를 다시 찾으려 했는데 해방이 되고 나니까 적산이라 해서 주지도 않고 나라가 자기에게 이익을 준 것 하나도 없다고 주장하는 주인공이 나옵니다. 이것은 풍자인데, 거꾸로 얘기해 보면 국가 없이는 한국 근대문학이 성립할 수 없다는 것이죠. 가령 "난 국가로부터 이익을 하나도 받지 않았고 국가가 시원하게 잘 망했다"라고 생각할 수 있으면, 저로서는 근대문학을 논할 수가 없어요. 국가를, 입만 벌리면 저처럼 민족·국가를 떠드는 사람, 그런 이데올로기를 갖고 있는 사람만이 근대문학을 체계화시킬 수 있는 것입니다. 입만 벌리면 국가와 민족을 떠드는 것은 국가와 민족이 있어야 자기에게 이익이 돌아오기 때문입니다. 자기에게 이익이 돌아오니까 이데올로기이고 허위의식이지요. 이데올로기라는 것은, 누구나 아는 것처럼, 자기와 자기 주변의 이익을 방어하기 위해서 만들어 놓은 생각이 아닙니까. 그런 국가와 민족이 있어서 자기에게 이득이 없는 사람은, 그걸 절대로 용납할 수가 없어요. 국가가 필요 없을 뿐만 아니라, 오히려 자기를 더 못살게 구는 거 아닌가 하고요.

지난 시간에 제가 이런 얘기를 했습니다. "국가를 너에게 맡길 테니까, 네가 한번 경영해봐라." 그런 자리에 선다는 것입니다. 이게 국가를 승인하는 첫 번째 조건입니다. 늘 남의 종살이나 하고 그런 사람들은 국가를 생각할 수 없다는 것입니다. 주인이 아니고는 불가능한 일입니다. 거기서 한국 근대문학은 출발하고 있습니다.

국가라는 것이 무엇이냐? 이게 우리가 말하는 국민국가이지요. 근대국가이지요. 국가가 근대를 만들기 위해서 강제로 폭력을 행사합니다. 국가만큼 큰 폭력이 없지요. 폭력을 이용해서 근대국가를 만드는 것입니다. 근대국가를 만들기 위해서, 그 이전에는 지역이라든가 언어라든가 계층이라든가 하는 온갖 차별이 있는 세계를 하나로 통일하는 것입니다. 그게 근대국가입니다. 근대국가를 만들기 위해서 언어를 통일하는 것, 그것이 국어입니다. 이것은 앤더슨 같은 학자가 잘 분석해 두었습니다.

소설이 근대국가를 만드는 데 얼마나 큰 역할을 했느냐. 이것은 필리핀의 소설가 호세 리살 얘기를 들어서 앤더슨이 『상상의 공동체』에서 상세히 논의하고 있습니다. 국가를 통일하고 언어를 통일하고 그다음에 상징물인 애국가, 태극기를 만들고, 진선미가 이 국가에 다 있음을 모든 사람에게 주지시키고 해서, 근대국가를 단일한, 단단한 단체로 만드는 것입니다. 소설이 이에 얼마나 큰 역할을 했느냐 하는 것도 그 책에 상세히 나와 있습니다. 소설이라는 것은 주인공의 익명성이 중요한 것입니다. 소설의 인물들은 자기끼리는 모르지만 독자는 이들의 관계가 어떻게 되어 있는지 다 안단 말이에요. 이렇게 익명성으로 투명하게 만드는 것, 이게 근대입니다. 여기서 국어가 중요한 역할을 했다는 것이지요. 한국어로 하는 문학, 그게 한국문학입니다. 한국 국가가 하는 문학. 그러니까 국가가 없이는 이걸 논의할 수도, 생각할 수도 없는 겁니다.

우리는 보통 이렇게 말합니다. 1910년에 국가를 상실했다. 외교권을 빼앗긴 것이 1905년이고 일본 통감이 부임한 게 1906년, 군대가 해산당한 게 1907년이지만, 보통 1910년에 국가를 상실했다고 봅니다. 그런데 국가 상실의 기간이 얼마나 되느냐 하면, 1919년까지, 딱 9년입니다. 왜냐하면 임시정부가 생겼기 때문입니다. 임시정부는 공화정으로서 헌법도 가지고 있었습니다. 정부니까 국가란 말이죠. 국가가 만들어졌습니다. 이렇게 보면 국권 상실기라는 게 9년밖에 되지 않아요. 국가가 엄존하고 있었다는 것, 물론 임시정부로 해외에 있었지만, 이것이 한국문학을 성립시키는 가장 중요한 조건입니다.

일제가 조선을 통치하는 것은 물론 제도를 가지고 했습니다. 경찰 제도, 행정 제도, 우편 제도, 금융 제도, 교육 제도, 이런 것이 다 제도입니다. 이 제도를 일본이 통치하에 둔 것입니다. 이것이 식민지 통치입니다. 그런데 문학도 제도의 일종이란 말입니다. 문학이라는 제도를, 일제는 통치하에 두지를 않았어요. 처음부터. 그러니까 한국 근대문학은 식민지 통치를 받은 적이 없어요. 이걸 떠나면 한국 근대문학을 논의할 수 없습니다. 검열이 있었지 않느냐 하겠지요. 검열이라는 것은 지금도 있어요. 검열 없는 사회가 세상에 어디 있어요? 일제가 검열을 많이 했다, 탄압을 많이 했다, 그런 거는 이 근본적인 문제하고 관계가 없어요. 문학 제도를 통치하에 넣지 않았다는 것이 중요합니다. 그러니까 한국 근대문학은 처음부터 성립되는 것입니다. 국가가 있으니까, 임시정부가 있으니까, 국가어가 성립합니다. 임시정부는 해외에 있었던 것 아니냐, 해외에 있는 것이 무슨 의미가 있느냐고 물을 수 있습니다. 이때 문제가 되는 것은 임시정부가, 국가가 국내에다가 자신의 대행 기관을 만들었다는 사실이에요. 그것이 조선어학회입니다. 조선어문연구회에서 출발한 조선어학회입니다. 이 조선어학회가 맞춤법을 통일하고 외래어 표기법도 만들고 했다는 것은 잘 알지요? 이때 문인들이 성명서를 내서 이 맞춤법 통일안을 절대 지지한다고 했어요. 조선어학회가 국내에 있는 국가 대행 기관이었어요. 그래서 조선어학회가 보증한 국어를 가지고, 즉 조선의 국가어를 가지고 문인들은 글을 썼어요. 그게 한국 근대문학입니다. 문학은 일제의 통치부 속에 들어간 적이 없어요.

그러면 일제가 신간회 허용하듯이 그렇게 다 허용하다가, 국어를 통해서 만들어지는 문학까지 제도 속에, 통치하에 넣으려고 했던 것이 언제냐 하면, 1942년 10월 1일입니다. 이게 조선어학회사건입니다. 조선어학회사건에 대해서는 많은 자료와 연구들이 있습니다. 가장 쉽게 접할 수 있는 것은 한글 학회에서 낸 『한글 학회 50년사』[1971]입니다. 이 책에는 이희승의 감옥살이 회고가 자세히 나와 있고, 법무부 장관 했던 이인의 옥중 체험도 상세히 나와 있습니다. 이 사건으로 일제가 몇 명을 체포했냐 하면 33명입니다. 이것은 3·1운동에 준하는 비중입니다. 그래서 33인이었습니다. 물론 나중에는 몇 명이 석방돼서 26명으로 줄지만. 10월 1일은 공휴일이었습니다. 이날은 조선 총독부가 통치를 시작한 시정일施政日이었어요. 그래서 공휴일이었지요. 여기에 딱 맞추어서 조선어학회사건을 일으킵니다. 문학을 제도 속에 넣겠다는 것입니다. 그러면 우리 처지에서 볼 때는 문학만은 식민지 통치를 받지 않고 있었지만, 여기서부터는 대단한 큰 문제가 발생합니다. 그래서 많은 사람들이 이 시기를 '암흑기'라 그랬습니다. 여기에 있는 것은 제로이고, 아무것도 없기 때문에 건너뛰면 된다고 해왔어요.

문학이 가지고 있는 속성으로 볼 것 같으면, 이 시기를 암흑기라고 그냥 방치할 수도 있고 안 할 수도 있습니다. 1942년 10월 1일부터 1945년 8월 15일까지 약 3년 동안의 기간은 한국 근대문학이, 일본 측에서 볼 때는, 즉 통치부 쪽에서 볼 때는 식민지로 편입되는 것입니다. 우리 한국 근대문학에서 보면 암흑기예요. 건너뛰면 돼요. 그러나 이 기간의 글쓰기 문제를 우리가 제기해 볼 수도 있습니다. 저는 구세대에 속하는 사람으로서 다른 이론은 모르고 하니까 여태 해온 범위 내에서 이 문제들을 제기해 보려고 하는 것입니다. 이게 제가 할 수 있는, 기여할 수 있는 어떤 영역입니다.

해방된 해인 1945년 연말에 서울에서 유명한 문인 좌담회가 두 번 있었어요. 하나는 '문학자의 자기비판'이라는 봉황각 좌담회이고 또 하나는 아서원 좌담회입니다. 봉황각 좌담회에서는 남북한의 그야말로 대표적인 문인들이 모였습니다. '자기비판'이라는 제목으로 좌담회를 했습니다. 여기에는 북로당 계열의 한설야나 이기영도 와 있었고, 남로당 계열의 임화, 김남천, 이태준 이런 사람들도 있었고, 연안서 온 김사량도 있었습니다. 여기서 격렬한 논쟁이 전개되었습니다. 이태준은 어떤 얘기를 했냐 하면, 일제시대에 일본어로 글을 쓴 사람들을 절대 용납할 수가 없다, 언어가 없어지고 하는 마당이 아니었냐 하는 것이었습니다. 이에 대해 일제시대에 일본어로 글을 가장 많이 썼던 김사량이 맞서는 그런 장면이 있습니다.

김사량 이야기의 요점은 이런 것입니다. 그 말 참 잘했다. 일제시대에 조선어를 지키고 글을 안 쓰고 버틴 사람들을 존경해. 그렇지만 당신들은 뭘 했느냐. 글을 써서 땅에 묻어놨느냐. 파내 보란 말이야. 어려워지고 할 수 없으니까 가만히 있었던 거 아니냐. 그게 뭐 잘났느냐. 그런 논법입니다. 제가 표현이 좀 서툴러 이렇게밖에 표현이 안 되지만, 요점은 대개 그래요. 작가라는 것은 글 쓰는 사람 아닌가. 어떤 상황에서도. 한글로 글을 써서 발표할 수가 없으면 땅에 묻어야 해. 조국이 광복된 다음에 꺼내 놔야 해. 그런 사람은 나도 존경한다. 그러나 만약 한글로 발표할 수가 없으면, 글은 써야 되니까 일본말이든 에스페란토어든 뭐든 가지고 써야 되는 게 아니냐. 이게 작가의 임무가 아니냐. 난 일본말로 썼다. 당신은 뭘 했는가.

이 논쟁은 해방 공간의 문제에 해당합니다. 작가는 자기 국어로 써야 하는가? 자기 국어로 써야 한다는 것은 한국 근대문학을 가리킵니다. 자기 국어가 아니고 일본어라든가 영어라든가 제3국 언어로 쓴다면 이건 무엇인가 하는 것입니다. 아무것도 아닌 것인가. 아무것도 아닌 것은 아닐 겁니다. 글쓰기니까. 이 글쓰기의 의미가 무엇이냐는 것입니다. 이 공간에서 쓰인 글쓰기는 그 3년 동안 엄청난 분량이 됩니다. 한두 편이 아니란 말이지요. 이것을 어떻게 볼 것인가 하는 겁니다. 이 공간을 '이중어 글쓰기 공간'이라 이름을 붙여볼 수 있습니다. 이런 말이 있을 수 있는지 모르겠습니다만, 좌우지간 이 공간에서 우리 작가들이 쓴 글은 한글로 쓴 것도 있고, 일본어로 쓴 것도 있어요. 같은 사람이 한국어로도 쓰고 일본어로도 쓰고 그랬어요. 두 가지 다 했어요. 이런 일들이 이 공간에서 벌어지고 있는데 이걸 어떻게 처리할 거냐는 겁니다. 오늘날 문학 연구라는 것은 문화 연구cultural studies라서, 문학의 정통성이나 문학이 가진 미학적 요인이나 하는 걸 따지지 않지요.

오늘날 전국에 국어국문학과가 120개 가까이 있습니다. 일어일문학과가 80개 가까이 있습니다. 합하면 200개 가까이 됩니다. 이들이 대학원에서 공부할 때 마주칠 수 있는 공간이 이 공간입니다. 학위논문도 그래요. 이 공간은 언어나 문학도 아니고 글쓰기의 공간입니다. 어느 국가의 문학으로도 소속되기 어려운 글쓰기 공간입니다. 이 글쓰기에서 한 작가가 모국어로도 쓰고 일본어로도 쓰고 하는 이러한 문제에서 발생하는 여러 가지 사항, 이것이 문화 연구의 중요한 부분으로 부상할 수가 있습니다. 그래서 제가 여기에 대해서 공부를 좀 했는데 그걸 소개하려는 것입니다.

이중어 글쓰기 공간의 저널리즘

이 무렵의 저널리즘, 즉 발표의 무대, 글쓰기의 무대를 간략하게 분류해 보겠습니다. 아까 제가 이태준 얘기를 조금 했습니다만, 자신은 언어를 지키는 것이 가장 중요했고, 일본말로 글 쓰는 사람들을 대단히 못마땅하게 생각했고, 그런 거를 용납할 수 없다고 강력하게 말했던 이태준도 일본어로 친일 소설을 쓴 자료가 눈에 띕니다. 1944년 9월 『국민총력』에 「제1호선의 삽화」라는 작품이 있어요. 이걸 찾아낸 게 어떤 일본 학자입니다. 이상한 것은, 이태준이 자기가 한 거라 자기가 제일 잘 알 텐데, 해방 이후에 어떻게 그렇게 몰아붙일 수 있었을까 하는 겁니다. 「해방전후」[1946]라는 그의 소설을 보면 자기가 얼마나 대단했는가 하는 얘기가 적혀 있지만, 그건 소설이니까 가능하지요. 이건 사실로 증명되니까 문제지요. 그러나 그것을 대수롭지 않게 볼 수도 있습니다. 대국적인 측면에서는.

이 무렵에 발표지가 대단히 많았어요. 『동아일보』, 『조선일보』가 1940년 8월 폐간되었고, 『문장』, 『인문평론』이 1941년 4월에 폐간되었고, 『국민문학』밖에 없었고, 다 일본말로 되어 있었다고 간단하게 얘기할 수 있는 것이 아닙니다. 이 무렵에 일본어로 발표할 수 있는 곳으로는 그 유명한 『경성일보』가 있습니다. 이것은 일제시대를 통틀어 제일 판매 부수가 많았던 신문입니다. 이것은 처음부터 일본말로 나온 총독부 기관지였고, 이와는 별도로 한글 신문으로 『매일신보』가 있었습니다. 이광수의 「무정」[1917]이 실렸던 신문으로 이것도 총독부 기관지인데, 일제 말까지 한글로 발행되었습니다. 『경성일

보』 다음에 『국민신보』. 『국민신보』도 매일신보사에서 나온 건데 이 것은 일본어 주간지입니다. 여기에 장편들이 쫙 발표되었어요. 한설 야의 「대륙大陸」도, 이효석의 장편도 여기 실려 있어요. 「초록의 탑綠の 塔」이라는 제목이지요. 『이효석 전집』창미사에는 이 작품이 존재하는지 몰라서 싣지 못한 겁니다. 또 『국민총력』, 『녹기』, 『동양지광』, 『문화 조선』, 그리고 『국민문학』 등 많은 잡지들이 있었어요. 이것들은 조 선 내의 잡지들이지요.

그리고 일본 내의 신문·잡지들이 있었어요. 일본에서 발행되는 잡지에도 조선 작가들의 기고가 특집으로 실려 있는 것들이 한두 편 이 아닙니다. 『아사이朝日신문』은 오사카판, 중선中鮮판, 남선南鮮판도 있었어요. 또 만주에도 있었어요. 한글 신문 『만선일보』는 물론, 『만 주 일일 신문』부터 시작해서 많은 일본어 신문들이 있었어요. 유진 오, 이효석을 비롯한 한국 작가들이 여기에 투고했지요. 그러니까 자 기가 쓰기만 하면, 어느 정도 수준에 도달한 작품이기만 하면, 발표 를 할 수 있는 지면이 이렇게 많이 있었던 거죠.

한글로 되어 있는 것도 적지 않았어요. 우선 총독부 기관지 『매일 신보』. '每日申報매일신보'는 1938년에 『경성일보』에서 독립하면서 '每 日新報'로 제호가 바뀝니다. 이때 천도교 최고 책임자였던, 3·1운동 을 총지휘했던 최린이 사장으로 가지요. 같은 시기 백철이 학예부장 으로 가는데, 그도 천도교 사람입니다. 여담을 말하자면 천도교가 참 대단하지 않나 저는 생각해요. 북한에는 청우당이 있죠. 공산당하고 나란히 어엿한 정당으로 청우당이 있습니다. 월북 천도교도들이 세 운 정당이지요.

또 다른 한글 잡지로는『조광』,『삼천리』나중에『대동아』,『태양』,『신여
성』,『신시대』,『춘추』등이 있었어요. 이런 잡지들은 전쟁 말기에는
한글하고 일본어 두 가지가 섞여 나오기도 하고 그랬어요. 이런 발표
무대들이 펼쳐져 있었습니다. 또 출판사들이 있었어요. 조선인이 경
영하는 출판사도 있고 일본인이 경영하는 출판사도 있었습니다.

이런 곳에서 발표되는 시나 소설을 정리해 볼 필요가 있습니다. 우
리가 소위 말하는 친일 시나 친일문학 같은 걸 다 빼버리고 그런 것
과 관계없는 글쓰기를 정리해 보면 여러 가지 유형이 나올 겁니다.
이런 자료를 우리가 검토하면서 글쓰기의 유형을 어떻게 분류할 것
인가? 저는 단 여섯 가지 유형으로 분류해 봤습니다만, 그런 것은 중
요하지 않고 분류할 때 어떤 기준으로 할 것인가가 문제입니다. 간단
하게 정리하면 이렇습니다.

이효석과 유진오의 이중어 글쓰기

우선 제1유형. 여기에 속하는 것은 유진오, 이효석, 김사량. 이 사람
들이 일본어로 쓴 글, 또 이 사람들이 한글로 쓴 글. 동시에 썼으니까
요. 이들의 글쓰기 내용이나 방법, 그리고 그 차이 같은 것들을 살펴보
는 것입니다. 그리고 왜 이 세 사람을 한 유형으로 묶을 수 있느냐는
것입니다. 이 세 사람을 제1유형으로 묶은 것은 이들의 글쓰기가 친
일과 아무런 관계가 없다는 것과 관련되어 있습니다. 모두 소설가이
고 순수 소설을 썼습니다. 유진오의 것으로는「여름夏」1940,「남곡선생

^{南谷先生}」1942 등이 있습니다. 이효석은 「은은한 빛^{ほのかな光}」1940부터 시작해서 여러 텍스트가 있고, 김사량「향수^{鄕愁}」1941를 위시해서 「빛 속으로^{光の中に}」1939 같은 텍스트가 있습니다. 이들 작품은 문학적 완성도가 대단히 높고 또 일본어의 표현도 높은 수준입니다. 그리고 일본 문예지에서 조선문학 특집을 꾸릴 때 대체로 이들의 글이 실립니다.

이효석의 작품은 순수한 미학을 보여줍니다. 「은은한 빛」은 고구려의 칼을 발굴해서 조선인인 자기가 소장하느냐, 관립인 평양 박물관에서 보관하느냐를 다룬 것이지요. 오래된 고구려 칼의 은은한 빛, 그 빛에 대한 미학이지요. 기타 여러 작품들이 그런 미학을 다루고 있습니다. 조선적인 미 말입니다. 조선의 옷인 한복을 다룬 「봄 의상^{春衣裳}」1941도 그렇습니다. '봄 의상'이란 봄에 입는 옷을 가리키지요. 여기에 두 여자가 나옵니다. 그리고 한 남자가 나옵니다. 남자는 화가입니다. 화가의 안목으로 여자를 바라보는 것인데, 한 사람은 한복을 입고 나오고, 한 사람은 양장을 해서 나타나요. 이것을 화가가 바라보면서 얘기가 진행됩니다. 그런데 한복을 입은 여자는 조선인이 아니고 일본 여자입니다. 옷에 대한 미적 감각이 주제이지, 이 작품은 친일하고 아무 관련이 없어요.

이 공간에서 쓰인 작품들은 국적 불명이고, 국적을 따지기가 대단히 난처한 글쓰기의 문제입니다. 친일문학으로 유명한 최정희의 「야국초^{野菊抄}」1942라는 것이 있습니다. 들국화의 초^抄라는 것입니다. 이건 일본말로 썼고 말할 것 없이 친일문학입니다. 어떤 여자가 자기를 배신한 남자에게 편지하는 것으로 되어 있어요. 아이를 가진 이 처녀를 유부남이 사랑했다가 버렸어요. 아이를 낳았는데 이 아이가 커서 소년이 됐어요. 이 아이를 데리고 황군, 그러니까 일본군 훈련소로 데려가서 너도 훌륭한 일본 군인이 되라고 합니다. 그리고 들국화 길을 통해서 집으로 돌아오는 얘기를 적어놓은 것입니다. 이것이 친일문학인가? 국적을 따지면 친일문학이겠지요.

이에 대한 영어 논문이 하나 있는데 내용이 이렇습니다. 시카고대학 최경희 교수가 쓴 것인데 이게 친일문학과 아무 관계가 없다는 것입니다. 이것은 남성에게 배신당한 한 여자가 그보다 더 강한 남성성으로 복수하는 것이라는 거지요. 작품 말미가 이렇게 되어 있어요. "이것이 당신에 대한, 그리고 나에 대한 복수이기 때문입니다"라고. 『친일문학 작품 선집』1986에는 이 부분이 "당신에 대한 나의 복수"라고 잘못 번역되어 있어요. 최경희 교수는 이를 정확하게 지적하고 있어요. 국가는 남성성이지요. 조선 국가도 마찬가지입니다. 이것에 배신을 당했으면 복수하는 방법은 이것보다 더 강한 국가라야 된단 말이에요. 우리가 흔히 하는 친일문학이다, 아니다라는 것은 여기서 논할 수가 없게 되어 있어요. 문화 연구로 들어가게 되면 그렇게 될 수밖에 없어요.

시카고대학 최경희 교수가 속해 있는 학과 이름이 이렇습니다. Department of East Asia Languages and Civilizations. '동아시아 언어와 문명'에 대한 학과이지 문학 같은 것은 끼어들 틈이 없어요. 이 학과에서 문학은 문화 연구의 하나의 자료에 불과한 건데 문학 연구가 들어설 곳이 어딨어요? 문학 교수가 여기 있을 필요가 뭐 있어요? 문학 교수가 여기 있을 필요가 없단 말이에요. 이것보다 덩치가 더 큰 곳이 버클리대학인데 거기도 그래요. 버클리대학은 Department of

East Asia Languages and Cultures라 되어 있어요. 거기도 제가 알기에는 문학 교수가 있을 필요가 없어요. 있어도 괜찮지만, 문학이 굳이 있을 장소가 아니에요. 그곳에서는 문학이라는 것이 자료에 지나지 않습니다. 여러 가지 글쓰기 현상의 한 조각에 지나지 않지, 특별한 의미를 갖거나 독립되어 있거나 할 수가 없어요. 잘은 모르지만, 미국은 원래 대중문학, 대중성이 중심이지, 고전이나 정전 같은 건 좀 경시히기 않나 합니다 조녀선 컬러가 그렇게 써두었어요. 밑천도 없는 나라라서 그런 고상한 것은 하지 않는다고. 즉 문화 연구가 아카데미즘이 될 수 있는 것입니다.

셰익스피어를 읽으면 고상한 교육이 되느냐? 셰익스피어를 많이 읽고 교육을 받으면 좀 고상한 사람이 되는가, 인성이 향상되는가? 그렇게 안 된다는 겁니다. 아우슈비츠에서 베토벤 음악을 들으면서 나치 장교들이 유대인을 죽이고 그랬지요. 그 사람들은 베토벤도 듣고 괴테도 다 읽고 한 사람인데 왜 그런가? 대답할 수 없지요. 그러니까 고상한 문학이, 고상한 미학이 그렇게 대단할 게 뭐 있느냐는 반론도 나올 수 있습니다. 물론 여기에는 여러 쟁점이 있습니다만.

에드워드 사이드란 사람이 있지요. 서울대학교에서 강연도 하고 그랬는데, 책을 보면 이 사람이 참 솔직하다는 것을 알 수 있어요. 팔레스타인 출신인 그는 미국 국무성 자문위원이기도 했습니다. 헌팅턴도 그랬고. 그러니 미국이 대단하다는 생각이 들기도 합니다만. 사이드가 이런 얘기를 해요. 중학교에 다니는 자기 딸이 세계 고전 읽기 과제를 하는데, 그중에 카뮈의 『이방인』[1942]이 들어 있다는 거에요. 『이방인』이 어떻게 고전이 될 수 있느냐? 아랍인을 인간 취급을 안 하고 죽이고 해도 재판 한번 일어나지 않는 것이 알제리 현실이었습니다. 소설에는 재판 광경이 나오는데 실제로는 재판이 있을 수가 없었습니다. 있은 적도 없답니다. "아랍인을 왜 죽였느냐? 햇빛이 나서 죽였다." 그런 것을 쓴 작가, 그런 것을 써 놓은 작품이 어떻게 세계 고전이 될 수 있는가? 사이드가 볼 때는 말도 안 되지요. 이러한 문제들이 이 공간에서 대두되는 것입니다. 그래서 아마도 최경희의 이런 논문도 나오고 그런 게 아닌가 싶어요. 우리 처지에서 보면 말이 안 되는데 이중어 공간에서 볼 때는 일정한 의미를 갖는 것입니다.

제가 AKSE라는 곳의 멤버입니다. AKSE는 유럽 한국학회The Association for Korean Studies in Europe의 약자인데 2년에 한 번씩 발표대회를 엽니다. 그런데 지난번에 유럽 어떤 젊은 학자가 발표를 하나 했어요. 이광수의 『원효대사』론이었습니다. 『원효대사』를 촘촘히 읽어서 쓴 논문인데, 이게 친일문학이 아니고 반친일문학이라는 겁니다. 작품을 읽어보면 이광수가 얼마나 민족주의자이고 일본을 얼마나 비판하고 극복하려고 했느냐 하는 것을 알 수 있다는 것이 이 논문의 주장이었어요. 『원효대사』는 신라 얘기인데 신라의 불교 수준이 일본보다 훨씬 높았습니다. 이광수는 일본의 고대 문화에 대해서 대단히 공부를 많이 한 사람입니다. 일본의 단가라든가 일본의 풍속이라든가 일본의 지명이라든가 여기에 다 들어 있습니다. 이게 이 작품 속에 다 논의되어 있어요. 자료로 그냥 들어있어요. 물론 한문입니다만.

말하자면 그런 공간입니다. 이런 공간에서 쓴 글들을 한국문학, 일본문학이라는 범주를 떠나서 생각해보는 것입니다. 일본인들은 이 시기의 문학 작품을 자신들의 문학이라 생각하지 않습니다. 단 김사량만은 자신들의 문학으로 넣어 놨어요. 넣어서는 안 되지요. 넣을 필요도 없지요. 이것은 저들 것도 아니고 우리 것도 아니지요. 누구 거냐. 김사량의 것입니다. 이런 문제를 우리가 어떻게 해결할 것이냐 하는 것입니다. 이게 그르다 옳다 라는 얘기를 하려는 것이 아니라, 이미 이러한 공간이 있고 앞으로 다음 세대들이 이것을 어떻게 처리해 나갈 것이냐 하는 것입니다. 아까 우리나라에 약 200개의 국문과, 일문과가 있다 그랬지요? 새로운 세대의 연구자들 가운데 지금 일본에서 공부하는 사람들이 많습니다. 이 사람들이 우리 문학 연구의 새로운 흐름을 끌고 가고 있죠. 그 사람들이 쓰는 논문들, 그 사람들이 문제삼는 부분이 이 부분이에요. 이 문제들을 다음 세대들이 해결하라는 것입니다. 그래서 전문가도 아니고 이론도 잘 모르는 저 같은 사람들이 문제 제기만 이렇게 해놓는 것입니다.

제1유형에 속하는 유진오, 이효석, 김사량 같은 사람들이 사용한 일본어는 대단히 높은 수준입니다. 밀도가. 이 사람들은 다 제국대학 출신이고 언어에 대한 감수성이 워낙 뛰어난 사람들이며 고전 일본어마저 습득한 사람입니다. 유진오의 회고록을 읽어보면, 자기가 경성 제1고보, 오늘날의 경기고에서 배우는 일본어 교과서가 일본 학생들만 다니는 학교의 국어 교과서와 달랐다고 해요. 일본인만 다니는 중학교에서는 본토에서 가르치는 국어책을 가르쳤다는 거지요. 일본의 국어 교과서는, 오늘날도 그렇지만 거의 문학 작품으로 되어 있습니다. 우리나라 국어책에는 가끔 시 하나 들어 있고 그렇지요. 저쪽은 그렇지가 않아요. 좌우지간 교과서가 달랐어요. 그러니 조선인 가운데 제일 엘리트인 경성 제1고보 학생들이 자존심이 얼마나 상했겠어요. 조선인들 가르치는 국어 교과서는 편지 쓰는 법 같은 실용적인 것으로 되어 있었다는 거지요. 대입 시험의 불리함을 극복하려고 대단히 애를 썼다는 그런 회고록 내용이 있습니다. 이 시대에 이 사람들이 일본어를 습득해서 글을 쓸 수 있는 단계까지 갔다는 거지요.

「남곡선생」이 이 시기 유진오의 대표작인데, 남곡선생이란 서울에 있는 어떤 한의사입니다. 서술자인 '나'의 집안과 그 한의가 관계가 있어 그를 잘 아는데, 남곡선생이라는 사람은 유학자고 조선적인 기품을 끝까지 지켰다고 하며, 조선적인 특징을 드러내려고 했어요. 그건 서정적인 것은 아니고 사건성을 지닌 것입니다. 그게 유진오의 특징인데 유진오는 반드시 사건성으로 인물을 그려요. 「복남이福南伊」1941라는 작품도 그렇습니다. 이 소설은 아큐 같은 인물들을 그려 놨어요. 조선에 무식하고 아큐 같은 청년이 있다, 이 청년이 어떻다, 하는 것을 드러내려고 했어요. 이건 유진오다운 거라고 볼 수 있는데, 이게 문학적인 수준으로 올라가 있다는 점이 중요합니다.

이효석 작품은 말할 것 없이 미학에 바탕을 두고 있고, 그렇지만 어떻게 보면 좀 유치하다고 할 수 있을지 모릅니다. 고민이 덜하다고 말할 수 있을지 모르지요. 말하자면 감각적인, 미학적인 것에 빠져서 작품을 쓴 것입니다. 그러니까 친일하고 관계가 있을 수가 없죠. 유진오의 작품도 마찬가지로 그런 게 있을 수가 없어요. 일제 말기로 가면 유진오는 「조부의 쇠부스러기祖父の屑鐵」1944 같은 소설도 씁니다. 이거 다 일본말로 쓴 것인데, 읽어보면 경향이 조금 달라진 것을 알 수 있지만, 그래도 조선적인 유풍이나 기품을 주제로 삼았음은 틀림없습니다. 그런 것을 지키려 했다는 것입니다.

김사량의 이중어 글쓰기

그리고 김사량. 김사량은 특별합니다. 김시창金時昌이 본명입니다. 대단한 부잣집 아들이었습니다. 어머니가 백화점을 하고 비행기 헌납을 할 정도로 말이지요. 형 김시명은 군수를 두루 거친 총독부 고위 관리였습니다. 그런 대단한 집안 출신입니다. 도쿄제국대학 독문과를 졸업했는데, 졸업 직후인 1939년 「빛 속에」라는 소설을 발표하여 아쿠타가와芥川상 후보에도 올랐습니다. 아쿠타가와상은 일 년에 두 번 주는 것인데, 당선 작가뿐만 아니라 후보작 작가들도 다 가서 시상식에 참석합니다. 조선인으로서는 처음으로 후보작에 올랐다고 대단하게 평가받고 있습니다.

이 작품은 혼혈아 이야기입니다. 세틀먼트라는 도쿄제대생 자원봉사 그룹의 멤버인 조선인 청년이 도쿄의 어느 달동네 애들을 가르칩니다. 그 애 중에 아주 못 된 애가 하나 있어요. 사람들을 사사건건 비꼬고 말이죠. 그런데 그 애는 왜 그리 삐뚤어져 있는가? 어머니가 조선 사람이고 깡패 같은 아버지의 폭력에 시달리고 있는 아이입니다. 그 애가 선생인 '나'를 항상 못살게 굴어요. 왜 그러냐. '나'가 조선인이라는 것을 알고 있기 때문이지요. 말하자면 민족 문제입니다. 김사량은 소설에서 항상 민족 문제를 들고 나와요.

일본어에 자신이 없어서 일본인 교수에게 한국 작가들의 일본어 문장이 어떤지 물어본 적이 있습니다. 그랬더니 이효석의 문장은 진짜 일본말이고 자기도 모를 정도로 뛰어난 것이 많다는 겁니다. 저도 이효석의 글을 여러 번 번역해 봤지만, 대단히 어려워서 막히고 그랬어요. 그렇지만 김사량의 것은 그렇지 않아요. 그 일본인 교수도 김사량의 문장은 좀 이상하다고 합니다. 개인의 소견이니까 단정하기 어렵습니다만, 문장에 꺼끌꺼끌한 것이 있다는 것은 김사량의 언어 감각 때문이기도 하겠지만 주제 자체에서 오는 것이 아닌가 생각합니다.

김사량이 쓴 작품 중에 「풀이 깊다草深し」1940가 있습니다. 이 작품은 대단히 섬뜩합니다. 도쿄제대 의학부 조선인 학생 박인식이 의료봉사 겸 화전민 조사차 조선으로 왔습니다. 어디로 갔느냐? 자기 삼촌이 군수를 하고 있는 곳으로 갔어요. 갔더니, 장마당에 사람들을 모아 놓고 삼촌이 일본말로 연설을 하고 있어요. 일본말도 잘 모르면서. 그러니까 엉터리 일본말로 사람들을 모아 놓고 연설을 하고 있어요. 흰옷은 불편하고 비위생적이니 입지 말라는 그런 연설이었어요. 소위 색의色衣 장려운동이지요. 그런데 그 서투른 일본말을 통역하는 사람이 있어요. 조선인 군수가 조선 사람한테 일본말로 하고 이것을 조선어로 통역하는 사람이 있단 말이지요. 자세히 보니까 낯익은 사람이에요. 누구냐 하면 옛 중학교 시절 조선말 선생이었어요. 조선말 수업이 1938년에 없어지니까 조선어 선생이 갈 데가 없어. 안 그래도 조선어 선생이란 건 선생 취급을 받지 못했어요. 조선어가 천대받듯 그렇게 천대받는 사람이었어요. 사람도 좀 모자라고. 코나 풀고 다닌다고 별명도 코풀이 선생이에요. 그런데 그 조선어 선생이 학교에서 쫓겨나서 여기 취직한 겁니다. 그래서 사제간에 만났지요.

그런데 이 선생이 어떤 짓을 하느냐면 붓을 가지고 흰옷 입은 조선인 화전민이 지나가면 붓으로 등에 동그라미를 크게 그리고 그래요. 그 임무를 맡아서 하고 있어요. 그러다 박인식은 화전민이 있는 산으로 갑니다. 거기서 화전민들을 만납니다. 그들 가운데에는 흰옷을 숭배하는 종교 단체가 있어요. 이게 사교邪教 단체로 유명한 백백교입니다. 백백교사건은 1936년에 교주가 수백 명의 신도를 죽이고 돈을 갈취했다는 것 등이 신문으로 알려진 것입니다. 「풀이 깊다」는 이 사건을 소재로 한 것입니다. 이 종교에서는 사람들을 모아 놓고 흰옷을 입어야 되고 흰옷이야말로 우리 조선을 구제할 수 있는 거라고 나온다 말입니다. 그러면 통역하는 옛 스승은 어떻게 했을까요? 동그라미 치러 산에 올라갔어요. 결과가 어떻게 될지는 다 알겠지요. 이것이 섬뜩한 것입니다. 백백교는 살인 단체이자 사이비 종교 단체입니다. 그러나 일제의 색의 장려운동과 결부될 때 이 문제는 그리 간단하지 않지요.

그다음 「향수」라는 작품이 1941년 『문예춘추』에 발표됩니다. 저는 이건 대단한 작품이라고 생각합니다. 무대는 베이징입니다. 베이징은 당시 일본군이 지배하고 있던 곳인데, 미학을 전공하는 대학원생 현이 골동품 공부하러 여름 방학에 베이징으로 갑니다. 서류로는 그렇고 실제로는 베이징에 사는 자기 누나를 만나러 가요. 매형은 독립투사였어요. 가서 만나 보니까 매형은 배신자가 되어 동지들의 아내를 겁탈하는 못된 인간으로 전락해 버렸고, 독립운동은커녕 아내도 버리는 파렴치한 인간이 되어 있어요. 또 조카, 그러니까 누나의 아들은 일본의 통역관으로 전쟁에 참여하고 있어요. 버림받은 누나는 어떻게 살고 있냐 하면, 아편 장사를 하고 있더란 말입니다. 아편굴에서. 이런 누나를 매형의 옛 부하였던 사람이 겨우 돌봐주는 형편이었어요. 이렇게 타락한 누나에게 어머니가 준 돈을 전달해 줄 수는 없었어요. 그 대신 골동품 가게에서 중국 도자기 사이에서 신음하는 고려청자, 조선백자를 구입하지요. 그런데 이 누나가 마지막에 헤어질 때 동생에게 기차표를 사줘요. 아편 팔아서 겨우 먹고 사는 누나가.

그 다음에 작가가 미래의 작품까지 예견하는 그런 작품을 썼구나 하고 감탄하게 되는 그런 장면이 나옵니다. 누나를 보호하고 있는 매형의 옛 부하가 귀국하는 주인공에게 국내에 있는 자기 가족에게 전해달라며 물건을 사줘요. 자신이 아직 살아있다는 신호로. 이 물건은 아내 갖다 주고 이건 애들 갖다 주고, 그렇게 심부름을 좀 했으면 좋겠다는 거지요. 이 물건을 현이 받아옵니다. 그것으로 소설은 끝납니다. 이 장면은 해방 이후 발표된 김사량의 「노마만리」1946~1947에 그대로 반복되어 있습니다.

'북경반점'이라는 호텔이 지금도 있지요. 베이징 호텔. 지금은 신관이 훨씬 더 큰데, 구관은 1917년 프랑스 사람들이 만든 겁니다. 저도 거기 가서 차를 마셔 보기도 했는데, 그게 당시 최고의 호텔이었어요. 일제 말기에 온갖 사람들이 거기 다 모여 있었습니다. 이 구관에 김사량이 머물다가 기회를 엿보아 연안으로 탈출해 나갔습니다. 이 북경반점 구관에 소위 조선 사설私設 영사가 있었어요. 그게 백철입니다. 『매일신보』 베이징 특파원 겸 지국장이었습니다. 기자 클럽에 가입되어 있으니까 헌병들도 손을 못 댑니다. 「노마만리」에 사설 영사 짓을 하고 있는 모 씨라고 되어 있는 사람이 백철이지요. 여기에 R여사가 나옵니다. 시인 노천명입니다. 김사량은 연안으로 탈출하기 전에, 귀국하는 노천명 편으로 자기 가족들에게 선물을 보냅니다. 그게 "난 떠난다"라는 신호였지요. 「향수」에 나오는 것과 똑같습니다. 노천명이라는 것은 어떻게 증명할 수 있는가? 바로 증명됩니다. 백철의 회고록인 『문학자서전』1975에도 나오고, 이것을 목격한 일본 작가의 작품에서도 확인됩니다. 김사량이 쓴 작품들은 처치 곤란한 문제를 안고 있습니다. 그러나 어느 것을 봐도 친일문학이라 할 수 없어요. 일본말로 그걸 썼는데 그것이 어느 수준에 도달했던 거지요.

장혁주라는 작가도 있습니다. 이 사람은 대구 사람인데 보통학교 훈도를 하다가 『개조』1932에 「아귀도餓鬼道」가 당선되어 작가로 등단했습니다. 듀크대학에서 나온 '아시아 프롤레타리아문학' 특집Positions Asia Critique, 2006이 있어요. 한 호가 모두 특집으로 되어 있는데, 그 몇 년 전에 시카고대학에서 세미나를 한 것을 보충해서 책으로 낸 것입니다. 한국, 중국, 일본, 대만의 1930년대 프롤레타리아문학을 특집으로 한 것입니다. 한국 대표로는 제가 논문을 쓰고 했습니다만, 동아시아에 공통분모였던 프롤레타리아문학이 아마 미국 동아시아학과의 중심 과제가 아니었나 생각합니다. 제가 알기로는 동아시아학과에 한국 교수가 꼭 있어야 한다고 주장하는 사람들이 일본 쪽입니다. 일본 교수들이 그렇게 강력히 주장해요. 실력이 없고 자격이 없어서 못 들어가고 있는 거지, 자리는 비어있어요. 그런데 제가 거기서 느낀 것 가운데 하나는 프롤레타리아문학 연구라는 것은 동아시아에 공통되어 있다는 사실입니다.

이 특집에는 연극도 있고 문학도 있고 시도 있고 여러 가지가 있습니다만 제일 중요한 것이 그림입니다. 미술입니다. 카프의 미술 부문, 그러니까 광고라든가, 삐라라든가, 책 표지라든가 하는 것은 카프 가운데서도 미술동맹에서 한 것인데, 이걸 연구한 사람이 일본 사람입니다. 홍익대에서 공부한 기다 에미코喜多惠美子 교수. 그런데 왜 우리는 그걸 공부 안 했을까요? 그게 제일 중요한 건데. 우리는 카프라면 시와 소설 이것만 물고 늘어지고 한 탓이 아니었나 생각합니다. 프롤레타리아 음악은 한국이나 중국이나 일본이나 아직 문제로 대두되지 않았어요. 거기도 분명히 뭔가 있을 텐데.

어쨌든 이 특집에 첫 번째로 실린 논문이 장혁주에 관한 것입니다. 장혁주의 「아귀도」는 일본의 종합잡지 『개조』 현상공모에 당선된 작품이지요. 1932년이면 일본에서도 프롤레타리아문학이 탄압을 받는 시기였어요. 이럴 때 조선 작가가 대타로 들어간 것입니다. 장혁주에 관한 연구는 일본에서 많이 나오고 있어요. 이 소설은 총독부가 가난한 농민들을 구제하기 위해서 하천 공사를 벌이는 현장을 다루고 있어요. 보통학교 훈도인 장혁주가 이걸 소재로 일본어로 소설을 써서 일본 문단에 화려하게 데뷔를 했어요. 그리고는 조선문학의 대표자가 장혁주라고 할 정도로 유명해졌어요.

「아귀도」는 초기 소설이고 제가 지금 말하고자 하는 것은 일제 말기의 문학입니다. 우리 쪽에서 볼 때 장혁주는 그 후에 가장 못된 친일 작품을 쓰고, "조선이 나아갈 길은 이런 것이다"라고 큰소리치고 그랬어요. 『가토 기요마사加藤淸正』1939라는 장편 역사 소설을 쓰기도 했고요. 그러다 해방 후에는 일본으로 귀화하고, 그리고 그 후에는 영어로 작품을 썼어요. 장혁주는 조선인이 일본어로 일본 프롤레타리아문학에 정면으로 돌파해 들어갔던 한 사례입니다. 동아시아 관계를 연구하려면 작품의 질이 어떻다 하는 것을 떠나 문화 연구로 들어가야 합니다. 장혁주는 그런 존재입니다.

유진오, 이효석, 김사량은 장혁주와는 달라요. 그래서 이들을 한 유형으로 볼 수 있지 않겠느냐 생각합니다. 젊은 세대들이 정확하게 검증해 보면 저 같은 사람이 엉성하고 엉터리라는 것은 금방 알 수 있겠지만, 우선 그런 울타리를 한 번 세워보는 것입니다.

이광수의 이중어 글쓰기

그럼 제2유형은 어떤 것이냐? 이광수를 내세워 볼 수 있어요. 이광수에 대해서는 제가 비교적 자세히 조사해 본 적이 있습니다. 본명은 '이보경'이라고 되어 있어요. 호적에 그렇게 올려져 있어요. 그는 11살에 고아가 된 사람입니다. "우리 어머니는 가난한 나무꾼이었소" 하는 글도 있어요. 아버지는 파락호이고 형편없는 사람이고 어머니는 19살에 마흔 살 아버지의 삼취로 들어갔다 합니다. 애도 키울 줄 모르고 살림살이도 할 줄 모르는 무당의 딸 밑에서 난 아들이 이광수인데, 그에게는 누이가 둘 있었어요. 부모들이 일찍 콜레라로 죽고 고아가 되어 동가식 서가숙 하고 있을 때, 이광수를 구해준 것이 동학교도입니다. 박찬명 대령이라고.

소설 「무정」[1917]을 읽어보면 동학교도가 못된 인간으로 나오지요. 반면에 박영채의 아버지, 박 진사가 훌륭한 사람으로 나옵니다. 그게 박찬명을 모델로 한 것입니다. 동학이 나중에는 못된 짓을 했지요. 일진회하고 결탁해서 안하무인격으로 행패를 부렸는데, 「무정」에는 그 부분이 그려져 있습니다만, 실제로는 박찬명이 이광수를 구해준 사람이지요. 이 사람은 동학사에 실명으로 나옵니다. 박찬명이 겨울에 길을 가는데, 언덕 밑에서 옷을 벗어서 이를 잡고 있는 소년을 봤어요. 자기 집으로 데려와서 글도 가르치고 사람 대접을 했지요. 동학의 기본 명제가 인내천人乃天입니다. 이광수는 원래 비범한 사람이니까 더욱 그렇지요. 이광수는 눈도 노랗고 키도 크고, 그래서 러시아 장교와의 혼혈아가 아닌가 하는 소설도 있습니다. 제가 『이광수와 그의 시대』를 잡지에 연재하고 있는데 어디서 전화가 왔어요. '보학회'라는 겁니다. 그러니까 족보를 연구하는 학회지요. 거기서 당신이 이광수에 대해서 쓰고 있는데 그건 엉터리고 이광수가 러시아 장교 아들인데 그것도 모른다고 하는 겁니다. 그러나 그건 말이 안 되죠. 증명할 수도 없고.

이광수는 동학에 의해 구제받습니다. 이광수는 죽을 때까지 개인보다 큰 무엇이, 그러니까 민족이나 인류가 있다고 생각했는데 이게 동학에서 배운 것입니다. 동학에서 이 소년을 애지중지한 것은 이유가 있어요. 동학은 이때 당국의 감시 속에 놓여 포교를 하려면 밤에 몰래 해야 했습니다. 소식 같은 것을 돌리려면 어린애라야 심부름을 시킬 수 있어요. 그러니까 글자부터 가르쳐야 됩니다. 러일전쟁 났을 때 평양 근처에서 일본군이 군사작전을 했는데, 이광수는 그들의 탄압을 피해서 박찬명 대령과 서울로 도망쳐 옵니다. 화륜선을 타고 인천에 내려서 걸어 들어와요. 그리고 동학 포교소에서 지냈습니다. 배에서 일본어 회화 교과서를 외워서 포교소에 와서 어린애들에게 일본말을 가르쳤어요.

동학은 1대 교주 최제우, 3대 교주 손병희가 서자 출신입니다. 적자가 아닙니다. 이광수가 서울에 왔을 때 손병희는 이름을 바꾸고 일본에 가 있었어요. 일본에 가 있으면서 유학생들을 받아들였어요. 천도교사를 보면 동학교도 스무 명을 일본에 유학 보내는데, 이광수의 이름이 거기에 들이 있습니다. 우리 유학생들이 일본에 가면 한 1년 정도는 학관에서 일본말을 배워요. 그다음에는 교외에 있는 아주 형편없는 학교에 들어갈 수밖에 없어요. 명문 학교에 들어갈 수 없었지요. 이 무렵 명문 학교에 들어간 사람은 딱 한 사람, 염상섭밖에 없었어요. 염상섭은 육군 중위인 자기 형 덕택에 교토 최고 명문인 교토 부립 제2중학 정규 과정에 들어갔어요. 염상섭처럼 일본말을 잘하는 사람이 없어요. 동학에서 보낸 유학생들은 그렇지 못했어요. 당연하지요.

그런데 이광수가 여기서 우물쭈물하고 있는데 동학에 내분이 일어났어요. 해명 대령인 이용구가 경제권을 다 쥐고 있었는데, 그가 친일파로 가버렸어요. 손병희가 완전히 배신당한 거지요. 그래서 동학은 천도교로 이름이 바뀌어요. 그래서 천도교가 탄생하는 겁니다. 손병희도 상당히 정치적이었는데, 그는 이 전쟁에서 일본이 이길 것으로 예측했어요. 그래서 일본 군부에다 상당한 돈을 헌금하고 그랬습니다. 만일에 일본이 승리해서 한반도를 지배하면 포교의 자유를 얻겠다는 것이 그의 계산이었어요. 제대로 안 되고 말았지만.

장학금이 끊기자 이광수는 다시 귀국합니다. 그때 일본 유학생들이 전부 혈서를 써서 다시 장학금을 달라고 요구합니다. 그래서 우리

정부가 장학금을 주게 됩니다. 이광수는 한 번도 가난하게 살아본 적이 없습니다. 전부 장학금으로 공부했어요. 고학? 천만에요. 그런 것 없었습니다. 고학하면서 어떻게 공부해요? 목숨을 걸고 해도 잘 안 되는데. 그때 그가 다닌 학교가 메이지학원 중학부입니다. 북장로교 미션 스쿨인데, 나이가 많은 문일평과 같은 반이었어요. 그런데 이광수는 죽을 때까지 기독교와는 친하질 못했어요. 그 이유는 이래요. 미션 스쿨이라 일본인 목사들이 매일 아침에 "하나님, 우리 대일본 제국을 위해서 기도해 주십시오." 이런단 말이야. 어린 이광수 마음에 이건 도저히 이해할 수가 없었어요. 그러니 톨스토이주의자로 바뀔 수밖에요.

메이지학원은 현재 메이지가쿠인대학으로 크게 성장했는데, 당시에는 중학부, 고등부, 신학부가 있었어요. 이광수는 중학부를 3학년에 편입해서 1910년에 졸업합니다. 재학중인 1909년에 일본말로 소설을 씁니다. 교지 『백금학보』에. 그의 첫 소설이죠. 우리 근대문학이 일본어로 처음 시작되는 장면입니다. 이 작품의 제목이 「사랑인가^愛^か」입니다. 제가 번역해서 어떤 잡지에 싣기도 했어요. 한 소년이 도쿄에서 공부를 하는데 다른 소년을 사랑하게 돼요. 그 소년을 만나러 갔다가 만나주지 않자 철로에 자살한다고 드러눕습니다. 이게 전부예요. 동성애를 다룬 작품이지요. 이 작품이 유명해져서 일본 일간지에 전재 되기도 했어요. 한국 근대 소설은 일본말로 출발합니다. 한설야도 1927년 카프 작가로 출발할 때부터 일본말로 쓰고, 일제 말기에는 "난 일본말도 해"라며 장편 소설도 씁니다. 이광수의 대표작으로 우리는 「무정」을 드는데, 이 작품도 도쿄에서 쓴 것입니다.

1910년 이광수가 중학교를 마치고 대신^{大臣}이나 될까 하고 한국에 왔는데, 갈 데가 없으니까 오산 학교 선생을 했습니다. 남강 이승훈이 105인사건으로 감옥에 가고 하니까 오산 학교가 경영권이 넘어가 기독교 학교로 바뀝니다. 그때 이광수는 학교를 떠나 시베리아로 가서 방황합니다. 그러다가 다시 오산 학교로 돌아와서 결혼해요. 백씨라는 여자하고 결혼해서 아들 하나 낳습니다. 그러다가 아이도 버리고, 마누라도 버리고 서울에 와서 육당 집에 자주 드나들었어요.

육당은 중인 집안 출신으로 대단한 부잣집 아들입니다. 아버지가 관상감이었는데 관상감은 황력^{皇曆}을 독점적으로 발행하는 특권을 가지고 있었어요. 황력이라는 것은 중국 황제가 보내는 달력인데 책으로 되어 있어요. 옛날에는 그것으로 농사를 지었으니까 수요가 많았겠지요. 이것은 이 집에서만 판단 말이야. 그러니까 부자가 될 수밖에요. 그러면 최 씨 집안이 얼마나 부자였는가? 황실이 가진 현금보다 많이 갖고 있었다 합니다. 이에 대해서는 자기 아들이 두꺼운 책에 상세히 써 놓았어요. 그런 집 아들이란 말이에요. 일본 유학을 갈 때는 황실 특파 유학생으로 갔습니다. 황실 특파 유학생이라는 것은 관리 자제들 가운데 뽑아서 보내는 것이었지요.

당시 일본 잡지를 보면 참 놀랍습니다. 우리나라에 대해 자국 수준으로 보도했어요. 얼마나 상세하냐 하면 서재필에 대한 재판도 다 나옵니다. 우리 신문에는 안 나와요. 조선에서 유학생이 오는데 어떤 사람을 뽑았느냐? 어학이나 실력이 아니라 얼굴이 잘나서 뽑았다. 이런 기사들도 일본 언론에 다 실려 있습니다.

육당과 함께 최린도 이때 유학을 갔어요. 최린이 24살, 육당은 16

살이었지요. 이때 간 50명 중에 일본말은 육당밖에 못해서 그가 통역을 다 했어요. 일본에서는 조선 황실 특파 유학생이라 해서 제일 좋은 학교, 그러니까 도쿄부립 제1중학교지금의 히비야고등학교 특설반에 들어갔어요. 어른이 다 된 유학생들이까, 배가 고프면 훔쳐 먹고 담을 뛰어넘어 유곽이나 가고 그랬는데, 그러다 붙들려 오면 육당이 다 통역을 했어요. 그래서 학교를 그만두고 몇 개월 만에 귀국해 버려요. 육당이 두 번째로 유학을 간 곳은 와세다대학 고등사범부 역사지리과였습니다. 와세다는 그때 대학이 아니었어요. 육당은 돌아올 때 인쇄소를 갖고 들어왔습니다. 일본에 유명한 수신사라는 인쇄소가 있었는데 거기 직원까지 사 가지고 왔어요. 그게 신문관입니다. 국가에서 경영하는 것보다 더 큰 인쇄소를 들고 들어왔어요. 19살 먹은 청년이. 자기 아버지 돈이죠. 거기서 요즘 식으로 말하면 아카데미 같은 것인 광문회를 만들어 놓고 '한국을 어떻게 구할 것인가?'와 같은 논의를 했지요. 여기에 김성수가 돈을 내고 해서 일본으로 유학생을 보냈습니다. 김성수는 양자로 간 사람이고, 와세다를 정식으로 졸업한 사람입니다. 거기에 이광수가 뽑혀서 유학을 떠납니다.

이광수가 그때 유학 간 와세다는 정식 대학이 아니고 전문학교였는데, 여기에 고등부가 있었어요. 이광수는 1년 반 동안 거기를 다녀야 했어요. 왜냐하면 중학교밖에 졸업을 못했으니까. 이광수가 고등부 졸업할 때 1등을 했어요. 당연하다면 당연하지요. 나이가 몇 살인데. 20대가 10대들과 같이 공부하는데 1등을 못 하면 이상하지요. 고등부를 졸업하고 이광수는 와세다대학 철학과에 들어갑니다. 여기서 공부하면서 실력을 키우는 한편 유명한 연애사건을 일으키기도 했어요. 수원 과부 딸인 허영숙이라는 처녀였어요. 의학전문학교 다니는 학생이었죠. 유학생들이 보기에, 센세이션을 일으킨 「무정」을 쓴 사람과 조선 유지 딸의 만남이었죠. 이광수에게는 여학생도 많이 따르고 했던 모양인데, 허영숙과 동거에 들어갑니다. 허영숙도 참 대담하죠. 그리고 둘이 베이징으로 애정 도피를 합니다. 돈을 훔쳐 가지고.

그런데 베이징에 가보니까 제1차 세계대전이 끝나고 조선이 곧 독립될 것 같단 말이야. 그래서 이광수는 단신으로 서울 왔다가 도쿄로 그냥 가요. 1919년 도쿄에서 「2·8독립선언문」을 쓰고, 상하이로 망명해서 임시정부 각료로 들어갑니다. 문화부 장관 비슷한 직책이었습니다. 또 임시정부 기관지 『독립신문』 사장 노릇도 하고요. 직원이래야 조선인 기자 주요한과 중국인 심부름꾼 하나가 다였습니다.

주요한이 누구냐? 우리나라에서 제1고등학교 나온 몇 안 되는 사람 가운데 하나입니다. 3·1운동 때 주요한은 제1고를 버렸어요. 그런 주요한을 일본 경찰이 붙잡아 가지고 제1고 학생이 상하이 가서 뭐 하겠냐고 그랬어요. 제1고 합격했다고 하니까 맨 먼저 찾아온 사람이 양복점 주인이었답니다. 양복을 공짜로 해 주겠다는 겁니다. 그런 것도 버리고 상하이에 간 사람이 주요한입니다.

상하이에서 이광수가 2년 반 있으면서 가장 크게 영향을 받은 것은 흥사단입니다. 상하이 임시정부에서 가장 힘이 있던 사람이 흥사단의 안창호였어요. 이 사람은 돈을 갖고 있었어요. 미국에서 돈을 부쳐 온단 말이야. 그러니 최고의 힘을 가질 수밖에. 이 흥사단 원동지부에 이광수가 제1호로 들어갑니다. 그리고 죽을 때까지 이광수를 보호한 것이 흥사단입니다. 도산이 죽고 나서 흥사단 국내 최고 책임자가 된 것이 이광수입니다. "문필은 대장부 필생의 일이 아니다. 부업이다. 본업은 흥사단이다"라고 할 정도였어요.

상하이에서 돌아온 이광수는 『동아일보』 편집 국장으로 들어갑니다. 이런 일이 가능했던 것은 조선 식민지 통치에서 언론 분야를 책임졌던 아베 미쓰이에阿部充家라는 사람 덕분입니다. 『경성일보』 사장을 했던 사람인데, 이 사람이 사이토 총독의 언론 자문으로서 조선 언론을 뒤에서 좌지우지했어요. 이 사람이 이광수의 아버지 노릇을 했어요. 아베가 죽었을 때 이광수가 아들 노릇 하려고 일본까지 갔어요. 그런 사람입니다.

이광수의 오른팔이 아베라면 왼팔은 이학수라는 중입니다. 봉선사 주지와 동국대 역경원 원장을 했던 이학수는 이광수에게 피붙이로서는 제일 가까운 삼종제였어요. 친척으로는 그 사람밖에 없어요. 그러니까 급할 때는 불교다 해서 그 사람이 있는 곳으로 도망가고 했었지요. 일제 말에도 봉선사에 가서 숨어 있었어요. 이광수 기념비가 봉선사에 있습니다. 한 사람이 아무리 잘나도 그렇게 혼자 힘으로 잘날 수는 없어요. 이런 뒷받침이 없이는 그렇게 될 수가 없어요. 물론 이광수는 머리도 뛰어나고 글도 잘 쓰는 천재였지요. 그건 사실입니다. 그렇지만 혼자서는 힘을 가질 수 없어요. 지금도 이광수와 흥사단 쪽은 떼기 어려운 관계인 걸로 알고 있습니다. 이광수 탄생 100주년 기념 심포지엄 같은 것을 흥사단이 총괄하고 있는 것을 봤어요.

그런 이광수가 일제 말기에 어떻게 했느냐? 일제 말기 이광수의 행적을 말할 때 창씨개명을 많이 말합니다. 창씨개명이라는 것은

1940년 2월 10일부터 시작됩니다. 법적으로 창씨개명은 강제가 아닙니다. 학병이라든가 징병, 징용 이러한 것은 거부할 수 없어요. 어쩔 수 없는 일이란 거지요. 그러나 창씨개명은 개인이 신고하는 것입니다. 할 사람은 하란 말이야. 안 할 사람은 안 하고. 유진오의 회고록을 보면, 자기하고 김성수하고 안호상은 안 해도 가만있더란 말이지, 그래서 우린 안 했어, 그렇게 적어 놨어요. 그러니까 안 한 사람 많죠.

우리 집은 했어요. 우리 집 창씨명은 가네오카金岡. 저는 창씨를 하고 국민학교 다니고 그랬는데, 학교에 다닐 것 같으면 안 할 수 없지만, 법적으로는 강제 사항이 아닙니다. 그러나 실제로는 강제보다 더한 강제였어요. 창씨개명 때문에 전라북도의 설진영은 자살까지 했죠. 이것이 눈에 보이지 않는 강제임엔 틀림없지만 겉으로는 그래요. 창씨개명 신고일이 시작되자마자 제일 먼저 창씨개명을 한 사람이 이광수입니다. 향산광랑香山光郎. '향산'은 묘향산이 아니라 천황과 관련 깊은 '향구산'에서 따온 것이고, '광랑'은 이광수의 '광'자에 일본 남자 이름에 흔히 붙이는 '랑'을 붙인 것입니다. 보통 '가야마 미쓰오'로 읽습니다. '미쓰로'로 읽는 것은 일본말을 잘 모르는 사람이 그런거고. 왜 이광수는 창씨를 했느냐? 왜 창씨에 앞장서지 않을 수가 없었느냐. 이유가 물론 있습니다.

흥사단 조선 지부를 동우회라고 했는데, 총독부의 허가까지 받고 흥사단운동을 하고 있었습니다. 그런데 중일전쟁이 발발1937.7.7하니까 1937년 8월 총독부가 회원들을 감옥에 다 집어넣었어요. 이게 동우회사건입니다. 총책임자인 이광수가 붙들려 갈 수밖에. 수감 될 때의 사진도 남아 있습니다. 이 사건은 4년을 끌었습니다. 감옥 생활 6

개월 하고 병보석으로 나왔지만, 판결이 안 난 동안에 결사적으로 친일행위를 해야겠지요. 그래서 조선문인협회 회장도 하고 그랬어요. 담당 판사인 가마야 에이스케釜屋英介는 그런 친일행위를 하면 재판을 할 수 없다고까지 말했어요. 그리고는 무죄를 선고하고 귀국해 버렸어요. 이광수는 다급해서 이 기간 동안 맹렬한 친일운동을 한 것으로 볼 수 있습니다. 결과론에 불과하지만.

문제는 창씨개명 후에 어떤 글을 썼느냐 하는 것이죠. 대단히 글을 많이 썼어요. 우리가 상상할 수 없을 정도로 많은 친일 시, 친일 소설, 친일 수필, 친일 평론, 안 쓴 게 없어요. 단가까지 지었어요. 손댈 수 있는 건 다 했어요. 그럼 이게 뭐냐? 이런 종류의 글이 다 뭐냐? 이런 종류의 글만 있느냐. 다른 종류의 글들도 있어요. 이걸 제가 이야기해 보려고 하는 것입니다. 그것은 이광수가 본명으로 쓴 글입니다. 이광수에게는 창씨개명한 이름으로 쓴 글이 있고 본명, 혹은 호를 걸고 쓴 글이 있습니다. 이광수가 본명으로 쓴 글은 뭐냐?『원효대사』1942도 본명으로 썼습니다.「무정」을 쓸 때도 춘원이었고, 이 글도 춘원입니다. 이광수라는 본명을 내세우고 일본어로 쓴 글들을 읽어보면 그가 대단히 강경한 민족주의자라는 걸 알 수 있습니다. 대표적인 것이「삼경 인상기」1943라는 것입니다.

이 글은 고바야시 히데오小林秀雄가 주관하는 잡지인『문학계』에 실렸습니다.『문학계』는 일본 문단을 대표하는 문학잡지인데, 1941년 3월호에는 이광수가 고바야시 히데오에게 보낸 편지인「행자」라는 글도 실려 있습니다. 이것도 이광수라는 본명으로 되어 있습니다.「삼경인상기」를 읽어보면 대단히 놀랍습니다. 1942년에 일본 군부가 도쿠토미 소호德富蘇峰를 위원장으로 일본문학보국회라는, 문인들을 신체제에 통합하는 기구를 만들었어요. 조선도 이를 모방해서 1943년 조선문인협회를 조선문인보국회로 개조했지요. 이 기구 주최로 작가 대회를 열었어요. '대동아 문학자 대회'라는 것입니다. 1회1942.11와 2회1943.8는 도쿄에서, 그다음1944.11은 난징에서 열었어요.

「삼경인상기」는 제1회 대회 때의 일을 적은 것입니다. 조선 대표는 이광수, 유진오, 박영희 등이었는데, 이 대회에는 몽골 대표, 만주 대표, 중국 대표, 대만 대표들이 다 모였습니다. 이 일행들이 맨 처음에는 도쿄에 가서 일본 천황이 있는 황거 앞에서 만세를 부르고 했습니다. '삼경'이라는 것은 세 수도를 말하는 것인데, 도쿄, 교토, 이세伊勢가 그것이죠. 「삼경 인상기」는 이 세 수도에 대한 인상기입니다. 첫날부터 시작해서 보름 동안 열린 대회에 대한 인상과 이것이 끝나고 여러 군데 돌아다니고 사람 사귀고 한 것이 다 기록되어 있습니다. 이 글에는 일본의 대표적인 문인들이 다 등장합니다.

이광수가 여기에서 주장하고 싶은 것은 나라奈良 대목에 나옵니다. 우리가 볼모로 여기 왔는 줄 아느냐? 국빈으로 왔단 말이야. 전부 불도佛徒가 아닌가. 불교란 뭐냐? 색즉시공 아닌가 말이야. 삼국시대 담징이라든가 혜자 같은 고승들은 너희들의 왕이 초청해서 온 국빈 아니냐. 나도 국빈으로 와 있어. 그런 걸 일관되게 주장했어요. 그것을 증명하기 위해 신라, 백제, 고구려 고승들이 일본에 국빈으로 와서 어떤 일들을 했는지 다 서술했어요. 나도 마찬가지다. 너희들의 볼모로 온 것이 아니라 국빈으로 왔단 말이야. 이걸 계속 주장했어요.

이제 제가 좀 충격을 받은 대목을 읽어 드리겠습니다. 이광수가 나라에 가서 대회를 주관한 최고 문인 책임자와 술을 퍼마셨어요. 인사 불성으로 마셨습니다. 그 장면을 이광수는 이렇게 써놓았어요. 읽어 보겠습니다.

나는 가와카미 씨(이 사람이 이 대회 총책임자입니다.)에 이끌려 호텔로 갔다. (나라에서 말이죠.) 구메 마사오가 도쿄에서 가져온 산토리가 한 병 남아 있는 모양이어서 위스키 소다로 하여 마셨다. 썩 맛있었다. 마셔! 마셔! 하는 가와카미 씨의 권유대로 대여섯 잔을 연거푸 마셨다. 가와카미 씨도 나를 취하게 만들 참으로 보였다. 하야시 후사오(임방웅이라는 사람입니다. 거물입니다.) 씨의 수법이다. 가야마라는 녀석('이광수라는 녀석'이라는 말이지요.), 속마음 한 조각을 토해 내라, 라는 투였으리라. 혹은 가와카미 씨도 나도 나라시대710~784년엔 거친 연못 기슭에서 취해 쓰러진 묵은 인연인지도 모른다.(너 지금 잘난 척하고 그러지만, 몇백 년 전엔 말이야, 불교식으로 너와 그때부터 인연이 있었는지도 모른다.) 내가 혜자라든가(고구려 중입니다.) 담징의 공양을 올리기 위해 여기 와있는지도 모른다.(내가 선조들을 공양하기 위해 와 있는지도 모른다.) 행기(도다이지를 만든 유명한 도래인입니다. 백제 승려입니다.)의 일행인지도 모른다. 호로호로 하고 우는 산새 소리를 미카사야마(나라 동쪽에 있는 산인데 가스가 신사가 있어요.)에서 들었는지도 모른다. (전생에 같이 들었는지도 모른다.) 그런 인연으로 말미암아 나는 나라가 감정을 누를 수 없을 만큼 맹렬히 그리우며 가와카미 씨도 도쿄에서 일부러 와서 나와 더불어 나라의 초승달에 가슴을 얹을 것이리라. 좋다. 마시자. 속마음이랄까 흙탕물을 토해도 좋다. 나에겐 중생에 대해 감출만한 그 어떤 것도 갖고 있지 않다. 취해서 내보일 추함이 있다면 그것이 나의 참모습이리라. 내겐 진심을 고하는 벗에게 내 있음 그대로 보이지 않고 어쩔 것인가? 열한 시까지 마시고 또 떠들었다. 세 시간이 지났다. 구사노 신페이 씨도 도중에 끼어들었다. 무거운 상판이나 뜻밖에도 부드러운 사람이다. 시인인 것이다. 구메 씨가 왔을 땐 산토리 병은 비었고, 구메 씨는 마시고 싶은 표정이었다.

나라에서 이 패들은 이광수에게 술을 먹여서 진심을 토로하게 할 생각이었던 것입니다. 그래, 나 토로한단 말이야. 술에 취해서. 이런 이광수 자신의 생각을 적어 놓은 것입니다.

그런데 이 장면을 엿본 사람이 있었어요. 이걸 보고 저는 충격을 받지 않을 수 없었어요. 대만 대표로 온 일본인 작가, 하마다 하야오浜田隼雄가 이 장면을 엿보고, 이렇게 적어 놨어요. 대만으로 돌아가서 말이죠.

나라 호텔에서(지금 술 먹고 있는 그 호텔입니다.) 두 번째 밤이었다. 추워서 바에 가니까 지난밤에 왔던 가와카미 데쓰타로 씨가 있었다. 옆에는 이광수 씨와 구사노 신페이 씨가 앉아 있었다. 무심코 들어갔더니 어젯밤과는 공기가 달랐음이 느껴지자마자 구사노 씨가 이광수 씨에게 하는, 뱃속 깊은 곳에서 나오는 소리가 들렸다. 그것은 이광수 씨에 대한 격한 비난이며 그것도 눈물 나게 만드는 그런 것이었다. 나는 서먹해져 떠나려 했지만 가와카미 씨의 권유로 의자에 앉아 잠자코 듣고 있었다. 이광수 씨에 대해 구사노 씨와 가와카미 씨가 비판을 가하고 있었다. 이전의 사정은 알지 못하나 반도 작가로서의 괴로움을 우연히 누설한 것에 대해, 그러한 괴로움을 내세워 어떡하겠다는 것인가, 그건 문학의 괴로움이 아니다, 라고 야단치고 있는 것처럼 보였다. 나는 여기서 그 논의를 적고자 하지 않는다. 단지 조선문학의 창시자인 이광수 씨와 평론가 가와카미 씨, 시인이자 난징 정부의 문화공작원인 구사노 씨가 정색을 하고 자기를 모조리 드러내고 있는 그 진지함에 감동하였음을 고백하고 싶은 것이다.

이게 제삼자의 글입니다. 이광수 자신은 자기가 잘났다고 떠들었어요. 그런데 제삼자가 지나가다 보니까 이런 장면인 겁니다. 이건 문화인, 문인이 할 수 있는 일이 아닙니다. 적어도 일본의 일류 문인이라면 문인의 기품이 있고 그런데, 이건 문화 스파이란 말이에요. 이럴 수 있느냐 말이에요. 대만 대표인 하마다 하야오가 말한 것은 그런 뜻입니다. 이광수를 붙잡아서 술을 먹여놓고는 "조선 작가로서 괴롭다고?"라며 공격하고 있는 것으로 봤단 말이야.

제2유형이란 어떤 것이냐. 저는 이렇게 설정했습니다. 본명으로서의 글쓰기와 가명으로서의 글쓰기, 창씨개명이란 가명이니까, 이 두 가지로 쓴 것이 제2유형입니다. 일본사람들은 '혼네本音'라는 말을 많이 쓰는데, 혼네라는 것은 본심, 다테마에建前는 겉으로 드러나는 것을 뜻합니다. 일본 사람 아니라 모든 사람이 두 가지를 다 가지고 있지만. 말하자면 이광수가 두 가지 전략을 가지고 글을 썼다는 것입니다. 이런 유형을 하나 설정해 볼 수 있어요.

최재서의 이중어 글쓰기

　다음은 제3유형. 최재서라는 사람을 여기에 분류해 보려고 합니다. 최재서가 창씨개명을 한 게 1944년입니다. 창씨개명 신청 기간이 1940년 2월 10일부터 8월 10일까지였어요. 그 후에도 신청을 받긴 했지만, 이때 집중적으로 창씨개명이 이루어졌어요. 그런데 최재서만 안 한 겁니다. 이때 안 하다가 1944년 1월에 했어요. 왜 이렇게 됐느냐? 이 대단한 사나이가, 자존심 강한 이 사나이가 왜 그랬는가? 최재서는 그전에도 글 쓸 때 석경우石耕牛라는 이름을 썼어요. '돌밭을 가는 우직한 소'라는 뜻입니다. 이건 필명입니다. 또 석전경인石田耕人, 석전경작石田耕作이라는 이름도 썼어요. 이건 창씨개명이 아닙니다. 정식으로 창씨개명한 것은 1944년 1월이고 창씨개명한 이름은 '이시다 고조石田耕造'입니다.

　그의 사상은 경성제국대학과 연결되어 있어요. 경성제국대학은 대단한 대학이었던 것 같아요. 근대 대학입니다. 엄밀하게 말하면 대학이라는 것은 어느 특정 국가의 것이라고 하기 어렵습니다. 대학은 학문하는 곳입니다. 가령 독도는 우리 것이라고 다 그렇게 말하지요. 일본은 소학교에서도 독도는 자기 것이라 그럽니다. 국민교육은 국가가 결정하는 것입니다. 『일본서기』라는 역사책에는 일본의 신공황후神功皇后가 신라를 정벌해서 통치했다고 기록되어 있어요. 일본 국민들은 전부 그렇게 배웠어요. 거기다 대고, 그런 것 없어, 너희들 잘못 가르치고 있어, 교과서가 잘못됐어, 이렇게 말할 수가 없어요. 한국 정부가 그렇게 못합니다. 내정 간섭입니다. 어림도 없는 얘기입니다. 『삼국사기』에는 그런 내용이 없지요. 그래서 그런 거 안 가르쳐. 그렇다고 해서 일본 정부가 왜 그거 안 가르치느냐 하지 않습니다. 상관없습니다. 백강전투라는 게 있습니다. 이건 일본에서 크게 떠드는 것입니다. 백강이란 백마강을 말합니다. 나당 연합군하고 백제·일본 연합군이 백마강에서 대전투를 했습니다. 일본군 3만이 와 있었어요. 이건 우리 역사에서 다 빠져있습니다. 그렇지만 한국 교과서는 왜 그걸 빠트렸느냐는 얘기는 안 합니다. 기자조선이 있었다. 중국 사람들 다 그렇게 생각한단 말이야. 좌우지간 한 국가의 교육이나 역사관은 그 나라가 결정하는 것입니다.

그러나 진실은 하나입니다. 대학은 학문 하는 곳이니까, 한국 대학이나, 일본 대학이나 중국 대학이나 진실은 똑같습니다. 일본 대학에 가서 물어보란 말이야. 어느 것이 사실이냐? 모르겠다, 연구해 보자, 한국 사료엔 안 적혀 있으니까. 쓰다 사학이라 부르는 게 있습니다. 쓰다 소키치津田左右吉라는 사람은 와세다대 교수였습니다. 한일합방 때 일본의 모든 저널리즘이 일본은 옛날부터 조선을 통치했는데 광개토왕비에 그 증거가 있다고 했습니다. 모든 저널리즘이 그렇게 나오는데, 쓰다라는 사람은 자기가 보니까 안 그렇더라는 논문을 썼어요. 그 근거가 뭐냐? 일본의 사서는 이러저러하지만, 중국 역사 기록은 안 그렇고, 조선 사료들을 주로 검토해 보니 그런 것 없더라, 그러니 그렇게 주장하지 말라는 것입니다. 그 사람은 그렇게 나왔어요. 우리 왕조실록은 사후 기록으로 높이 평가하죠. 칭찬은 절대 쓰지 않는 것이 왕조실록입니다. 전부 나쁜 점만 들지요. 그래서 그걸 보고 당파니 하는 못된 것만 뽑아냅니다. 그러면 안 되지요. 사료를 어떻게 다루느냐 하는 전통이 있고 기술 방법이 있습니다. 그런 것에 혼선을 일으켜서 문자 그대로 보면 대단히 곤란합니다.

중국의 문자는 불교를 공부해 보면 압니다. 불경은 한문으로 되어 있지요. 번역해도 아무 소용이 없어요. 중국의 글이라는 것은, 그 문법이라는 것은 참으로 놀라운 것입니다. 한문은 A와 B가 있으면 A와 B만 쓰고 다른 것은 다 없애 버려요. 일상 회화는 Ax+By, 이렇게 되어 있어요. x는 시제를 나타낼 수도 있고 경어를 나타낼 수도 있고, 여러 가지 상황을 나타낼 수도 있어요. y도 마찬가지입니다. 일상 회화에서는 어느 때, 언제, 누구하고, 어떻게 했다는 것이 다 들어갑니다. 그렇지만 문자를 쓸 때는 이걸 다 빼 버려요. 딱 알맹이만 남겨 놨어요. 상황을 다 빼버렸어요. 이게 한문 문법이에요. 이게 당나라 때부터 확립됐어요. 그러니까 한국 사람이 한시를 짓는 것이나 중국 사람이 한시를 짓는 것이나 낯설기는 똑같아요. 당나라 때부터 구어체와 문어체가 다르단 말이야. 『논어』 같은 것을 보면 아주 전형적으로 알 수 있어요. 이것을 해석하려면 일상생활의 맥락에서 x와 y를 복원시켜야 합니다. 안 그러면 해석이 안 돼요. 상황에 따라서 전부 다르게 해석할 수 있어요. 이렇게 압축해서 AB로만 해놓은 민족들의 사고력. 불경도 이런 식으로 처리를 해 버렸어요.

불경을 산스크리트어로 번역해 놓은 걸 보면 달라요. "세존에게 아무개가 그 옆으로 돌아와 앉았다. 그리고 세존에게 이렇게 물었다. 세존이시어!" 그러면 세존은 또 "그 청년이 옆으로 돌아와 앉아서 물었다. 세존은 이렇게 대답했다"라는 식으로 길게 서술해요. 인도 사람들은 그런 아주 특수한 사고력을 가지고 있는데 중국 사람들은 그렇지 않았어요. 다 빼 버리고 "반야바라밀다심경……"이라고만 했어요. 삼장 법사가 번역한 게 몇 자인지 압니까? 『반야심경』은 딱 육십 자이지요? 여기 전부 다 들어있습니다. 이걸로 끝내버렸어요. 이걸 해석하려면 팔만 사천 법문이 되어 버린단 말이야. 이렇게 굉장한 것입니다.

진실이 뭐냐, 어느 것이 진실이냐 하는 것은 대학에서는 어느 대학이나 똑같습니다. 이것을 국민교육과 혼동하면 안 됩니다. 국민교육은 합의이지만, 진리라는 것은 합의가 될 수가 없어요. 진리라는 것은 어디서나 똑같습니다. 1+1은 중국이 다르고 우리가 다르고 그러면 안 되지요. 이게 대학에서 하는 겁니다. 학문의 세계입니다. 그래서 이건 해볼 만하다. 막스 베버가 쓴 『직업으로서의 학문』[1919]이라는 게 있는데 이 책에는 예술하고 학문을 구분하려고 애를 쓴 대목이 있습니다. 예술은 어느 정도 수준에 도달하면 그 완성도를 인정해. 완성도는 변하지 않아. 누구에게도 추월당할 수 없어. 그러나 학문은 말이지, 어떤 굉장한 학문도 반드시 누구에게 격파당할 것이라는 전제에서 출발해. 이게 학문의 근거란 것입니다. 새로운 학설이 나오면 반드시 이건 무너지게 돼 있어. 이 전제에서 나왔어. 무너지지 않으면 그건 학문이 아니라는 것이지요.

그렇지만 이 주장도 소장파의 집중 공격 대상이 되었어요. 이런 주장은 몰락해 나가는 구시대 백조의 노래이고, 제1차 세계대전이 바야흐로 끝난 지금 완전히 몰락한 세대의 대변에 지나지 않는다는 비판이 그것입니다. 학문은 현실에 참여하고 미래를 위해 싸워야 하고 미네르바의 올빼미 같은 걸로는 안 된다는 것이었지요. 소장파들이 그렇게 말했습니다. 그렇지만 막스 베버의 말 중에 쓸 만한 것은 학문에 대한 엄격성입니다. 이런 학문을 하는 곳이 경성제대였습니다.

최재서는 황해도 사람입니다. 과수원 집 아들입니다. 서울대에 이 사람의 경성제대 시절 학적부가 있어요. 보니까 과수원집 미망인 아들로 되어 있어요. 아버지가 일찍 작고했는지 보호자가 어머니로 되어 있습니다. 경성제대 법문학부 문학과 영문학 전공 3회 입학생입니다. 경성제2고보지금의 경복고를 나온 수재입니다. 영어 실력이 특출했고 또 일본 문화에 대단히 민감했는데, 학교 다닐 때 조선인 학생들이 친일파다 해서 보자기를 씌워 두드려 패기도 했다고 합니다. 그런 취향을 가지고 집도 양옥으로 문화인 행세를 하며 살았다고 그럽니다. 경성제대 영문학 담당인 사토 기요시佐藤清에게 배웠어요.

당시 일본에서 교수를 임용할 때는 미리 어떤 후보자를 외국에 유학을 보내요. 사토 기요시는 영문과니까 영국에 유학했지요. 몇 년 동안 유학하라고 정부가 파견합니다. 돌아올 때는 또 어디 교수로 간다고 미리 정해져 있었어요. 예과에서 영어를 가르치는 사람으로는 블라이스라는 영국 사람이 있고 기타 교수들이 있었지만, 그건 모두 언어학 교수들이었기 때문에 예과와는 별도로 학부 영문학 전공 설립을 위해 별도로 사토 기요시에게 영국 유학을 시켰어요. 그리고 돌아올 때 가장 마음이 맞는 사람을 교수로 하나 뽑아 오라고 합니다. 정부가 그런 권한을 주었어요. 사토 교수는 블런든이라는 영문학자를 원했던 것 같은데, 그는 도쿄제대로 가버렸어요. 이 사람이 경성제대로 오느냐, 도쿄제대로 가느냐 하는 편지들을 교환한 자료가 다 남아 있어요. 결국 사토 기요시가 초빙한 사람은 하워스였는데, 경성제대 영문학 전공에는 이 하워스와 사토, 두 사람이 교수였어요. 예과는 예과대로 교수가 따로 있고.

영문학 전공에는 일본인 학생과 조선인 학생이 반반씩 있었는데 영문학과가 지금이나 그때나 문과에서는 수석 학과 아닙니까? 왜냐하면 세계를 제패하고 있는 게 영국이니까. 경성제대에서 영문학이라는 것이 얼마나 대단했냐 하면 도서관을 보면 알 수 있습니다. 그때 경성제대 도서관은 도쿄제대와 똑같았어요. 벽돌도 똑같은 벽돌입니다. 현재 동숭동에 있는 문학예술위원회 건물의 벽돌이 그것이지요. 도서관에 들어간 장서도 마찬가지예요. 지금 서울대 도서관 6층에 구 경성제대 도서들이 모두 남아 있습니다. 도쿄제대가 소장한 잡지 목록과 똑같은 책들이 있습니다. 그런데 영문학 전공은 이에 더해 대영 도서관, 마르크스가 공부한 그 도서관에 들어가는 잡지 목록이 그대로 여기 들어와 있어요. 그러니까 당시 최신 자료들이 들어온 것이지요.

최재서가 대학에서 공부한 것은 18세기 낭만주의입니다. 이건 시를 말하는 거지요. 영국은 시고, 소설은 프랑스, 희곡은 독일이라 그럽니다. 영국에서 시라고 하는 것은 우리처럼 손바닥만 한 서정시를 말하는 게 아니라 셸리나 바이런, 밀턴 같은 사람들의, 한 권이나 되는 장시를 시라고 하는 거란 말이에요. 최재서가 공부한 것이 그런 낭만주의 시입니다. 그러다가 최재서는 최신 영문학 쪽으로 방향을 바꿔요. 영국 잡지를 보니까 현재 평단에서는 낭만주의시대가 끝났어. 신고전주의, 주지주의를 하고 있더란 말이야. 그러니까 이런 구닥다리를 할 필요가 있느냐 해서 대학원에서 주지주의 쪽으로 나갑니다.

경성제대 영문학 연구실이 발행한 영문학 잡지가 있습니다. 이 잡지에 그러한 사정들이 훤하게 나옵니다. 교내 잡지니까 이 사람들이 무슨 공부를 하고 일본 영문학계는 어떻고, 교수들은 뭘 하느냐가 기록되어 있습니다. 여기 보면 새로운 영국 평단의 흐름이 T. S. 엘리어트나 T. E. 흄 등으로 연구되고 있습니다. 여기에는 매년 열리는 일본 영어영문학회에 사토 기요시 교수와 최재서가 함께 참석한 기사도 실려 있어요. 일본 학생들 다 제쳐놓고 최재서를 데려간 거지요. 왜냐하면 제일 똑똑하니까.

일본 영어영문학회 학술지인 『영문학연구』를 보면 최재서가 발표한 논문들이 실려 있습니다. 그리고 최재서는 『사상』이라는 잡지로 일본 평단에 데뷔를 해요. 1934년에. 『사상』은 이와나미岩波 출판사가 발행한 일본 사상계의 대표 잡지입니다. 일본 철학계에서 이와나미 그룹으로 유명한 아베 요시시게安倍能成 같은 패들이 편집하는 잡지입니다. 그 편집 후기를 보면, T. E. 흄에 관해서는 일본에서도 논의가 많지만 최재서가 쓴 것보다 요령 있게 쓴 것은 없어서 이걸 신는다, 반도 사람으로서 우리 잡지에 실린 사람이 처음이다, 라고 적어 놨어요. 최재서도 이것을 큰 자랑으로 여기고 있었어요.

최재서가 친일파라 해서 동급생에게 얻어맞았다지만, 그것과는 다른 증언도 있어요. 경성제대 국문과 교수 다카기 이치노스케高木市之助의 『국문학 50년』1967이라는 회고록이 있는데, 거기에 당시의 최재서에 대한 회상이 있어요. 어느 날 최재서가 술이 취해서 자기 집으로 쳐들어왔어. 행패를 부리며 "너희들 일본 교수들이 우리들을 세뇌하려고 하는데 어림도 없다"라고 했다 합니다. 일본인 교수가 그렇게 적어 놨어요. 아마 그런 일도 있었을지 모릅니다. 그러나 최재서가 실력이 있었고 인정을 받았다는 것은 분명합니다. 그 대단한 실력이 어디서 발휘가 되었느냐. 그건 말할 것도 없이 T. E. 흄에 대해서입니다.

T. E. 흄은 심리학자이자 철학자입니다. 이 사람은 일찍 죽었는데 허버트 리드가 편집한 흄의 문집 *Speculations*이 젊은 세대들에게 많이 읽혀서 낭만주의 극복의 기폭제가 되었습니다. 낭만주의는 휴머니즘이죠. 즉 '인간은 신이다'라는 것입니다. 이게 낭만주의 아닙니까? 중세시대에 인간이라는 것은 아무것도 아니죠. 신이 제일이고 인간은 신의 피조물이고 아무것도 아니란 말이야. 이게 이제 뒤집혀서 휴머니즘이 등장하여 인간이 제일이라고 하다 보니까, 그러니까 '인간 만세.' 하다 보니까 인간이 신이 되어 버렸어요. 이게 낭만주의의 기본 틀이죠. 이게 몇백 년 지속되다가 혼란 때문에 견딜 수가 없어요. 인간이 모두 다 신인데 여기에 질서가 있을 수 있습니까? 그래서 다시 이제 '인간은 벌레다'로 나가는 것이지요. 연속성의 세계관이 낭만주의입니다. 그림을 그리면 이렇습니다.

흄 사상을 설명하면서 최재서가 그린 그림입니다. 학문에 따라서 상대적인 학문이 있고 절대적인 학문이 있다. 여기서 혼선을 일으키지 말라는 거지요. 물리학이나 수학 같은 것은 절대적인 기준으로 하는 것이고^{맨 바깥 원}, 심리학이나 생물학 같은 것은 상대적인 기준으로 하는 것이며두 번째 원, 윤리학이나 종교는 절대적인 기준을 가지고 있는데맨 안쪽 원, 이걸 서로 섞어서 혼란을 일으키면 안 된다는 것입니다. 더 쉽게 말하면 인간이 있는 영역이 있고 신이 있는 영역이 있고 동물, 무생물이 있는 영역이 있는데, 여기에는 다 선이 그어져 있어서 들어갈 수가 없다, 연속성이 될 수 없다는 것입니다.

낭만주의는 이걸 연속성으로 바라봅니다. 예를 들어 꽃이 아름답다고 합니다. 꽃이 아름다울 리가 없지요. 꽃은 식물의 세포입니다. 그러니 아름다울 여지가 없지요. 그런데 꽃이 아름답다, 불쌍하다 하는 것은 연속성적 사고입니다. 인간이 자기를 중심에 놓고 사고하는 것이 연속성적 사고입니다.

『순교자The Martyred』1964라는 소설을 쓴 김은국이라는 작가가 있지요. 영어로 쓴 이 소설은, 여러분 세대는 잘 모르겠지만, 한때 굉장한 반향을 일으켜서 한글은 물론 세계의 다양한 언어로 번역되었고 영화로도 만들어졌지요. 이 작품은 한국전쟁을 다룬 것입니다.

한국전쟁 때 인민군이 서울을 지배한 것이 3개월이고 유엔군이 평양을 지배한 것이 2개월 반입니다. 인민군 치하에서 석 달 동안 서울 사람들이 어떻게 살았는가를 다룬 것이 염상섭의 유명한 「취우」1952~1953입니다. '취우驟雨'란 소낙비를 말하는 거지요. 이 남한 최고의 작가는 인민군 3개월을 소낙비라 했어요. 모두들 한국전쟁이 엄청난 비극이라 말하지만 그건 거짓말이란 말이야. 소낙비가 지나갔어. 소낙비가 지나가면 흔적만 조금 남고 햇빛이 나면 그만이야. 이렇게 그려 버렸단 말입니다. 1년 동안 신문에 연재되었습니다. 염상섭은 물론 서울에 남아 인민군 치하를 살았지요. 그러다가 서울이 수복되니까 대번에 보따리 싸서 진해로 내려가 해군 사관학교에서 6개월 동안 훈련받고 해군 정훈감으로 전쟁에 참여했죠.

그러면 유엔군이 평양을 지배했을 때 북한 최고 작가인 한설야는 뭘 썼느냐? 『대동강』1955 3부작을 썼어요. 이것도 대가의 작법이라는 걸 우리는 대번에 알 수 있어요. 유엔군이 들어온 평양에서 시민들이 담배 팔고 물건 훔치고 하는 것이 그대로 다 나옵니다. 거기서 젊은 이들이 어떻게 하느냐가 중심이긴 하지만. 어쨌든 한국문학의 두 거두가 쓴 작품들이 이처럼 대단하지요.

『순교자』는 유엔군이 평양에 들어갔을 때 일어났던 일을 그려 놓은 것입니다. 이 소설의 서술자는 대학에서 문화사를 가르치던 교수였는데, 전쟁이 일어나자 통역관으로 정보부에 배속되었어요. 정보부라는 것은 적진에 먼저 들어가서 염탐하는 거지요. 저는 군대 있을 때 수색대에 있었어요. 수색대도 그것과 비슷한 겁니다. 서술자인 이 대위는 유엔군이 들어오기 전에 평양 시민들이 어떤 동향을 갖고 있는가를 미리 염탐하는 임무를 맡았어요. 그래서 여기 들어갔어. 들어가서 염탐을 해보니까 평양 시민들이 대단히 화가 나 있어요. 왜 그러냐 봤더니 공산당이 목사 14명을 끌고 가서 12명을 총살 시켰어요. 유엔군이 들어올 무렵에. 그러니 평양 시민들이 가만히 안 있겠지요. 이 분노를 어떻게 가라앉히느냐 하는 것이 정보부가 맡은 임무입니다.

이 대위가 알아보니까 목사 14명을 잡아가서 신을 거부하라며 고문을 했어요. 한 사람이 견디지 못해서 미쳐 버려요. 대번에 석방해

버렸어요. 이게 한 목사입니다. 총살당하지 않고 석방된 또 한 명의 목사가 있었는데 신 목사입니다. 주인공입니다. 그래서 두 사람이 살아 있어요. 한 사람은 미쳐버렸으니 어쩔 수 없고, 그래서 신 목사를 찾아갑니다. 그에게 어떻게 되었느냐 물었더니, 신 목사가 말하기를, 자신은 신을 거부한 유다란 말이야, 그래서 살아남았다, 신도들이 다 그러지 않더냐, 그게 사실이다, 나는 유다고 다른 사람들은 신을 증거하다 죽은 순교자야. 그렇게 말하더란 말이야. 이 대위가 다시 물었지요. 그러면 당신이 민중들 앞에 가서, 신도들 앞에 가서 그렇게 증언할 수 있느냐. 그렇다. 그래서 신 목사를 데려가서 그렇게 증언을 시키고 장례를 치르고 해서 사람들을 진정시켰어요. 제대로 일이 해결됐지요? 그런데 엉뚱한 일이 벌어져 버렸어요. 이게 소설의 재미죠. 나중에 목사들을 고문하고 사살한 공산당의 정 소좌를 체포했어요. 그가 진상을 밝힙니다. 하나는 미쳐서 석방했고 하나는 끝까지 버텨서 석방했고, 나머지는 사살했다. 그러니까 이 대위가 단단히 화가 났지요. 대번에 신 목사한테 가서 당신 왜 거짓말을 했느냐 하고 따졌지요.

이 작품 맨 앞에는 카뮈에게 바친다는 헌사가 있습니다. 『페스트』[1947]에서 카뮈는 신 없는 사상을 말합니다. 신을 믿지 않더라도 성자가 될 수 있다는 그런 사상이지요. 신 목사의 대답이 그와 연관되어 있습니다. 신 목사가 말하길, 나는 신을 믿었는데 목사가 되고 아들도 낳았단 말이야. 그런데 아들이 우연히 일찍 죽었어. 그 후로는 신을 믿을 수가 없더라. 그래서 신을 안 믿었던 말이야. 그런데 그 와중에 공산당에게 붙들려서 고문을 당했다. 그래서 그걸 버텼다. 이렇게 비참한 민중들의 고통을 내가 거짓말을 해서라도 구제할 수 있으면 그러겠다. 이렇게 나온단 말이에요. 그러니 이 대위가 어떻게 하겠어요.

이런 것이 신 없는 성자를 드러내려고 그랬는지도 모르겠습니다. 우리나라에서 이 소설이 영화로 만들어질 때 교회에서 큰 반발이 일어나고 그랬어요. 이 작품의 맨 끝은 이렇게 마무리됩니다. 1·4후퇴 때 이 대위는 신 목사가 피난 왔는지 전부 조사를 해봤어요. 그랬더니 피난을 안 왔어. 그런데 평양에서 신 목사를 봤다는 사람들도 나오고, 원산에서 봤다는 사람도 나와. 그러니까 신 목사가 원산에도, 평양에도 동시에 있었어. 그걸로 작품이 끝납니다. 이게 신의 동시 발현이라는 것이지요. 기독교적으로 마무리를 한 것입니다.

여기서 고문당하다가 마침내 배교한 12명의 목사들은 신이 있다면 증거를 내보이라고 했습니다. 그러나 이것은 인간이 자기 마음대로 생각한 것입니다. 연속성의 세계관 속에 있었던 거지요. 신은 인간이 죽든 말든 아무 상관이 없어요. 신은 절대란 말이야. 거기다 대고, 하나님 우리나라를 보호해 주소서, 우리 집 부자 되게 해 주소서, 라고 하는 것과 똑같은 거 아닌가 말이야. 기독교가 적어도 그런 종교는 아닙니다. 세계종교란 말이야. 얼마나 굉장한 세계종교냐 할 것 같으면, 마음속으로 간음한 자도 간음한 거다, 이게 보편 원리입니다. 그런 굉장한 종교가 기독교인데, 내가 이렇게 고통당하고 있는데 좀 봐주지 않느냐는 게 말이나 됩니까? 그건 휴머니즘적 낭만주의입니다. 연속성의 세계란 말이지요. 인간이 자기 마음대로 만든 겁니다.

그에 비해 주지주의는 불연속성의 세계입니다. 최재서가 흄을 통해 주장한 바이지요. 최재서는 1934년에 『조선일보』에 약 두 달에 걸쳐 주지주의문학을 소개해요. 그러면서 위의 그림을 그려 놓았어요. 인간은 인간의 한도에서 벗어날 수 없어. 신이 있는 세계에 선이 그어져 있어 인간이 자기 마음대로 들어갈 수가 없어. 신학자들은 틈이 있어서, 흔적이 있어서 접근할 수 있다고 밖에 접근을 안 해요. 그리고 식물이 있다, 동물이 있다 할 것 같으면 우리가 소도 잡아먹고, 돼지도 잡아먹고 그러지요. 그런데 노자는 이렇게 적어 놓았어요. 군자는 푸줏간으로 가지 마라, 라고. 소고기는 먹어도 괜찮다는 얘기입니다. 그런데 동물이 불쌍하나 하는 것은 있을 수가 없습니다.

이 둘은 다른 세계입니다. 인간이 자기 마음대로 어쩌고 저쩌고 할 수 있는 게 아닙니다. 이런 게 불연속적 세계관인데, 이렇게 되면 어떻게 되느냐. 인간에게도 한계가 생깁니다. 사람 위에 사람 없어, 1등 국민, 2등 국민 따위는 없어, 하는 건 연속성의 세계관입니다. 그런데 1등 국민하고 3등 국민하고 맞먹자는 건 있을 수 없어, 하는 건 불연속성의 세계관입니다.

세계를 불연속성으로 정리한 것이 흄의 사상이지요. 연속성의 예술은 Vital Art입니다. 생명의 예술이지요. 반면에 기하학적인 예술, 이것을 고전주의라 하고, 다르게는 주지주의라 합니다. 이것은 인간을 철저히 배제해 버린 것입니다. 생명적인 요소를 예술에서 철저히 빼 버린 것이 주지주의, 신고전주의입니다. 인간적인 요소를 넣으면 안 돼. 물컹물컹하고 인간적이고 한 건 예술이 아니야. 메마르고 당초 무늬 같은 그런 세계로 가야 되는 거야. 비연속적 세계관은 신을 믿어야 합니다. 왜냐하면 인간은 형편없으니까. 그래서 이 패들이 전부 가톨릭으로 전향합니다.

미국 뉴크리티시즘 패들도 마찬가지입니다. 미국 남부 귀족들의 사상입니다. 노예해방을 절대 반대하는 패들입니다. 이런 사상이 뉴크리티시즘의 핵심에 놓여 있습니다. 철저한 농본주의이지요. 북부의 뉴욕 같은 곳에서는 벌써 노예해방을 했지요? 남부는 그럴 수가 없어요. 말하자면 그런 세계관으로 주지주의가 이루어져 있어요.

최재서가 보기에 가장 선진국인 영국 평단의 방향이 이렇게 나가니까, 낭만주의를 공부하고 대학에 앉아 있을 수가 없단 말이야. 최재서가 내건 주지주의 깃발이 시기가 딱 맞기도 했지만, 또 굉장한 일을 해내기도 했어요. 우리 비평이 여기서부터 시작되는 것입니다. 마르크스주의를 빼놓고는 우리나라 비평이 여기서 시작된 것입니다.

카프가 탄압을 받아 마르크스주의가 퇴조한 것은 1934, 35년 무렵입니다. 이것이 전주사건이지요. 그 공백을 메운 것이 모더니즘입니다. 박태원이라든지 이상이라든지 하는 괴물들이 이때 나타납니다. 「날개」, 「천변풍경」이라는 소설이 발표되지요. 둘 다 1936년에 나온 작품인데 이 소설들을 해독할 비평가가 아무도 없었습니다. 무슨 말인지 몰랐단 말이야. 독자들도 이게 뭐냐 했습니다. 이것을 명쾌하게 해석한 사람이 최재서입니다. 그 사람밖에 없었어요. 불연속적 세계관, 즉 흄의 사상으로 해석합니다. 최재서가 쓴 「리얼리즘의 확대와 심화」[1936]는 우리 근대비평사의 높은 봉우리입니다. 부제에 「날개」와 「천변풍경」에 대한 해설이라고 표시가 되어 있어요. 최재서는 아카데미즘을 가지고 평단에 들어온 것입니다. 그가 아카데미에서 발휘한 막강한 실력은 정평이 나 있었으니까, 모두 인정할 수밖에. 그런 위치에서 평단에서 활약했어요. 최재서는 경성제대 강사로 발탁

이 될 정도로 실력을 갖추고 있었어요. 일본 사람들을 제치고. 이런 실력을 기반으로 비평에 들어온 것입니다.

그가 낸 잡지는 『인문평론』인데 이것은 『문장』과 맞서는 것입니다. 저는 『문장』을 주재한 이태준의 문장론에 문제가 많다고 늘 생각합니다. 「문장 강화」1939의 논리는 이런 것입니다. "책만은 册으로 쓰고 싶다." 책만은 한자로 쓰고 싶다는 것은 무엇을 의미하느냐 하면, 문장은 뜻 전달이 아니라는 고도의 귀족주의를 담고 있습니다. 그렇지만 우리가 필요한 건 뜻 선달이란 말이에요. 민중들을 계몽하려는 언어라면 뜻 전달이 먼저지, 고상한 취미를 가지고 문장을 꾸미고 하는 것은 필요 없지요. 기능주의로 나가는 김기림의 『문장론 신강』1949이 이쪽을 대변하고 있습니다. 김기림이 한글 전용을 주장하는 것은 기능주의로서 한글이라는 기호를 이용하자는 것이지, 한글학파들이 말하는 우리 글이니까 한글을 전용하자는 것과는 다릅니다.

『인문평론』이라는 것은 불연속적 세계관을 모르고는 풀어나갈 수가 없어요. 절대적인 권위에 대한 승복이 전제되어 있어요. 신이 전제로 되어 있는 거지요. 맞먹을 수 없다는 거지요. 이건 파시즘 사상 아닙니까? 최재서가 친일파가 된 것은 그러고 싶어서 된 것이 아니라, 그렇게 될 수밖에 없어서 그런 것입니다.

「고대 시인의 목소리」라는 영국 시인 블레이크의 시를 인용해서 최재서가 자기 심정을 그려 놓은 것이 있습니다. 반이성주의자의 목소리이지요. 최재서가 친일문학을 하고 친일 논설을 쓰고 한 것은 사실이지만, 이것은 새로운 유형이라고 파악할 수 있지 않을까 합니다. 최재서를 연구하려면 영문학을 알아야 하고 또 일본의 영문학 연구를 조사해야 하는 등 복잡한 것이 많습니다만, 저는 영문학을 모르기 때문에 깊이 공부할 수 없었지만, 대체로 드러난 것만 보면 하나의 유형으로 검토해 볼 만하다고 판단했습니다.

기타 작가의 이중어 글쓰기

네 번째로 들 만한 작가가 한설야입니다. 한설야는 대단히 고집이 센 사람으로 창씨개명도 안 했어요. 카프의 두목 가운데 한 사람인데, 이 사람은 처음부터 일본말과 조선말로 함께 소설을 썼어요. 「합숙소의 밤合宿所の夜」1927이라는 소설은 카프 초기에 쓴 건데, 1927년에는 일본어로 발표했고, 1928년에는 또 그것을 조선어로 발표했어요. 노동자들이 합숙하면서 십장과 싸운 이야기를 일본말로도 조선말로도 썼어요. 「하얀 개간지白い開墾地」는 1937년에 일본의 문예지인 『문학안내』에 실렸는데, 북선 지방에서 소작인들이 일본 지주에 대항해 싸운 얘기를 그려 놨어요. 이중어 글쓰기 공간에서 일본어로 쓰기 전에 이것 말고도 대장편도 썼어요.

「대륙」1939이라는 장편이 그것인데, 읽어보면 무협지입니다. 간도가 무대로 마적이 나오고 중국 처녀가 나오고 일본 처녀가 나오고 군부가 나옵니다. 일본 청년 둘이 주인공인데, 하나는 간도에 가서 개척 사업하는 청년, 또 하나는 일본에서 대학을 나와 만주를 경영하러 간 엘리트 청년입니다. 이 둘이 만주를 헤매고 돌아다닌다 하는 것이 내용입니다. 이건 소설이라고 보기 뭣하죠.

한설야는 늘 큰소리 치는 게 있는데, 그것은 바로 중국은 자기가 제일 잘 안다는 것입니다. 중일전쟁에서 일본문학은 보도문학이 크게 발달해서 히노 아시헤이火野葦平의 『보리와 병사』1938 같은 소설들이 나왔습니다. 그런데 한설야는 그런 것을 유치하다고 보았어요. 중국을 제대로 모른다는 것입니다. 그럼 너는 얼마나 아느냐? 굉장히 많이 안다. 실제로 그걸 증명하려고 한설야는 베이징에 가서 유명한 문인들과 만나 인터뷰하고 『매일신보』와 『경성일보』에 글을 썼어요. 그렇다면 적어도 이 사람의 글쓰기는 별난 게 아닌가 합니다.

『국민문학』에는 「피血」1942.1, 「그림자影」1942.12라는 단편이 실려 있습니다. 이것은 일제 말기입니다. 그렇지만 이 두 작품도 친일하고는 상관이 없습니다. 둘 다 일본 처녀를 사랑하는 이야기입니다. 좌우지간 한설야는 그랬어요. 좀 별나다는 생각이 듭니다. 그것이 네 번째 유형으로 한설야를 드는 이유입니다.

다섯 번째 유형을 말하면 여러분도 납득하기 어려울 텐데, 어떤 일본 교수는 저보고 그건 좀 지나쳤다고 합니다. 이기영이 그에 해당합니다. 이기영은 스스로 말하기를 자기는 무식하고 학교도 안 다녔고 일본말도 모르니까 일본말로 소설을 안 쓴다고 그랬습니다. 그래서 일본말로 쓴 것이 없습니다. 일본말을 모르니 할 수 없지 않은가 말이야. 그렇지만 이 사람은 일제 말기에 연속적으로 장편을 연재했어요. 그걸 단행본으로 내기도 했지요. 「대지의 아들」1939~1940과 「처녀지」1943가 그것입니다. 둘 다 만주 개척에 나섰던 조선 사람들의 이야기입니다. 만주국을 위한 문학, 우리 눈으로 보면 영락없는 친일문학입니다.

"일송정 푸른 솔은 늙어 늙어 갔어도"<선구자> 하는 노래가 있지요. 이 노래 가사는 윤해영이라는 시인이 쓴 것입니다. <용정의 노래>가 원래 제목입니다. 작곡가 조두남은 어떤 독립투사가 와서 이 가사를 지어 놓고 갔고, 자기는 거기다 곡을 붙여서 <선구자>를 만들었다고 했습니다. 이건 사실이 아닙니다. 윤해영이라는 사람은 철저하게 만주국에 봉사한 사람입니다. 만주국문학을 한 사람입니다. 만수국을 찬양한 「왕도낙토」1943라는 시도 있고 그래서 연변대의 김호웅 같은 교수는 이렇게 평가를 해요. 만주에서 살았던 한 전형적인 시인이라고 보면 된다고 말이지요. 그냥 만주국에 봉사한 문학이고 만주국 사람의 문학이지요. 이걸 조선하고 연결시키는 것은 말도 안 된다는 겁니다.

이기영이 일제 말기에 만주국 개척을 그린 「처녀지」라는 소설은 큰 장편입니다. 어떤 청년이 의사가 되어서 만주에 가서 개척하는 이야기, 남녀 관계 같은 게 그려져 있는데, 이런 것은 우리 주류 문학에서 보면 친일문학이 틀림없지요. 그러면 이기영이 쓴 조선어라는 게 뭐냐? 그것은 조선어이지만 이중어적인 성격을 띠고 있습니다. 그래서 다섯 번째 유형으로 분류를 해보았습니다.

여섯 번째 부류는 시인 김종한입니다. 이것은 사실 저의 힘에 부치는 공부입니다. 29살에 죽은 대단히 뛰어난 시인인데, 우리나라 시인으로서 일본말로 시를 지을 수 있는 유일한 사람입니다. 이 사람 외에는 일본말로 시를 지을 수 있는 사람이 없었어요. 일본에서는 『김종한 전집』2005이 나와 있어요. 김종한은 『만엽집』에 있는 가락으로 시를 쓸 수 있는 사람입니다.

그 외에도 정인택, 이석훈 등의 작가들도 있는데, 모르긴 해도 이들을 쭉 정리하면 학위논문이 몇 개 나올 수 있을 겁니다. 이 영역은 국적 불명으로 한국과 일본 어느 쪽에도 속하지 않으니까요. 어쩌면 일본 사람들이 먼저 연구할지도 모르고요. 오늘 제가 말한 것은 한국 근대문학사의 공간 가운데 하나인 이중어 글쓰기 공간입니다. 국적이 없는 글쓰기 공간. 그것은 문화 연구의 범주에 속하는 것이고, 그 공간에서의 글쓰기라는 것은 이런저런 유형으로 정리해 볼 수 있다는 것이었습니다.

해방 공간
민족문학 글쓰기

해방 공간의 문제

지난 시간에는 이중어 글쓰기 공간^{1942.10.1~1945.8.15}의 문제에 대해서 개략적으로 이야기했습니다. 이어서 오늘은 해방 공간^{1945.8.15 ~1948.8.15 및 9.9}에 대해 이야기하려고 합니다. 대한민국 단독정부, 김동리식으로 말하면 '대한민국 정식정부'가 수립된 것은 1948년 8월 15일입니다. 북한이 국가로 성립된 것은 1948년 9월 9월입니다. 이것을 통상 분단이라고 얘기하고 있습니다. 1945년 8월 15일부터 1948년 8월 15일까지는 사실상 국가가 없는 공간입니다. 이 기간에 논의된 것들은 어떤 특정 국가에 소속되었다고 할 수 없습니다. 이중어 공간처럼 비어있는 공간입니다. 어느 쪽에도 소속될 수도 있고, 어느 쪽에도 소속될 수도 없는 공간이라고 할 수 있습니다. 형식논리상 그렇다는 것입니다. 이런 문제점들을 살펴보도록 하겠습니다.

1948년 8월 15일부터 분단이라고 하나 실제로 들어가 보면 사정이 대단히 복잡합니다. 분단이 실제로 일어난 것은 이보다 훨씬 이전입니다. 그때 이미 북한하고 남한이 다르게 되었습니다. 1946년 2월, 이때가 사실상 남북분단이 확정된 그런 시기로 볼 수 있습니다. 북한에서 토지개혁을 완성한 시기입니다. 해방 전후사를 가지고 이런저런 논란이 많습니다. '해방 전후사의 인식', '해방 전후사의 재인식', '해방 전후사의 재재인식'이 나와 있죠. 이렇게 변해가는 것은 당연한 것입니다. '토지개혁'이라는 것은 혁명이었습니다. 북쪽의 토지개혁은 '무상몰수 무상분배'였습니다. 이게 결정적입니다. 왜냐하면 이 토지가 마르크스주의에서 말하는 토대입니다.

마르크스는 경제학적이고 철학적인 고도의 관념을 조작하는 밀도 높은 글을 쓴 사람인데, 이 사람이 쓴 용어 중에 상부구조Überbau, 하부구조Basis라는 말이 있습니다. 상부구조라는 것은 집이 있으면 집의 윗부분을 말하는 것입니다. 집이 있으면 윗부분이 있고, 아랫부분이 있다, 이런 삼척동자도 아는 말을 썼어요. 쉽게 말한 것이지요. 마르크스의 『자본』[1867]을 보면 재미있는 것이 기독교에서 말하는 삼위일체가 반복된다는 것입니다. 이것이 『자본』의 핵심이지요. 헤겔도 마찬가지입니다. 저는 헤겔을 많이 읽어본 사람인데 헤겔도 절대정신에 가장 가까이 다가간 것이 삼위일체라고 보고 있습니다. 여기서 한 발짝만 가면 절대정신이 됩니다. 기독교의 삼위일체라는 것은 성부가 되었다가, 성자가 되었다가, 다시 성신으로 바뀌는 것이 반복됩니다. 성신의 존재가 자의식의 근간이 되는 것입니다.

토지개혁은 토대에 해당하는 것입니다. 당시 물질적 근거가 토지밖에 없었어요. 오늘날에는 공장이 있고, 토지가 아니라도 다른 것이 많이 있지만, 해방 직후에는 흥남 질소 비료 공장 하나 있고 아무것도 없었습니다. 남한에도 그렇습니다. 용산 철도, 영등포 방직공장 외에는 공장이 없었습니다. 노동자는 거의 없었습니다. 노동자가 없는데 어떻게 "노동자를 위하여"란 말이 있을 수 있습니까? 토지밖에 없었습니다. 그런 토지를 개혁해 버렸기 때문에 진짜 혁명이 일어난 겁니다.

황순원의 소설 중에 『카인의 후예』란 소설이 있습니다. 후예란 후손이란 말입니다. 1953년에 쓴 소설입니다. '카인'이란 『창세기』에서 빌려온 것인데, 일본에도 『카인의 후예』란 소설이 있습니다. '혈의

누'라는 제목을 가진 소설은 일본에 세 개나 있습니다. 내용은 물론 이인직 소설과는 다릅니다만. 창세기의 '카인의 후예'는 아담의 장남이 카인이고, 차남이 아벨입니다. 분가를 했는지도 모릅니다. 전 종교에 대해서는 잘 모릅니다만, 어쨌든 카인과 아벨은 일 년 동안 자기들이 각각 생산한 것을 가지고 여호와에게 제사를 지냈습니다. 여호와는 대단히 변덕스럽죠. 성을 내기도 하고 쫓아내기도 하고 용서해 주기도 하고 그러지요.

버트런드 러셀의 『나는 왜 기독교인이 아닌가』[1927] 하는 책이 있습니다. 한국어로 번역도 되어 있습니다. 이렇게 성질내고 변덕스러운 존재가 어떻게 성인이냐. 공자나 이런 사람들은 그렇지 않단 말이야. 그런데 그 여호와가 아벨의 것은 전부 받아들이고, 카인의 것은 받아들이지 않아 카인은 질투가 나 아벨을 죽였습니다. 그래서 최초의 살인자라 합니다. 그런데 여호와는 자비를 베풀어서 아무도 카인에게 손대지 말라고 했습니다. 그리고 추방했습니다. 카인의 후세들이 그후에 대장장이가 되었다는 것이 창세기에 나온 내용입니다. 여호와는 아담 가족에게 셋이라는 후손을 줘서 아담의 계보를 이었다는 것이 창세기의 이야기입니다. 그런데 전문가들이 설명해 놓은 것을 보면 이렇습니다.

이스라엘 사람들은 여호와, 아버지, 절대 권위, 장남을 최고로 내세웁니다. 유목민이라서 도리가 없죠. 양 떼를 모으고 하는데 리더가 없이는 생존할 수가 없습니다. 이들이 사는 동네는 모래밭이고, 독사가 기어다니는 그런 곳 아닙니까. 거기에서 염소나 키우고 하던 민족들입니다. 절대 종교가 필요하죠. 그리스처럼 포도도 열리고 하는 곳과는 다르지요. 그리스 신화 보면 전부 잡신들인데, 신들 가운데 대단히 못된 신들이 많죠. 사람과 똑같습니다. 남의 아내를 훔쳐가질 않나. 그리스는 그런 종교들로 족하지만 이스라엘 쪽은 그렇지 않습니다. 절대 권위가 필요해요.

이스라엘 민족은 유목민이기 때문에 아벨이 바친 것은 양입니다. 그러니 이것은 제대로 된 것이고, 카인이 바친 것은 곡물입니다. 곡물을 바친 것은 정통이 아니라는 이야기입니다. 그러니 안 받아들이는 것이 당연합니다. 터키에 카인과 아벨의 조각상이 있다고 하는데 그것을 본 사람들의 글을 보면, 카인이 아벨을 상당히 아끼고 마음이 약했다는 걸 조각에서 볼 수 있다고 합니다. 왜냐하면 아벨의 옷은 두툼하게 조각이 되어 있고 카인은 그저 그런 옷을 입고 있으니까. 이런 것을 봐도 카인의 마음이 약했다고 설명합니다.

좌우지간 황순원이 『카인의 후예』라는 작품을 쓸 때, 제목을 성경에서 빌려왔어요. 내용은 말할 필요도 없이 토지개혁입니다. 박훈이란 사람이 주인공인데, 청년 지주입니다. 그의 땅이 몰수당하는 과정을 그려 놓은 것이 이 소설입니다. 이 소설이 잘 됐다 못 됐다는 걸 떠나서 착상의 패기 같은 것을 볼 수 있습니다. 토지개혁의 문제를 드러내려 했지요. 박훈이라는 지주가 있고, 도섭 영감이라는 마름과 여러 머슴들이 있었습니다. 시대가 바뀌니까 이 사람들이 배신하는 게 당연하죠. 또 당에서 이 사람들을 이용했지요. 토지개혁을 겪고 결국 박훈이 도섭 영감을 죽이고 남한으로 내려오는 것으로 소설이 끝나요.

남한도 당연히 토지개혁을 하지 않을 수 없었어요. 이승만조차도 공산주의자 조봉암을 농림부 장관으로 임명했습니다. 그렇게 하지 않을 수 없을 정도로 남한에서도 토지개혁이 최대 이슈였습니다. 그러나 남한에서는 유상몰수 유상분배로 나가 버렸습니다. 미군정 때부터 시작한 신한공사라는 조직을 통해서입니다. 지주의 땅을 정부가 사고 증서를 줘요. 국가에서 언제 갚을 것이라고 줍니다. 그러니까 유상몰수입니다. 이것을 농민들에게 팔았습니다. 돈이 없으면 매년 조금씩 갚아라. 그러면 네 땅이 된다. 유상몰수 유상분배입니다. 6·25가 나고 호지부기되고 유싱증서를 가지고 있던 사람들이 종이 한 장으로 버틸 수도 없어서 아주 싼값에 팔아먹기도 했습니다. 그걸 채권 장사들이 많이 샀는데 피난지에서 이들이 채권 사라며 돌아다니고 그랬습니다. 오늘날 증권시장이 발달한 것은 여기에 기원을 두고 있습니다.

일제강점기에 우리나라 신문들을 보면, 사회면에 소작쟁의 기사가 안 나는 날이 없습니다. 그렇게 소작쟁의가 심했습니다. 일제 시절에 어떻게 소작쟁의가 가능했겠느냐 하고 의문이 들지도 모릅니다. 여기에는 이유가 있습니다. 일본은 봉건제로 다이묘라는 영주가 있었습니다. 우리나라는 처음부터 중앙집권제였습니다. 막비왕토莫非王土, 그러니까 조선천지가 왕의 땅이 아닌 곳이 없다는 개념입니다. 일본은 그렇지 않고 유럽처럼 봉건제니까 다이묘 중에 힘이 센 사람이 쇼군이라고 해서 통치합니다. 그러다가 딴사람으로 바뀌기도 했습니다. 그런데 이 다이묘들은 토지를 가지고 통치하니까, 수확 규모에 따라서 세력이 결정됩니다. 토지를 관리하는 사람을 사무라이라 했습니다. 사무라이가 칼싸움을 하는 사람이라 알고 있는데 그런

면도 있지만 실제로는 토지를 관리하는 사람입니다. 소작인들은 홍수가 났다던가 기후 변동으로 생산이 제대로 안 되거나 하면 세금을 낼 수가 없습니다. 그러면 농민들이 반란을 일으킵니다. 이를 잇키一揆라 합니다. 잇키가 일어나면 농민 대표는 영주가 아니라 에도江戶에 있는 관백에게 상소를 올립니다. 거기서 판결을 내립니다. 농민이 옳다, 아니다 판결이 납니다. 다이묘는 판결을 준수합니다. 그러나 농민들은 자기들의 영주를 배반한 거죠. 다이묘는 돌아와서 농민 대표를 죽입니다. 이런 전통이 있었어요. 소설 『태백산맥』1983~1989을 읽어보면 염상진이 그런 출신이죠. 일제강점기 소작쟁의를 주도합니다. 이런 것은 법률체계에도 반영되어 있었고 식민지에도 적용되었습니다. 이런 사정을 모르고는 어떻게 소작쟁의가 빈번히 일어날 수 있었는지를 이해하기 어렵습니다.

남한에서는 결국 토지혁명이 완수되지 못하고 흐지부지 끝나고 말았습니다. 북한에서는 완벽하게 이루어졌습니다. 딩링丁玲이라는 중국 작가가 쓴 『태양은 쌍간강桑干河에서 뜬다』라는 장편 소설이 있습니다. 1949년에 나온 이 소설이 중국혁명의 시대상을 가장 잘 보여주는 장편 가운데 하나라고 합니다. 거기에도 토지개혁이 중심에 있습니다. 쌍간강이라는 지역에서 혁명이 완성되는 것은 토지개혁이 완성될 때입니다. 황순원의 『카인의 후예』는 피해당한 지주 측에 서 있지요. 남한에서는 이렇게밖에 소설을 쓸 수가 없었을 것입니다.

이것을 농민 측에서, 즉 혁명하는 사람들의 입장에서 쓴 소설이 이기영의 『땅』1948~1949입니다. 이 북한 소설은 남한에서는 금서입니다. 우리 정부도 몇 번 단계적으로 금서를 해제했어요. 이기영이 쓴

『두만강』1954~1972도 해제가 됐어요. 그렇지만 우리 정부가 끝까지 해금하지 않은 것이 『땅』입니다. 곽바위라는 머슴이 해방 후에 농민 위원장이 되는 과정을 그려 놓은 소설입니다. 소설에는 매개적 인물이 나옵니다. 공산당이 조종하는 인물이지요. 중국 소설도 그렇습니다. 힘만 세고 무식한 농민이 점점 세련화되고 의식화되어서 마지막에는 농민 위원장이 되어 토지개혁을 완수해 나가는 과정을 그렸습니다. 그러니 우리는 이런 내부 사정은 덮어두고 겉으로만 보고 1948년부터 분단이라고 이야기합니다. 북한은 이렇게 해서 6·25가 일어나기 전까지 놀랄 만한 발전을 이룩했다고 알려져 있습니다. 남한은 가난하고 아주 혼란된 상태에 있었지요. 당시 세계적인 평가는 그랬습니다.

『당신들의 천국』1976이라는 이청준의 소설과 관련된 텍스트가 두 개 있습니다. 하나는 작고한 이규태 조선일보 사회부장의 글입니다. 그가 사회부 기자로 있을 때 『사상계』에 「소록도의 반란」1966이라는 르포를 썼어요. 이것이 첫 번째 텍스트입니다. 이청준이 이걸 보고 이규태의 지도하에서 쓴 것이 『당신들의 천국』입니다.

두 번째 텍스트가 참 중요합니다. 그 주인공은 아직 살아있습니다. 조창원1926~2018 대령. 지금 안양에 살고 있는데, 소설에서는 조백헌 대령으로 나옵니다. 조백헌이라는 현역 대령이 권총을 차고 소록도 원장으로 왔습니다. 권총을 내려놓고 소록도 주민들을 모아 놓고는 말했지요. "내가 당신들의 천국을 만들겠다. 나는 사사로운 물은 한 모금도 먹지 않겠다. 그럴 때 나를 총으로 쏴라"라고 했습니다. 소록도 사람들이 감동해서 힘을 합쳐 오마도 간척사업에 돌입합니다. 여러 문제가 생겨서 결국 완성을 보지 못하고 조백헌 대령이 쫓겨납니다.

조창원이라는 사람은 소설에 나오는 주인공 조백헌보다도 훨씬 위대한 사람입니다. 『상록수』1935에 나오는 채영신이라는 사람을 알 지요? 류달영 씨가 그 모델인 최용신에 대해 『농촌계몽의 선구여성 최용신의 소전』1939을 썼습니다. 류달영 씨는 상록회 회원이고 수원 고등농업학교 출신인데, 이 책에서 소설 주인공 채영신은 실제 인물 인 최용신보다도 훨씬 못하다고 말했어요.

주제는 중요하지 않지만 억지로 이야기한다면 『당신들의 천국』의 주제는 이런 겁니다. 자유 아니면 죽음을 달라, 천국에서 제일 중요 한 게 자유다, 라고 했을 때 자유를 100% 보장해 주면 천국이 만들 어지느냐? 그래도 천국은 만들어지지 않는다. 뭐가 필요하냐? 황 장 로 말대로 사랑이 있어야 한다. 사랑이 100% 주어진다면 천국이 만 들어지느냐? 그걸로도 안 돼. 꽤 깊이 들어갔죠? 이 소설은 상당히 어렵습니다.

카뮈가 카프카의 소설 「변신」1915을 읽고 한번 읽어서는 안 돼서 두 번, 세 번 읽었다고 욕을 했어요. 소설을 쉽게 안 쓰고 말이야. 소설인 데 그렇게 어렵게 쓰는 건 좀 뭣하죠. 그건 그렇고, 자생적 운명이라 는 것이 있습니다. 이것 없이는 안 된다는 것입니다. 너는 문둥이고 나는 성한 사람이다. 이걸로는 절대 안 된다는 것입니다. 네가 성한 사람이 되거나 내가 문둥이가 되거나 하기 전에는 천국이 이루어지 지 않는다는 것입니다. 학벌, 지연, 인맥, 이런 걸 우습게 보지만 이건 굉장한 겁니다. 여기에는 선이 있습니다. 이걸 넘어선다는 것은 자기 기만의 일종입니다. 이게 『당신들의 천국』의 주제입니다.

무상몰수, 무상분배를 하고는 지도자가 "내가 사사로이 물 한 모금 안 먹겠소. 천국 만들자." 이렇게 밀고 나갔다면 어떻게 됐을까요? 모르긴 해도 초기의 북한은 그런 수준이었을지도 모릅니다. 그게 불가능하다는 것은 소설에도 나옵니다. 왜냐하면 권력이 절대화되면 여러 가지 부작용이 생기고 초기의 의지가 지속되지 못합니다. 6·25까지 생겨서 더욱 그랬습니다.

이 이야기를 왜 했느냐. 해방 공간 이야기를 하고자 하는 것입니다. 이 공간의 얘기들은 국가 개념이 끼어들 수 없습니다. 국가가 생기기 이전이니까. 여기에 여러 문제점이 나타나는데 이를 사회경제사나 여러 가지로 설명할 수 있습니다. 그 가운데 이 공간의 글쓰기에서 중심이 되는 게 무엇인가? 이것을 검토하려고 하는 것입니다. 그 중심에 민족문학론이 놓여있습니다. 좌우 어느 쪽이든 말입니다. 이것을 이야기하려고 합니다. 그 이야기로 저는 책을 한 권『해방공간 한국작가의 민족문학 글쓰기론』썼습니다. 민족문학론이라면 이데올로기 문제인데 여기서 한발 물러나서 이런 얘길 하지 않을 수 없습니다.

소설을 읽는 이유

우리 세대에게는 반공이 국시國是였습니다. 러시아어 사전만 가지고 있어도 잡혀갔습니다. 명색이 국립대학 교수인데, 제 연구실에 있는 자료를 모두 압수해 갔습니다. 그 책들이 어디로 갔는지 지금도 궁금합니다. 월북작가의 책이니 하는 것 전부 다 말입니다. 반공이

국시였습니다. 여러분, 상상해 보세요. 러시아어 사전을 갖고 있다고
왜 잡아갑니까? 그렇지만 우리들은 모두 '알았다'고 승복했습니다.
어느 사회나 터부가 있고, 1960년대에는 반공이 터부였습니다. 마르
크스의 『자본』을 갖고 있는 것은 큰일 날 일이었습니다. 말하자면 그
런 시대입니다. 문학을 논할 때에도 될 수 있으면 그 근처로 가지 않
고 옆으로 돌아가서 얘기할 수밖에 없었습니다. 그런데 이 무렵에 문
학에서 논의할 수 있는 것은 마르크스와는 상당히 떨어져 있는, 그러
면서도 조금 가까이 다가간 곳 언저리에 있는 것이었습니다.

벼랑에 선 사람들이 글을 쓰는 것이지 배부른 사람들이 쓴 글은
글이라고 할 수 없습니다. 그것은 아무리 잘 써도 글에 힘이 없습니
다. 현역들이 쓴 글, 그게 글이란 말입니다. 그게 제일 힘이 있습니다.
지금도 마찬가지입니다. 벼랑에 선 사람이 아닌 사람이 쓴 글이 어떻
게 글이라고 할 수 있느냐 말입니다. 지위도 있고, 돈도 있고, 가족도
있는 사람들이 글을 쓸 수 있느냐? 그런 사람들이 글을 많이 쓸 수는
있겠지만 그것은 하등 감동을 줄 수 있는 글이 될 수 없습니다. 그렇
게 글이 흔하다면 누가 못하겠습니까? 결사적으로 하는 사람, 그 사
람들의 글만 글입니다. 이건 만고의 진리가 아닐까 생각합니다.

자기를 벼랑에 세우지 않고는 글을 쓸 수 없습니다. 시속 150km
로 달리면 위험해. 149km로 달리면 일등을 못 해. 우리가 흔히 말하
는 작가 의식이란 것은 이런 아슬아슬한 긴장감 속에 있습니다. 어떤
사회든 위로는 정치적인 터부가 있고 아래로는 도덕적인 터부가 있
는데, 이것은 가만히 놔두면 자꾸 좁혀들어 옵니다. 그 경계에 서서
어떻게 하면 경계를 조금 더 넓히느냐 하는 것이 작가 의식입니다.

그러니까 위험한 것입니다. 한 발을 잘못 디디면 위험해지는 선 위에 선 것입니다. 다가가면 위험하기 때문에 조금 떨어진 것을 가지고 조금씩 해보려고 하는 것입니다.

1960, 70년대에 검열을 통과해서 글을 쓸 수 있는, 마르크스주의에서 좀 떨어진 곳에 있었던 것이 아놀드 하우저란 사람이었습니다. 이건 지식사회학에 지나지 않지요. 그렇지만 이 사람이 쓴 『문학과 예술의 사회사』[1951]라는 계몽서에 기대서 마르크스주의를 좀 표현해 보려고 했습니다. 그래서 이것을 번역하고, 또 열심히 읽곤 했습니다. 이것보다 좀 더 수준이 높은 지식인들은 루카치라는 사람이 쓴 책을 구해서 읽었습니다. 헝가리 부잣집 아들, 죄르지 루카치라는 사람이 쓴 책들을 몰래 구해 읽고 했습니다. 그러나 대놓고 루카치를 이야기하지는 못했습니다.

저는 1969년 도쿄대학에 갔었는데 그 정문 앞에 책방들이 있습니다. 원서를 파는 책방, 고서점 등이 있습니다. 한번은 외서만 있는 책방에 들어갔더니 한쪽에 루카치의 책이 하나 있었습니다. 사회과학총서 중 하나인 『루카치 선집』이라는 두꺼운 책이었습니다. 그 책을 사 와서 밤새도록 읽었습니다. 그리고 몇 달에 걸쳐 번역을 했습니다. 아직도 그때 번역한 원고를 가지고 있습니다. 그때 얼마나 흥분했는지 모릅니다. 그 책 속에 『소설의 이론』이란 게 들어 있습니다.

첫 줄이 놀랍게도, 대단히 놀랍게도, 지금도 첫 줄만은 외우고 있는데, "복되도다"라는 감탄사로 시작됩니다. 이것은 시입니다. 작품입니다. 사상이 아닙니다. "시대가 복되도다." 어떤 시대가 복된 시대냐. "창공의 별이 지도가 되어 그 빛이 우리가 갈 길을 훤하게 비춰주는 시대는 복되도다." 이게 첫 줄입니다. 제목이 '소설의 이론'인데, 소설에 대한 설명은 없고 이런 말이 적혀 있었던 것입니다. 이거 자체가 작품입니다. 감탄사로 첫 줄을 썼습니다. 하이데거의 『존재와 시간』1927을 읽어보면 그것도 똑같다는 것을 알 수 있습니다. 그 자체가 작품이지 해설이나 설명이 아닙니다.

골드만의 『소설 사회학』1964에서 루카치의 책이 높이 평가되어 있지요. 루시앙 골드만은 이름을 보면 알지만 프랑스인이 아닙니다. 루마니아 변두리에서 프랑스로 쳐들어와서 온갖 시비를 걸다 간 사람입니다. 모두가 피한 사람으로 알려져 있습니다. 프랑스 지식계에서 골드만은 쳐주지 않습니다. 자신들의 전통과는 다르기 때문입니다. 그렇지만 시비를 잘하는 골드만은 평필을 휘두를 때는 대단한 위력이 있었습니다. 그는 소설 사회학에서 여태까지 소설에 대한 많은 책이 나왔지만, 그중에서 두 권만 괜찮고 나머지는 엉터리라고 말했습니다. 속마음으로는 자기 것이 그 세 번째라고 이야기하고 싶었겠지요. 그 첫 번째로 『소설의 이론』1916을 들었습니다. 그다음이 르네 지라르의 『낭만적 거짓과 소설적 진실』1961. 그다음이 자신의 『소설 사회학』인 셈이겠지요. 이것만이 소설에 대한 이론서라 할 수 있다고 합니다.

폭발력이 광장한 『소설의 이론』의 내용은 무엇일까요? 이 책은 루카치가 공산당원이 되기 전에 쓴 것입니다. 헤겔을 가지고 쓴 것이지요. 간략하게 정리하면 이렇습니다. 소설이라는 것은 그리스시대에 없었다. 대서사 양식의 일종인데 그리스시대에는 이게 서사시였다. 서사시가 근대로 들어오면서, 부르주아 사회로 들어오면서 소설로 바뀌었다는 것입니다. 소설이라는 것은 근대 시민 사회가 만든,

즉 부르주아 계급이 만든 최고의 예술 형식이라는 것입니다. 부르주아 사회가 멸망하면 소설도 당연히 없어진다. 그러니까 소설은 과도기적 명칭이라는 것입니다. 이건 헤겔의 이야기이기도 합니다. 그러면 서사시적인 세계는 어떤 세계냐. 이것이 『소설의 이론』의 첫 줄입니다. 우리가 갈 수 있고, 또 반드시 가야 해. 즉 인류사가 나아간다는 이야기입니다.

지금 제가 이야기하는 것은 민족이나 민족문학이 아닌 인류사에 관한 이야기입니다. 소설이나 예술을 논한 사람들은 문학을 공부하는 머리 나쁜 이론가들이 아니고 최고의 사회과학자들입니다. 마르크스나 엥겔스, 레닌, 골드만, 루카치 등은 문학 나부랭이 안중에도 없는 사람들입니다. 이 사람들이 공부하고 목표로 한 것은 인류사입니다. 어떻게 하면 인류가 유토피아로 가느냐 하는 것입니다. 이것 때문에 우리가 사는 것이고, 공부하는 것입니다. 이것은 최고의 엘리트들이 할 수 있는 일입니다. 전력을 기울여서 말이죠.

그런데 이 사람들이 왜 이렇게 소설에, 시나 이런 게 아니라, 흥미를 많이 가졌냐 하면, 그 이유는 소설이 인문학과는 다른 사회과학의 특징인 전체성Totalität을 다룬다는 것에 있습니다. 부분이나 특수가 아니고 전체를 본다는 거지요. 다른 하나는 주객 동일성입니다. '나는 너다'라는 것입니다. 황지우의 시집 제목처럼 말입니다. 이 두 가지가 전제로 되어 있는 것이 사회과학입니다. 그러나 한국 사람이 한국 사람을 분석하는 것은 자기가 자기를 분석하는 것입니다. 객관성이 있을 수 없지요. 그렇지만 제삼자가 되어서 할 수 없습니다. 이것은 어려운 일입니다.

유토피아, 인류를 미치고 환장하게 하는 세계, 이것이 없으면 인류는 살 수도 없고 죽을 수도 없다는 것이 도스토옙스키의 『악령』1871에 나오는 '스타브로긴의 고백'이지요. 드레스덴에 있는 '거장 고전 미술관'에는 클로드 로랭의 〈아키스와 갈라테아〉1630라는 그림이 있습니다. 그걸 보고 도스토옙스키가 『악령』에서 펼쳐 놓은 이야기입니다. 저도 그 그림을 농독이라서 못 가보다가 독일이 통일이 된 후에 가서 본 적이 있습니다. 이 그림은 황금시대를 그려 놓은 풍경화입니다. 에덴의 동산 같은 가장 편안한 행복의 경지를 그려 놓은 그림이지요. 인류가 저런 행복경을 찾아서, 즉 목가적 황금시대를 찾아서 십자가에도 매달리고 그랬다는 겁니다. 그 꿈은 황당무계한 것이지만 인류는 이것 없이는 살 수도 없고 죽을 수도 없습니다. 도스토옙스키는 그렇게 그려 놓았습니다.

저런 유토피아를 향해서 인류가 나아가야 한다. 그러면 현재 우리가 사는 세계는 어떠하냐. 우리가 사는 세계는 모순에 차 있고, 아주 형편없어. 이것을 개혁해서 황금시대로 끌고 가야 된다는 것이죠. 그러기 위해서 현실을 알아야 합니다. 현실을 분석하려면 주객 동일성과 전체성이라고 하는 두 벽에 부딪히게 됩니다. 현실을 분석할 수가 없습니다. 그래서 루카치니 하는 사람들이 방편을 생각했습니다. 현실을 바로 들여다볼 수가 없으니까, 현실과 닮은 모델로 분석해 보는 겁니다. 그 모델이 소설입니다. 그때 소설은 단편이 아니라 장편입니다. 철학은 추상적이고, 시는 너무 짧습니다. 장편 소설을 읽어보면 현재 우리가 사는 모습이 그대로 들어있습니다. 우리가 사는 현실과 가장 많이 닮은 것이 소설입니다.

가령 1910년대 한국 사회는 어땠을까? 경제사와 사회사를 봐도 알 수 있겠지만, 그중에서 제일 정확한 것은 이광수의 「무정」을 뜯어보는 것입니다. 엥겔스가 "세계관에 대한 리얼리즘의 승리"라고 얘기한 것이 바로 그것입니다. 당시의 어떤 경제학자, 어떤 사회학자가 쓴 책보다도 발자크의 소설이 더 정확하게 사회를 반영하고 있다는 것이지요. 수준 높은 소설을 보면 사회의 모순점들을 알 수가 있습니다. 소설은 작가들이 마음대로 쓴 것이 아닙니다. 자기들 마음대로 쓴 것을 바쁜 우리들이 읽을 이유는 없지요. 내딴히 미안한 말이지만, 작가는 우리와 비슷한 사람들입니다. 우리보다 더 똑똑하지는 않습니다. 우리보다 못하다고 할 수도 없고, 우리와 비슷한 사람일 것입니다. 그런데 그들이 쓴 작품을 존중하고 높이 평가하는 것은, 사회를 움직이는 법칙을, 직관이든 분석이든 해서 작품을 썼기 때문입니다. 그래서 루카치나 엥겔스 같은 사람들이 그리스 예술을 분석하고, 리얼리즘이나 반영론에 관심을 갖고 사회를 분석하고 논의하고 하는 것입니다.

본질은 찾아야 하지만 찾아지지 않는다

서사시의 세계는 어떤 세계냐. 근대가 시작되기 전이니까, 이 세계는 우리가 갈 수 있고 가야 할 길, 인류가 유토피아로 가야 하고 또 갈 수 있는 그 길을 창공의 별이 지도가 되어 훤하게 비춰주는 세계입니다. 이런 시대는 복되도다. 이게 그리스시대입니다. 그리스시대 사람들은 낯선 곳이 없습니다. 그리스 서사시를 설명은 할 수 있어도 해석은 절대로 할 수가 없습니다. 환한 대낮이라서 해석을 할 수 없습니다. 구약이나 이런 것과는 다릅니다. 대낮이라서 영웅들이 행동을 자유롭게 할 수 있습니다.

사기 치지 마라, 그리스시대는 노예시대가 아니었냐, 라고 아도르노가 「강요된 화해」라는 유명한 논문에서 말했습니다. 그렇지만 사실인지 아닌지는 제쳐놓고, 그런 시대가 인류사에 있었다고 상정하는 것입니다. 그리스를 높이 평가한 것이 독일 고전철학의 잘못이라고 이야기하는 사람들이 있습니다. 서울대에서 에드워드 사이드가 강의를 하면서 밀로의 비너스는 원래 얼굴이 검었다고 말했습니다. 문명이 아프리카에서 왔다는 것입니다. 이집트가 최고의 문명국이었고 그리스는 그 식민지였습니다. 식민지에서 만든 비너스가 대단하다고 생각하는데, 말도 안 된다는 것입니다. 실제로 『검은 비너스』라는 책도 있습니다.

유토피아니 뭐니 하는 그리스시대에 대한 이야기도 날조된 거냐는 문제는 있습니다만, 좌우지간 그리스시대라는 특정한 시대를 상정하고 그때는 낯선 곳이 하나도 없다는 것입니다. 인간 소외라고 했을 때 '소외Entfremdung'란 '낯설다'라는 뜻입니다. 독일에서는 흔히 쓰는 말입니다. 낯선 곳이 없는 세계라는 것입니다. 그게 인류가 가장 행복하게 사는 세계입니다. 당당하게 주인으로 사는 것이 서사시의 세계입니다. 그리스 영웅들이 죽고 살고 하는 것은 두려움이 하나도 없는 세계에서입니다.

그런데 이 문단이 끝나고 나서, 그리스시대가 이렇게 굉장한 것은 신이 인류와 더불어 지상에 내려와 있어서 그렇다는 대목이 나옵니다. 그런데 어느 날 신이 지상을 떠나게 되었고, 떠나고 나니까 세상이 어두워지기 시작했다는 것입니다. 그때부터 앞이 보이지 않게 되었는데 그것이 근대입니다. 자본주의시대, 곧 근대란 지상에서 신이 떠나버린 시대입니다. 인류는 스스로 자기의 문제를 개척해 나가야 합니다. 그래서 방황할 수밖에 없습니다. 이것을 다루는 것이 소설입니다.

소설의 주인공은 문제아입니다. 즉 헤겔 용어대로 하면 문제적 개인입니다. 헤겔은 그와 더불어 유지적 개인을 언급합니다. 유지적 개인이란 현상을 유지하는 보통 사람들이고, 문제적 개인은 역사를 만들어 나가는 개인을 말합니다. 헤겔은 그렇게 생각했습니다. 문제적 개인이 인류 사회를 끌고 나간다는 것입니다. 문제적 개인을 통속적으로 말하면 문제아인데, 모든 소설의 주인공은 문제아입니다. 문제아란 집에서는 아버지나 어머니의 말을 듣지 않는 아이고, 학교에서는 선생님 말을 듣지 않는 아이입니다. 그런데 문제아는 왜 문제아가 되었느냐?

『소설의 이론』은 독일어로 쓴 것이지만, 중간에 영어로 된 문장이 하나 들어 있습니다. 영국 극작가 브라우닝의 시에서 따온 것인데, "나는 나를 찾아 떠난다I go to prove my soul"가 그것입니다. 나는 누구냐, 나의 삶은 어디에서 왔으며 어디로 가느냐, 이런 것을 고민하는 사람이 문제아입니다. 그런 고민 없이 생활하는 사람, 부모님 말씀 잘 듣고 밥 잘 먹고 공부 잘하는 사람은 유지적 개인에 속하는 것입니다. 문제아는 가정에 절대 머무를 수 없습니다.

앙드레 지드의 『지상의 양식』[1897]에서 보듯 "나타나엘이여, 지금 당장 너희 학교로부터, 너희 골목으로부터, 너희 가정으로부터 떠나라. 떠나서 너 혼자 다녀라. 목이 마를 때 내가 너에게 물을 떠줘도 마셔서는 안 된다. 네가 떠먹어라." 그것이 '지상의 양식'이죠. 그 말을 듣고 프랑스 청년들이 앙코르 와트로 뛰어와 유물을 훔치다 붙들리고 하는 것이 말로의 『왕도』[1930]라는 소설입니다. 이런 문제아가 모든 소설의 주인공입니다. 문제아는 길을 떠납니다. 소설은 모두 길 가는 이야기입니다. 무라카미 하루키의 『양을 둘러싼 모험』[1982]도 그렇지요.

보물을 찾으러 갔다가, 방해하는 사람들이 나타나고, 도와주는 사람들도 나타나고 하면서 소설이 전개되는데, 사건들은 대개 길을 가면서 일어납니다. 자기를 찾아 떠나면 여러 가지 고난을 겪고 그럴 것입니다. 그러나 이 세상의 곳곳에 다 돌아다녀도 자기를 찾을 수 없습니다. 아무리 찾아도, 나를 찾아서 온 세계를 헤매도 나를 못 찾고 소설은 끝나게 됩니다. 그래서 소설은 아이러니입니다. 소설의 결말처럼 엉터리가 없습니다. 왜 그러느냐 하는 이유를 루카치는 장황하게 설명을 해두었습니다. 왜냐하면 세계가 다 썩었기 때문에.

근대를 훼손된 가치라고 합니다. 본래적인 가치가 사라지고 상품이 주인이 되어 있는 교환가치가 판을 치고 있는 것이 훼손된 세계입니다. 근대라는 것은, 자본주의라는 것은 상품으로 인해서 인간이 소외되고, 세계가 훼손된 사회로 변해버린 것을 말합니다. 훼손된 사회란 사용 가치가 중단된 세계입니다. 사용 가치가 살아있는 세계가 제대로 된 세계인데, 이게 사라졌습니다. 가령 여기에 내가 생산한 물건이 있으면, 나는 내 노동을 임금으로 팔아버려서 이것과 나는 관계가 없어집니다. 그래서 가치는 인간과 관계가 없어집니다. 이런 세계를 훼손된 세계라 합니다. 그러니까 자신의 본질을 아무리 찾아도 찾아지지 않는 것으로 소설의 결말이 나는 것입니다. 본질은 그리스시대에만 있는 것입니다. 그러나 근대로 들어오면 본질을 찾을 수가 없어요. 본질을 절대로 찾아야겠지만 본질은 절대로 찾아지지 않아요. 이때 소설은 시간과 더불어 탄생한다고 합니다.

어떤 소설도 이 범주에서 벗어닐 수 없다는 것이 루카치의 초기 생각입니다. 그렇다면 다음 단계는 공산주의로, 황금시대로 다시 돌아가면 되는 것입니다. 그리스시대로 돌아가면 되는 것입니다. 여러 가지 문제가 있고 순진한 발상이고 그렇지만, 이렇게 소설을 인류사와 연동되는 하나의 큰 철학으로 정립한 것은 루카치가 처음입니다. 그다음에 지라르나 이런 사람들이 나와서 소설의 여러 가지 문제들을 이야기하는 것입니다. 이게 문학사회학의 족보입니다.

지라르 소설이론의 골자는, 작가가 자기 마음대로 결론을 내린 것은 소설이 아니고 낭만적인 허위에 지나지 않는다는 것입니다. 소설이란 것은 전에 있던 소설을 모방한 것 이외에 절대로 소설이 될 수 없다고 하는 것입니다. 인간이 스스로를 대단하다고 생각하는 것, 자기 생각대로 행동한다고 하는 것은 대체로 거짓말입니다. 누군가에서 배우거나 들어서 그런 것이지 자신이 독창적으로 그렇게 한 것이 아닙니다.

지라르의 책 『낭만적 거짓과 소설적 진실』 맨 앞부분에 『돈키호테』가 나옵니다. 『돈키호테』[1605]가 진짜 소설인 것은 중세의 기사담을 모방하려고 했기 때문입니다. 기독교인의 최고 목표는 하나님 곁에 가는 것입니다. 그러나 바로 도달할 수는 없습니다. 예수를 통해서만 갈 수 있습니다. 돈키호테는 중세의 기사도를 통해서 도달한 것입니다. 이것을 욕망의 삼각형, 욕망의 간접화라 하는데, 자신이 잘나서 도달한 것은 낭만주의의 허상이고, 자신이 신이라고 착각한 것입니다. 인간이란 그런 것이 아닙니다. 매개가 없이는 불가능합니다.

『보바리 부인』[1857]에 대한 분석은 이렇습니다. 보바리 부인은 시골 의사의 부인이지요. 답답한 시골에서 형편없고 재미없는 남편과 살다가 멋진 청년과 바람을 피우고 결국은 자살하는 이야기입니다. 이렇게 시시한 이야기입니다. 그런데 지라르가 분석하기를, 보바리 부인이 자신은 똑똑하고 남편은 속물이라고 생각하는데 그 생각이, 그 욕망이 자신의 고유한 욕망이라고 착각했다고 합니다. 실제로는 파리에서 나오는 주간지를 읽고 그렇게 생각하게 된 것입니다. 그래서 이것이 진짜 소설이라는 것입니다. 자본주의시대에는 인간이 갖고 있는 욕망도 진짜 자기 것이 아니라는 겁니다. 요점은 욕망의 삼각형에 있습니다. 지라르의 이론이 대단한 것은 작품을 읽고 작품에서 나온 이론이라는 점에 있습니다.

골드만 이론의 요지는 책상을 한 사람이 들었을 때는 개인밖에 측정할 수 없지만, 두 사람, 세 사람이 들었을 때는 여러 사람의 공통분모를 뽑아낼 수 있다는 것입니다. 그러니까 작품의 최종 주체는 개인이 아니라는 것이지요. 집단이라는 겁니다. 아도르노와 이 문제로 토론을 한 글이 있습니다. 그걸 보면 아도르노는 골드만이 책상을 든다느니 집단이 어떻다느니 하는데 그게 무슨 말인지 전혀 알 수 없다고 말합니다. 속기록에 그렇게 기록되어 있어요. 저는 조금 알 것 같은데 말이죠. 이런 것이 소설 사회학입니다. 소설 사회학을 다른 말로 리얼리즘이라고 합니다. 리얼리즘은 반영론부터 시작해서 여러 가지 문제들이 있지만 대체로 위와 같이 말합니다.

요즘 인문학이라는 것이 별 게 없다고 합니다만, 우리 세대는 인문학이라는 것을 굉장한 것으로 생각했었습니다. 국사학과, 국문학과 다니는 사람은 독립운동하는 사람이었습니다. 주변에서도 그렇고 본인도 그렇게 생각했습니다. 그렇게 굉장한 것이었습니다. 그런데 인류사를 문제삼는 사람들의 경우는 어떻습니까? '인류사운동'하는 사람이지요. 저는 이제까지 소설을 공부하고, 소설을 논하고, 소설에 대해 신경 쓰고 살아왔어요. 그 이유는 루카치 때문입니다. 시시하게 민족문학이 아니라 인류가 어떻게 나아가야 황홀경의 세계에 도달할 수 있느냐 하는 것 말입니다. 저 황당무계한 꿈, 저 망상을 버리고는 인류가 살 수가 없습니다. 죽을 수도 없습니다. 이것을 해봐야겠다고 생각했고, 그것을 인문학 영역에서 할 수 있는 것이 소설이었습니다. 그래서 이것이 대단하구나, 이런 것이 문학이구나, 문학이라 함은 소설이구나, 즉 인류사의 문제구나, 하고 해볼 만하다고 생각했습니다.

사람은 벌레가 아니다

문학을 모르는 사람이 한국문학에 대해 물으면, '사람은 벌레가 아니다'가 한국문학의 명제라고 저는 이야기합니다. 한국문학에 대해서 글도 쓰고 책도 써보고 했습니다. 불문과나 영문과 친구들은 제가 쓴 글을 보고 그것이 어떻게 문학 논문이냐고 말합니다. 사회과학이나 정치학이나 역사학이지 그것이 어떻게 문학이냐고 합니다. 그렇다면 어떤 것이 문학이냐? 자기들의 논문을 보여주면서 네가 쓰는 것은 문학 논문이라고 할 수 없다고 비꼽니다. 사람들의 생각은 그렇지만, 제가 한국 근대문학을 공부하면서 느낀 것은 그렇지 않습니다. 제가 잘못해서 그런 것이 아니고, 한국 근대문학 작품을 쓴 작가들이 그래요. 작가들이나 시인들이나 한국 근대문학을 해온 사람들, 저 육당부터 춘원부터 소월부터 모두 다 민족과 국가를 내세웠습니다. 어떤 작가의 어떤 작품도 그렇습니다.

가령 소월을 국민 시인으로 평가하고, 소월의 시를 읽고 하는 것은 상실감 때문입니다. "엄마야 누나야, 강변 살자"라고 합니다. 지금은 강변에 살지 않습니다. 한일합방으로 국가 개념이 소멸했습니다. 민족만 가지고 역사를 전개했습니다. 그러면 국가란 무엇이냐. 그것은 '공소'이고 다르게 말하면, '하늘'입니다. 이게 없었습니다. 이 없어진 것에 대한 형언할 수 없는 그리움, 이것이 소월 시의 울림입니다.

어떤 소설도 민족주의적인 색깔이 깔려 있지 않은 것은 거의 없습니다. 그런 것은 하지 않고 예술만 추구한다고 했던 김동인조차 「붉은 산」1933을 썼습니다. 카프문학에 오면 이것이 더 심화되는데, 이상

화와 같은 카프 시인도 한결같이 민족과 국가를 위해서 상실된 것을 찾아야 한다고 썼습니다. 이 사람들이 작품에 그렇게 써두었기 때문에 한국문학을 논할 때도 그렇게밖에 논할 수 없습니다. 그렇지 않으면 직무 유기가 아닙니까?

이들이 생각한 것은 결국 '사람은 벌레가 아니다'라는 것입니다. 인간의 존엄성, 인간의 기품을 지키려고 했다는 것입니다. 이를 지키려고 했던 전통이 한국 근대문학의 등뼈로 되어 있어요. 국권 상실기 작가들의 작품에서 이를 찾으려면 얼마든지 찾을 수 있습니다. 우리가 중요하게 생각하는 작품들은 모두 여기에 해당됩니다. 해방 공간에서는 '사람은 벌레가 아니다'라는 명제가 어떻게 발현되었느냐? 이것이 이번 시간에 제가 말하려는 바입니다.

우리가 뭔가를 잴 때, 어떤 때는 이 자로 재고, 어떤 때는 저 자로 재면 안 되죠. 잣대는 하나여야 됩니다. '사람은 벌레가 아니다'라는 잣대가 너무 크다고 말할 수는 있습니다. 물론 그렇습니다. 거친 시절에 제가 공부했기 때문에 그런 것입니다. 여러분 세대는 촘촘한 잣대라야 될 겁니다. 다양하고 정밀한 잣대여야 하지요.

해방 공간에서 문학은 어떻게 전개되었을까? 해방 공간 끝나고 냉전체제 속에서는 어떻게 되었을까? 북한은 어떻게 되고, 남한은 어떻게 됐을까? 북한은 제가 모르니까 남한문학밖에 얘기할 수 없죠. 원칙적으로 북한문학사를 제대로 평가하고 강의할 수 있는 사람은 북한에 사는 사람이라야 합니다. 김일성대학 교수나 그런 사람들이 여기 와서 강의해야 합니다. 또 남한문학은 여기 있는 사람이 가서 강의해야 합니다. 물론 북한에 있는 사람이 공부해서 강의할 수도 있고, 우리가 북한문학을 공부해서 강의할 수도 있습니다. 그러나 그것은 외국문학과 같습니다. 그렇지만 일제강점기문학은 북한이나 우리나 공동 체험의 영역에 속하죠. 그건 같은 거란 말이죠.

이 명제가 냉전기에는 어떻게 되었느냐. 분단문학, 노동문학도 마찬가지입니다. 난쟁이 가족 이야기도 이 명제에 해당 되지요. 그러니까 우리 근대문학이라는 것이 얼마나 굉장했나는 것을 알 수 있습니다. 이걸 쓰는 작가, 이걸 공부하는 문학 연구자, 이런 사람들이 다 굉장한 사람들이죠. 이게 인문학의 근거라면, 이것보다 더 굉장한 게 어디 있어요?

그런데 오늘날은 어떻습니까? 노동문제 같은 것 어떻습니까? 노동자들의 발언력이 많이 강해졌죠. 이렇게 되어 버리면 문제가 달라집니다. 분단 문제도 그렇습니다. 북한과의 관계도, 그와 관련된 담론도 많이 달라졌어요. 얼마 전만 해도 그렇지 않았어요. 이렇게 사회가 변하면 '인간은 벌레가 아니다'라는 명제가 퇴색할 수밖에 없어요. 이 명제를 가지고는 더 이상 어떻게 해볼 수가 없어요. 마침 저는 정년까지 했고 이제 다 끝났으니까 쏙 빠져나오면 됩니다. 어쨌든 제가 공부했던 때는 달랐다고 말할 수 있습니다.

냉전체제가 무너지고, 동구권이 무너지고, 소련이 해체된 이후 우리 문학에서는 「은어 낚시 통신」이라는 소설이 나왔어요. 윤대녕이라는 작가가 쓴 건데, 1994년입니다. 여기서부터 이 명제가 크게 바뀝니다. '인간은 벌레다'로 바뀝니다. 인간은 연어고, 메뚜기고, 철새란 말입니다. 사회 역사적 상상력에서 생물학적 상상력으로 방향이 바뀝니다. 프랜시스 후쿠야마 식으로 말하면 DNA가 모든 것을 결정한다는 것입니다. 소설도 DNA가 쓰는 것이지 그런 굉장한 게 아니다. 이런 시대로 방향이 바뀌어 나가고 있습니다. 이럴 때 문학 연구는 흔히 말하는 문화 연구 같은 걸로 되어 버립니다. 가치의 원근법 같은 것은 없어져 버리는 시대로 이제 바뀌어 나가는 것입니다. 이게 인문학의 위기와 관계가 있을지 모르겠습니다만, 어쨌든 이렇게 변질되어 가요.

해방 공간의 세 가지 민족문학론

해방 공간은 '인간은 벌레가 아니다'라는 명제를 세속적으로 어떻게 변형시켰느냐. 민족문학이 그것입니다. 일제강점기에 그것은 '나라 찾기'라는 말로 대표할 수가 있을 겁니다. 모든 문학의 방향을 '나라 찾기'로 요약할 수 있습니다. 민족주의든, 계급주의든 마찬가지였습니다. 해방되었을 때 방향은 '나라 만들기'로 바뀌었습니다. 어떤 나라를 만들 것인가 하는 문제입니다.

일본이 항복했을 때, 우리가 잘 아는 바와 같이 38선이 생기고, 저쪽은 소련군, 이쪽은 미군이 진주했지요. 소련은 1945년 8월 9일 한반도에 들어왔어요. 8월 15일 이전입니다. 남한은 미군 24사단이 오키나와에서 출발해 9월 8일 인천에 들어와서 미군정이 시작됩니다. 조선 총독부는 모든 통치권을 소련군과 미군에 넘길 수밖에 없어요. 그러면 조선은 어떻게 되는가 하는 문제가 생깁니다. 조선은 정권을 이양받을 능력도 없고 권한도 없었어요. 당연하죠. 목숨을 걸고 전쟁

해서 뺏은 조선이라는 땅을, 미국이나 소련이 조선 사람에게 "야, 너희들 독립해라"라며 내어줄 이치가 없죠. 방법은 딱 하나밖에 없습니다. 미국이나 소련과 독립전쟁을 할 수밖에 없어요. 그렇지 않으면 독립을 쟁취할 수 없습니다.

그렇지만 우리는 독립에 대한 하나의 근거를 갖고 있었어요. 그것이 카이로회담입니다. 카이로회담에서 일본의 패전 이후 조선을 어떻게 할 것인가를 논의했어요. 거기에 조선을 일정한 시기에 독립을 시키겠다는 표현이 있습니다. "in due course", 즉 적당한 시기에 조선을 독립시킨다는 거죠. 우리는 거기 매달릴 수밖에 없어요. 그러면 이 적당한 시기가 언제냐? 이게 문제가 되는 것입니다. 신탁통치니 뭐니 하는 식으로 그 적당한 시기란 미국과 소련이 합의해서 결정될 수밖에 없어요. 우리로서는 내일이나 모레나 단번에 결정하라고 하고 싶지만 그게 안 된단 말이에요. 그게 해방 공간입니다. 이런 것은 상식적으로 알고 있는 거지요. 그런데 그 "적당한 시기"의 결정 여부는 일부 우리 조선 쪽의 능력에도 달려있었어요. 정권을 인수해서 통치할 수 있는 능력 말이지요. 그런 능력도 없이 달라고 할 수 없죠. 누가 그걸 줄 수 있겠어요.

그 능력이 있는 그룹 가운데 하나는 임시정부였습니다. 당시에는 제일 큰 단체였죠. 그러나 임시정부는, 대단히 유감스럽게도 세계적인 인정을 받지 못했습니다. 그냥 사사로운 단체로 규정되었어요. 김구 선생 일행은 비행기를 타고 여의도 공항에 개인 자격으로 도착했어요. 미군은 임시정부 자격으로는 안 된다고 했어요.

그다음으로 조선독립동맹이 있었습니다. 조선 의용군이 여기 소속되어 있었어요. 타이항太行산맥을 가운데 두고, 일본군과 중공군이 싸우고 있었는데, 거기에 조선 의용군이 투입돼 있었어요. 그 총대장이 김무정입니다. 이 사람은 대단히 벼슬이 높았습니다. 마오쩌둥 팔로군의 포병 총사령관을 지냈습니다. 그렇게 대단한 사람입니다. 일본에 무력 저항을 한 것은 이 그룹밖에 없었습니다. 임시정부에는 무력이 없었고, 김일성은 이 무렵 소련에 가 있었어요. 전쟁 안 하고 말이죠. 북한에서 민족해방사를 쓸 때 제일 골탕먹고 있는 부분이 그 부분입니다.

김학철은 일본과 싸우다 포로로 잡혀갔던 사람인데, 그가 쓴 『격정시대』1986를 보면 그런 사실을 상세하게 알 수 있어요. 조선인으로 제일 벼슬이 높았던 일본군 장교는 홍사익 중장입니다. 별을 두 개나 달았어요. 홍사익이 중장이 되기 전에 별을 하나 달고 타이항산전투에 일본군 여단장으로 갔어요. 김학철의 책에 이렇게 적혀 있습니다. "홍사익 각하와 우리가 싸우게 되었다. 이게 얼마나 운명의 아이러니냐." 그런 김무정도 압록강을 건널 때에 맨손이었어요. 총도 다 버리고 갔어요. 몇백 명의 부하들도. 소련 군정에서 "너희들은 총 가지고 오면 안 돼. 오려거든 개인 자격으로 와"라고 한 거지요. 무장 해제당한 겁니다.

그다음으로 국내에는 몽양 여운형의 조선건국동맹이 있었습니다. 이것은 체육단체로서의 기질이 있었어요. 그래도 국내에서 제일 큰 조직이었어요. 조선인민공화국도 여기에서 출발합니다. 그래도 한계가 있었죠.

그다음으로 김일성 부대가 있었습니다. 본명이 김성주인 김일성은 약 1개 소대 병력으로 원산에 들어왔는데, 물론 소련에 있다가 돌아온 것입니다. 무장을 하고 귀국한 사람은 김일성밖에 없습니다.

이 네 단체가 그래도 정권을 인수할 수 있는 조직이나 능력을 가지고 있었다고들 이야기합니다. 그러나 어느 쪽도 문제가 많았어요. 그러니까 미군정이나 소련 군정이 어느 쪽에도 권력을 줄 수가 없다는 말이에요. 그러다 여러 가지 변수가 생기고 해서 복잡해졌지요. 그러나 이런 조직들, 그리고 기타 다른 조직들은 결국 세 가지로 요약할 수 있습니다. 나라를 만드는 데 어떤 모델을 택할까 하는 것을 기준으로 해서 말입니다.

(A) 부르주아 단독 독재국가. 이런 정부를 만들 수 있습니다. 이쪽으로 하자는 그룹들이 생겨났다는 말이죠. 그다음에는 (B) 노동자 단독 독재국가. '독재'란 dictatorship, 즉 권력을 말하는 거지요. (A) 돈 있는 사람이 권력을 쥐는 그런 국가 모델로 가자는 패들이 있고, (B) 노동자 계급이 권력을 쥐는 국가를 택하자는 사람들도 있고, 이것도 아니고 저것도 아닌 (C) 연합독재도 있었습니다. 이것은 모택동 용어입니다만, 노동자, 농민, 기타 지식인 계급 등을 합해서 권력을 행사하는 국가 모델을 만들자는 것입니다. 이 세 가지가 해방 공간의 국가 모델입니다. (A) 부르주아 단독 독재국가는 나중에 대한민국의 국가 모델이 되었고, (B) 노동자 단독 독재국가는 북로당이고, (C) 연합독재가 남로당의 이념입니다. 이런 것은 해방 전후사를 보면 상세하게 알 수 있습니다.

제가 얘기하고자 하는 것은 이런 그룹들이 문학을 논할 때에는 전부 '민족문학'이라는 깃발을 들었다는 것입니다. (A)의 대표적인 문학가는 김동리입니다. (B)의 대표적인 문학자가 안함광입니다. 북한 문학 50년사는 25년을 기점으로 나누어 볼 수 있는데, 초기의 25년은 안함광, 한설야가 주도했어요. 한설야는 북로당 문화부장, 그러니까 우리로 치면 문화부 장관까지 한 셈이에요. 이 두 사람이 약 25년 동안 문예계를 주도해 왔어요. 그러다가 1962, 63년 무렵부터는 한설야가 숙청당하고, 그 후 주체 문예론이 나옵니다. 주체사상에 의해서 문학예술이 규정되어 지금에 이르고 있지요. 지금도 이 주체사상에서 크게 벗어난 것은 아니지요. 안함광은 병론가인데, 그가 주장한 것이 민족문학론입니다. 북한에서 말이지요.

연합독재는 남로당의 이념인데, 원래 조선공산당은 1925년에 만들어졌어요. 1928년에는 국가에만 공산당이 있어야 되는데 조선은 식민지니까 국가가 아니라는 이유로 코민테른에서 해체하라고 해서 공산당이 해체되어 버려요. 그때 김일성 같은 사람은 중국 공산당으로 들어가죠. 그 후 공산당 재건운동이 벌어지는데, 카프 제1차 검거 사건이 이와 관련되어 있습니다. 여러 가지 고초를 겪으면서 조선공산당이 잠복 상태에 있다가 해방이 되어서 표면으로 나옵니다. 여기 최고 책임자가 박헌영입니다. 모스크바 출신이지요.

조선공산당이 해방되고 나서 내세운 깃발이 부르주아 민주주의 혁명입니다. 사유재산을 다 인정하면서 공산당을 하겠다는 것입니다. 전략적으로 폭이 넓었지요. 북쪽에서는 소련에서 바로 내려온 세력들을 중심으로 북조선 노동당북로당이 만들어지고, 남쪽에서는 조선공산당이 1946년 10월부터 남조선 노동당, 즉 남로당으로 불리게 됩니다. 남로당의 최고 문예 이론가는 임화입니다. 이들이 모두 민족문학론을 내세웠어요.

남로당이나 북로당이나 초기의 이론은 비슷했는데, 그들의 당면 해결 과제는 민족성과 계급성의 모순을 어떻게 극복하느냐 하는 것이었습니다. 민족성이란, 민족국가라 해서 부르주아 정권에서 만든 개념입니다. 계급성은 그것과는 전혀 다릅니다. 이 모순을 어떻게 해결하느냐. 그 해결 방법은 남로당의 문학 단체인 문학가동맹의 기관지 『문학』에 임화의 논문으로 자세히 실려 있는데, "민족의 해방 없이는 계급의 해방이 없다"라는 논법입니다. 북로당 측은 안함광이 민족과 계급, 어느 한쪽의 해방 없이는 다른 한쪽이 해방될 수 없다는 명제로 민족문학론을 전개했어요.

객관적으로 보기에 연합독재가 제일 합리적이죠. 남로당의 이론이 당시에도 그랬고, 지금으로 봐도 타당성이 제일 높습니다. 지식인 대부분이 연합독재 형태를 지지했어요. 그러나 실제로는 미소 양극체제 속에서 모든 것이 결정되었기 때문에 (A)와 (B)만 그 체제 속에 편입이 되고, (C)는 북쪽에서도 남쪽에서도 전부 숙청되고 말았습니다. 모두 총살당하고 말았지요. 오늘날의 역사 서술은 여기에 대해 새로운 평가를 내리고 이를 복권시키려 합니다. 이는 당연히 거쳐 가야 할 과정이라고 생각합니다. 양극체제 아래서는 어쩔 수 없었지만, 이제는 우리가 충분히 논의해야 할 거리라고 할 수 있어요. 그러나 문제는 김동리의 민족문학론입니다.

김동리의 민족문학론

　김동리는 대단한 이론가입니다. 시도 대단히 수준이 높았어요. 서정주, 김달진과 더불어 '시인부락' 동인이었죠. 시인으로서도 일류고, 평론가로서도 그만큼 뛰어난 평론가는 거의 찾을 수 없습니다. 이 사람의 평론집을 보면 대단히 밀도가 높습니다. 소설가라 소설만 쓴 줄 알지만, 사실 소설은 신통치 않았지요. 김동리는 『조선일보』, 『동아일보』, 『조선중앙일보』라는 삼대 일간지의 신춘문예를 다 통과한 사람입니다. 시로도 통과하고, 소설로도 통과한 그런 사람이에요.

　이 사람의 생각을 요약하면 이렇습니다. 구경적究竟的 생生의 형식. 이게 진짜 문학이고, 민족문학이라는 겁니다. 이것을 따지고 올라가 보면 1939년의 논쟁에 부딪힙니다. 일제 말기입니다. 이때 세대 논쟁이 있었습니다. 순수 비순수 논쟁이라고도 할 수 있는데, 비순수가 20대 신진 작가이고, 순수가 30대 기성 작가입니다. 30대의 대표 작가가 현민 유진오입니다.

　유진오는 한국 최고의 지식인이라고 불리곤 했어요. 경성제대 수재이고 유길준을 배출한 유씨 집안의 적자인데다가, 근대를 가장 정확하게 공부하고, 가장 정확하게 파악한 그런 사람입니다. 평론도 쓰고 소설도 썼는데, 이 당시 앞길이 잘 보이지 않을 때에는 유진오라는 사람이 어떻게 생각하느냐, 어떤 소설을 쓰느냐, 어떤 평론을 쓰느냐 하는 것이 문단의 한 표준처럼 보였어요. 모두 그를 지켜보고 있었단 말이에요. 1939년 한 치 앞도 내다볼 수 없는 시대에 유진오가 「조선문학에 주어진 새길」이라는 논문을 썼어요. 『동아일보』에 연재했습니다. 제목 참 굉장하죠?

조선문학이 나아가야 할 길이 어떤 거냐? 이데올로기를 버리고 '시정의 리얼리즘'으로 나아가야 한다고 주장했습니다. '시정市井'이라는 것은 시장바닥입니다. 시장바닥에서 일어나는 이런저런 사소한 일을 가지고 작품을 써야겠다는 것이죠. '인간은 벌레가 아니다'라는 명제는 버리고 '시정의 리얼리즘'으로 써야 한다. 우리 세대는 이데올로기로 망했다. 그러나 우리 세대는 얼마나 순수한가. 왜냐하면 우리들은 이데올로기를 가지고 지붕에 올라가서 하늘의 별을 따려다가 떨어진 사람들이다. 그런데 김동리와 같은 신인들은, 지금 세대들은 그런 것 없이 기교를 가지고 작품을 쓰기 때문에 대단히 불순하다는 것입니다.

신세대의 최고 이론가가 김동리였습니다. 그가 유진오와 싸웠어요. 문학자는 문학을 하는 순간부터 괴로운 것이다. 너희들만 괴롭고 우리는 괴롭지 않다고 하는 것은 말이 되지 않는다는 논리로 싸웠어요. 유진오가 할 말이 없었겠지요. 논리적으로 봤을 때 당연히 김동리의 승리입니다. 그러나 유진오가 한 말도 진실입니다. 그 세대에게는 그랬어요. 그러나 중요한 것은 그다음 대목입니다. 이 논쟁이 전개될 때 김동리는 이렇게 주장합니다. "내가 쓴 「무녀도」를 봐라. 이게 말도 안 되는 것처럼 보이지만 세계의 리듬과 작가의 리듬이 일치되는 작품이다. 이게 진짜 문학이다."

'인간이 벌레가 아니다'라고 하는 것은 인간의 인간다움, 곧 한 인간이 근대인이 되는 것을 말하는 것입니다. 근대인은 주체적이고, 개성적이고, 근대 사상을 체득한 사람들을 말하는 것입니다. 마르크스주의 같은 새로운 사상, 새로운 사조들을 받아들이고 고민하는 것이 근대라는 말입니다. 우리 문학은 그렇게 전개되어 왔어요. 이광수의 민족주의문학, 카프의 계급문학 등이 다 근대문학 아닙니까. 그러나 지금은 이런 것들을 하지 못하는 시대가 되었는데, 어떻게 해야 하느냐, '시정의 리얼리즘' 정도밖에 할 수 없지 않은가 하는 것이 유진오의 생각입니다. 여기에 대해서 김동리는 너희들 세대가 받아들인 새로운 사조는 표층적인 것, 지나가는 것이다. 일시적으로 지나가는 유행에 지나지 않는다. 그러므로 근본적인 것이 아니라는 거지요. 『부녀도』[1936]가 근본적인 것이란 이야기죠.

문학 사조란 유행에 지나지 않는다는 것을 가장 잘 보여준 사람이 평론가 백철입니다. 백철과 같이 평론을 많이 쓴 사람은 없습니다. 그렇지만 건질만 한 평론은 하나도 없습니다. 모두가 다 그렇게 이야기합니다. 그러나 저는 백철이라는 평론가가 가장 정직한 사람이라고 생각합니다. 이 사람은 무엇이 들어오건 간에 "웰컴!" 합니다. "웰컴! 휴머니즘." "웰컴! 마르크스." 뭐든지 오면 받아들이고, 또 버리고 했어요. 이것은 백철이 얼마나 정직했는가를 말하는 것입니다. 안 그런 사람이 있거든 나와보란 말이죠. 그런 대단한 사상가가 있거든 나와보란 말이죠. 지금도 그렇지 않습니까? 유진오는 백철처럼 그렇게 가벼운 사람은 아니고 대단히 공부를 많이 한 사람이니까, 그 시대의 큰 주류를 표준으로 해서 글을 썼습니다만, 큰 안목으로 볼 것 같으면 백철 말이 맞습니다.

그러니까 김동리가 생각한 것은 유진오나, 백철이나, 민족주의문학이나, 카프문학이나 다 똑같다는 것이죠. 이런 것들은 거품같이 지나가는 것이지, 근본적인 문학이 아니라는 것입니다. 그러면 근본적인 것은 무엇인가? 저는 김동리의 최고작을 「황토기」1939라고 생각합니다. 김동리가 자신의 사상을 만든 것은 해방 후가 아닙니다. 이때 이미 이 사람의 사상이 확립되어 있어요. 그걸 해방 후에 '구경적 생의 형식'으로 규정했어요. '구경적 생의 형식'을 하는 것이 문학이라는 것입니다. 일시적으로, 시대적으로 지나가는 것과는 관계없고, 그러니까 근대와는 아무 관계 없습니다. 근대라는 것은 허깨비라는 거예요.

김동리의 평론집이 『문학과 인간』1948입니다. 인간이라는 것은 원시인이나 현대인이나 똑같아요. 어떤 면에서 보면 말이죠. 시대적으로 옷을 갈아입고 바뀌고 하는 것은 일시적인 것이라는 거지요. 그러한 평론들도 다 일시적인 것이고 내가 하는 것은 일시적인 것이 아니다, 라고 김동리는 생각했습니다. 말하자면 고층古層에 해당하는 것, 시대적으로 변하지 않는 인간을 다루는 것이 진짜 문학이라는 거죠. 그런 '구경적 생의 형식'은 불교에서 나온 것입니다.

김동리는 죽을 때까지 기독교 교적을 가지고 있었어요. 지금도 무덤이 가톨릭식으로 되어 있습니다. 그러나 김동리는 주로 절에서 공부했습니다. 학력도 경신중학교 4년 중퇴밖에 안 됩니다. 그의 아버지는 유생이었고, 어머니는 예수를 믿고 그랬습니다. 그는 어머니의 영향 하에서 자랐고, 불교는 커서 만형 김범부 밑에 들어가서 철학으로 배우고, 또 절에 기거하며 공부했습니다. 그는 마르크스주의도 나름대로 공부했습니다. 마르크스 전집을 자신의 마당에 묻어두고 했던 사람이니까. 그렇게 독학으로 공부한 사람입니다.

불교를 공부한 사람은 잘 알겠지만, '**구경**究竟'이라는 말은 불교에서 수없이 나오는 말입니다. 세상에서 소리를 잘 듣는 보살이 관세음보살이죠. 관자재보살이라고도 합니다. 관자재보살이 깊이 사색을 해보니까 오온개공五蘊皆空이란 말이죠. 우주는 5개의 원소로 이루어져 있죠. 그래서 '오온'입니다. 오온으로 되어 있는 물질적인 모든 현상계가 공空이다. 현장법사가 이렇게 번역했습니다. '공'이라고 하면 되는 것을 왜 '개공皆空'이라 해서 싸잡아서 다 공이라고 그랬느냐.

공이라고 하는 것은 범어 '순야舜若, sunya'를 현상법사가 번역한 말입니다. '색즉시공, 공즉시생' 때문에 우리가 혼동을 하는 것이지, 이 '순야'의 원개념은 자신의 성질自性을 결缺했다는 것입니다. 그러니까 '공'이라는 것은 본질은 없지만, 본질 아닌 것은 있다는 말입니다. 이게 원래 불교에서 '공'의 뜻입니다. 그런데 현장은 번역하면서 '개皆'자를 넣었습니다. 그래서 이게 시비가 되었습니다. 그냥 '오온공'이라고 했으면 되었을 텐데, 『논어』식으로 보면 이렇게 문장을 쓰면 안 됩니다. 빼버려야죠. '색즉시공 공즉시색'이란 것은 "색이 곧 공이고, 공이 곧 색"이라는 뜻입니다. 색과 공은 같다는 거죠. 본질과 현상은 비어있고 존재하지 않는다고 막 바로 표현되어 있는 것을 볼 수 있습니다. 김동리는 이 '공'을 가지고 들어오는 겁니다.

중국 사람들은 '공'을 이해하는 데 엄청 힘이 들었어요. 그러나 인도 사람들은 그들의 사유체계에서 '공'을 쉽게 이해해요. '공'은 제로입니다. 제로를 발명한 것이 인도 사람입니다. 로마 숫자는 다 알파벳으로 되어 있죠. 그러니 로마 사람들이 얼마나 머리가 나빴는지 알 수 있죠. 인도 사람들은 '백'을 '100', '백오'를 '105', 이렇게 '0'을 발명했단 말이에요. 이 공이라는 것은 제로에 제로를 보태도, 또 무엇을 곱해도 제로란 말이에요. 어떤 것이 와서 부딪쳐도 이거 이기는 장사는 없어요. 이게 '공'이란 말이에요.

김동리는 불교의 이 '공'을 가지고 나와서 대들었습니다. 마르크스주의도 이 제로에 부딪히면 제로가 되어 버립니다. 어떤 것도 여기에 부딪히면 없어져 버린단 말이에요. 인간이라는 것은 밥 먹고, 물 먹고, 겨우 몇십 년 살다가 죽는 존재입니다. 원시인도 그랬고 지금도 그렇고, 앞으로도 그래요. 안 죽는 사람이 있습니까? 여기에 비하면 사상이라는 것은 유행에 지나지 않아요. 이렇게 나와 버리니까 상대할 수가 없어요. 어이가 없죠. 절대 허무입니다. 절대 허무.

앞에서도 말했지만 「황토기」가 이 사람의 최고작이라고 저는 생각하는데, 이 소설은 다음과 같은 내용입니다. 어떤 마을에 어린애가 태어나는데 이 어린애가 장차 장군이 될 거라 합니다. 그러면 부모나 마을 사람들이 이 어린애를 죽이든지 해야 합니다. 안 그러면 나라에서 나와서 이 일족을 멸종시켜 버려요. 이걸 숨길 수도 없습니다. 힘이 장사야. 그렇지만 힘자랑하면 큰일 난단 말이야. 그래서 어깨를 잘라서 힘을 빼버렸어요. 힘이 장사인 덕보라는 청년은 힘을 억제하고, 힘을 쓰지 못하면서 늙어가고 있습니다. 이때 다른 데서 어떤 힘 센 억쇠라는 사람이 또 나타났어요. 그래서 죽을 때까지 싸우는 거예요. 매일 먹고, 마시고, 벌판에 가서 싸우고, 그다음 날에 또 싸우고. 중간에 여자관계도 있지만, 그런 것들은 중요하지 않아요. 죽을 때까지 서로 싸우고, 지금도 싸우고 있다고 하면서 소설은 끝나고 있어요. 이런 허무는 극복되지 않아요.

「역마」1948에서 '역마驛馬'는 역마살을 말합니다. 화개장터에 이 소설의 무대가 있어요. 어떤 술집에 아들이 하나 있는데, 이 아들은 역마살을 타고났어요. 당사주를 보니까 한 곳에, 집에 머물 팔자가 아니야. 어미가 술장수를 하고, 아비도 모르고 하니깐 그런 팔자겠죠. 그래서 어미가 아들을 붙들어 절에 보내죠. 가끔 장날에는 집에 와 있기도 하고, 장터에 가서 책도 팔고 그럽니다. 이 무렵 하동 쪽에서 체 장수 영감이 딸을 데리고 와서 딸을 맡겨놓고 딴 데로 가버렸어요. 이 여자와 아들이 서로 사랑하게 되었어요. 그런데 알고 보니까 이 여자는 어미의 배다른 동생이었어요. 그러니까 아들의 이모인 셈이지요. 그 때문에 결혼할 수가 없어요. 그러니까 역마살을 극복할 수가 없어요. 그 충격으로 아들이 거의 죽다가 살아나서는 엿장수가 되어서 마을을 떠납니다. 휘파람을 불면서. 역마살은 극복할 수 없고 팔자, 운명에 순응하는 것이 가장 좋은 방법이라고 소설은 마무리 짓고 있습니다. 이런 것은 김동리의 사상에서 보면 대단히 유치합니다. 운명이라는 것이 저렇게 쉽게 극복될 수 있는 것이 아닙니다. 게다가 '공'으로까지 들어갔다면 말이죠. 「황토기」처럼 끝이 없어야지요.

김동리의 관점으로 보면, 시대에도 변하지 않는, 근대 문명이 들어오지 않은 세계, 그런 세계를 그리는 것이 가장 본질적인 민족문학입니다. 서정주가 '신라'로 가고 했던 것도 마찬가지입니다. 서정주의 시는 근대가 들어오기 전에 한국 사람들은 어떤 어법을 썼느냐를 문제삼고 있지요. 이로써 김동리나 서정주 같은 사람들이 근대를 얼마나 민감하게 의식하고 있었나를 알 수 있습니다. 그들의 민족문학이란 근대가 들어오기 전에 한국 사람들의 사고방식이 어땠나 하는 것을 탐구해 들어가는 그런 문학입니다. 어떻게 보면 '구경적 생의 형식'에는 어떤 근대도 맞설 수 없습니다. 이런 식으로 그들은 근대를 극복해 나가려고 했습니다.

그러나 여기에는 대단히 중요한 결함이 하나 있습니다. 그건 문학이 아니고 종교라는 것이지요. '구경적 생의 형식'이 문학이 아니고 종교라는 것을 본격적으로 비판한 사람이 조연현입니다. 조연현, 김동리 등은 문협 정통파였고, 마르크스주의 쪽으로 나간 김동석이나 임화와 같은 사람들과 정면으로 대결한 사람들입니다. 그들은 남로당 이론과 맞서 싸우고자 했습니다. 남로당과 싸울 때에는 '구경적 생의 형식'으로 함께 싸워요. 그러나 논리적으로는 좌표가 안 맞는 싸움이었죠. '구경'의 개념을 가지고, 제로를 가지고 맞서니까 처음부터 싸움이 안 되죠. 그렇기 때문에 이 상황에서는 김동리의 주장도 말이 되고, 마르크스주의자들의 주장도 말이 되고 그랬습니다.

그러다가 남로당 패들이 월북한 것이 1947년 가을입니다. 전부 해주 쪽으로 넘어가 버렸어요. 1948년 8월에 단독정부가 이루어지니까 남로당 세력이 모두 없어져 버렸던 거지요. 이 무렵 조연현이 김동리 공격으로 나갑니다. 조연현은 대단히 날카로운 사람입니다. 그의 글을 읽어보면, 대단히 분석적이라는 것을 알 수 있습니다. 그의 실존주의론은 당시 어떤 실존주의론보다 더 정확합니다. 조연현에 따르면, 김동리가 말한 '구경적 생의 형식'은 종교지, 어떻게 문학일 수 있느냐는 것입니다. 종교라는 것은 기도하는 형식이고 이미 결정된 세계에 들어가는 것이고, 거기에 복종만 하면 되는 것입니다. 그러나 문학은 종교가 아니고 사상입니다. 이 사람 생각으로는.

우리 비평사에서 김동리의 『문학과 인간』이라는 평론집은 대단히 밀노가 높은 것으로 평가되고 있습니다. 여기에 들어있는 「청산과의 거리」는 김소월론으로서는 최고로 꼽히고 있어요. 김소월론이라기 보다 김동리론에 가깝지만. 조연현의 평론집은 『문학과 사상』[1949]인 데 이것은 그다음 해에 나왔습니다. 조연현이 말하는 사상은 김동리 가 말하듯이 이데올로기가 아니라 의견이나 생각을 가리켰어요. 형 상해 나가는 과정을 사상이라고 했습니다. 문학은 이런 차원에 속하 는 것이지 저렇게 거룩한 종교는 아니라는 것입니다. 이 공격에 김동 리가 크게 당황하고 자기 논문을 수정해요. 조연현의 '문학과 사상', '문학과 생각'이라는 것은 다음과 같이 헤겔을 통해 설명해 볼 수 있 습니다.

헤겔에게는 『미학 강의』라는 책이 있습니다. 헤겔이 쓴 책 중에 가 장 쉬운 것인데, 이것은 헤겔의 강의를 제자들이 받아적은 것을 책으 로 낸 것입니다. 거기서 헤겔은 예술을 절대정신이 자신으로 돌아가 는 과정 가운데 하나로 설명하는데, 절대정신은 『법화경』에 나오는 선재 동자에게서도 볼 수 있습니다. '선재善財'라는 것은 돈 많은 재벌 을 말하고, '동자童子'라는 것은 순수한 청년을 말합니다. 그러니까 돈 많은 청년이 주인공입니다. 그는 도를 깨닫기 위해서 공부하러 떠납 니다. 53명의 사람들을 만나고, 도를 깨닫고, 다시 돌아가는 것으로 되어 있습니다. 이것은 소설이죠. 괴테의 『빌헬름 마이스터의 수업시 대』가 이것과 비슷하지요. 실연을 한 청년이 집을 떠나서 서커스단 에 들어가 세계를 돌아다니고, 여러 사람을 만나고, 비밀결사에 들어 갔다가, 돌아가는 것으로 끝납니다. 똑같은 구조죠.

헤겔의 『정신현상학』[1806]도 마찬가지입니다. 『정신현상학』의 주인공은 '의식'입니다. 의식이 타자를 만나 자의식으로 발전하고, 정신으로 발전하고, 그러다가 이 정신이 절대정신에 도달합니다. 절대정신의 발현 방식은 세 가지가 있는데 그 가운데 하나는 예술입니다. 예술은 절대정신 중에서 제일 저질에 속하는 것입니다. 왜냐하면 예술이라는 것은 감각적인 매체를 가지고 하는 것이기 때문입니다. 두 번째가 종교입니다. 종교는 표상으로 하는 것이죠. 표상은 시대에 따라, 지역에 따라 다르기 때문에 종교가 절대정신 중에서 최고가 될 수 없어요. 최고는 철학입니다. 개념으로 하기 때문입니다.

김동리, 조연현의 논쟁도 이것과 똑같죠. 종교와 예술도 절대정신이지만, 종교라는 것은 예술보다도 훨씬 더 높은 수준에 있습니다. 남로당과 논쟁할 때는 괜찮았지만, 그들이 사라지고 난 뒤에는 종교가 설 자리가 없어요. 문학 쪽으로 내려와야 해요. 소설을 쓰려면 현실 문제를 다루면서 쓰지 않을 수 없습니다. 무당 이야기 같은 건 쓸 수가 없어요.

「무녀도」도 잘못 읽으면 대단히 곤란합니다. 이 소설은 1936년에 나온 것인데, 김동리는 이것을 세 차례나 개작했습니다. 처음 발표되었을 때 근친상간이 모티프가 되어 있었어요. 주인공의 이름은 모화골에서 왔다고 해서 '모화'입니다. 장편 소설로 개작했을 때는 을화골에서 왔다고 해서 '을화'가 되었어요. 모화에게 아들이 하나 있는데 망나니입니다. 그래서 절에 보냈는데 절을 뛰쳐나와서 사람을 죽이고 감옥에 갑니다. 출소 후에 자기 어머니를 찾아와요. 집에는 배다른 낭이라는 딸이 있었는데, 이복 남매가 근친상간을 저질러 낭이의 배가 점점 불러와요. 이 마을에 기독교가 들어오고 했을 때 동네 사람들은 근친상간으로 저렇게 되었다는 것을 다 아는데, 모화는 신령님의 짓이라고 우깁니다. 그러다가 마지막에 굿을 하면서 물에 빠져 죽는 것으로 끝나요.

우리가 쉽게 읽을 수 있는 것은 개작된 것인데, 거기서는 근친상간이 나오지 않고, 아들이 기독교인이 되어 돌아와서 문제가 발생합니다. 아들이 자기 어머니를 설득하려 하는 과정에서 모자간의 문제가 생기고 숙이고 하는 내용으로 되어 있어요. 흔히 학생들은 이것을 기독교와 샤머니즘의 싸움이라고 해석해요. 이것은 말도 안 되는 거지요. 이 소설은 기독교와 아무 관계가 없어요. 기독교가 아닌 다른 것이 들어와도 마찬가지입니다. 김동리라는 사람이 얼마나 욕심이 많은가 하면, 창작 동기가 한국인의 생사관이라고 할 정도입니다. 한국인들이 삶과 죽음을 어떻게 다루고 있느냐 하는 것을 작품으로 쓰려고 했지, 기독교가 어떻다, 샤머니즘이 어떻다, 불교가 어떻다, 이런 걸 하려고 한 사람이 아닙니다. 껍데기를 보고 그렇게 해석하는 것은 대단히 잘못된 것입니다.

어쨌든 '구경적 생의 형식'으로는 소설을 쓸 수가 없어요. 소설은 대단히 잡스러운 것입니다. 반쯤은 예술이라고 루카치는 얘기를 했어요. 이 세속적인, 우리가 살아가는 이야기를 '구경적 생의 형식'으로는 다룰 수가 없어요. 불교도 그렇죠. '색즉시공 공즉시색'이라 하지만, 양쪽 다 성립한다는 것입니다. 우리 일상생활을 모두 사실로 승인하지만 이것이 헛것이라는 것도 인정한다는 말입니다. 그게 '색즉시공 공즉시색'의 원뜻입니다. 그렇기에 '구경적 생의 형식'으로 버텨 나간다면 일면적으로 될 수밖에 없습니다.

그래서 김동리가 소설을 쓰는 데 이런 사상이 큰 제약이 되었습니다. 김동리가 자신의 실력을 전부 발휘해서 쓴 것이 「사반의 십자가」1955~1957입니다. 이것은 『현대문학』이라는 잡지에 연재된 작품인데, 상당히 애를 쓴 소설입니다. 예수가 죽을 때 옆에서 도둑 두 명이 같이 죽었어요. 예수님 왼쪽에 있던 도둑이 사반입니다. 다른 쪽 도둑이 "주여, 당신이 승천하실 때 나도 좀 데려가 주시오"라고 했더니 예수가 좋다고 했어요. 옆에서 듣고 있던 사반이 무슨 헛소리를 하느냐고 말합니다. "먼저 너 자신부터 구하고 남을 구하라"는 것이죠. 그게 바로 사반인데, 이 사람을 주인공으로 해서 쓴 소설입니다. 어릴 때부터 교회 다니면서 성경 읽고 공부했던 김동리가 쓴 만년의 대작입니다. 이런 굉장한 작품을 썼는데 문단에서는 아무 반응이 없었어요. 기독교에서는, 안병무 같은 사람들은 이것이 동양의 도술사들이 도술을 부리는 이야기지, 어떻게 기독교 이야기가 될 수 있느냐고 했어요.

김동리는 말년에 「무녀도」로 다시 돌아가서 『을화』1978라는 장편 소설을 썼어요. 이것은 「무녀도」를 개작한 것이지만, 그것보다 훨씬 스케일이 크고, 다른 요소도 좀 넣었어요. 그렇지만 근본적으로는 김동리가 노린 것이 한국인의 생사관이었다는 것은 변함이 없었어요.

정리를 하면 이렇습니다. 해방 공간에서 나라 만들기의 세 가지 모델이 있었는데, 그 어느 모델을 택하든지 간에, 국가가 없는 해방 공간에서의 글쓰기가 지향한 것은 민족문학이었다는 것입니다. 그것을 대표하는 것이 남로당의 이론인데, 민족과 계급의 통일 문제가 그

중심에 놓여 있었습니다. 그 최고 이론가는 임화가 아니고 이원조입니다. 이원조는 이육사의 동생입니다. 이 사람은 왕족과 결혼한 사람입니다. 국혼을 했다고 말할 수 있죠. 위당 정인보의 제자이고 일본에서 불문학을 하고 돌아왔습니다. 이러한 이원조가 남로당의 민족문학론의 최고 이론가입니다. 임화는 보조에 지나지 않고요. 그의 필명은 동네 뒷산의 이름을 딴 '청량산인'인데, 퇴계의 14대손으로 한문에 능한 사람이었습니다. 이 사람이 민족문학을 전개할 때 마오쩌둥의 사상을 가시고 민족문학론을 선개했습니다. 이 민족문학론이 가장 수준 높고, 가장 정확했던 것으로 평가될 수 있습니다. 북쪽에서는 아까 말했듯이 안함광의 이론, 그리고 대한민국의 민족문학론은 김동리로 대표될 수 있습니다.

네 번째 강의

학병 세대의
체험적 글쓰기

저마다 가슴 속에 라파엘이 있다

정년하고 나서 제가 관심을 가지고 공부한 것이 세 가지인데, 하나는 일제 말기 한국 작가의 일본어 글쓰기였어요. 이것은 구세대가 조금 기여할 수 있는 영역이고 신세대들이 다루기에 낯선 부분이어서, 이것을 제가 해야겠다고 생각해서 한 겁니다. 그다음은 해방 공간 한국 작가의 민족문학 글쓰기입니다. 이것은 지난 시간에 강의한 것입니다. 이 내용은 대단히 복잡하고 오늘닐에 역사 바로 세우기 문제에 직결되어 있기 때문에, 직접 들어가지 않고 변두리, 그러니까 해방 공간에 들어갈 수 있는 입구 비슷한 것을 얘기했을 뿐입니다. 세 번째가 일제 말기 한국인 학병 세대의 체험적 글쓰기입니다. 지금부터는 세 번째 이야기를 조금 해보려고 합니다.

이 셋은 문학이 아니고 글쓰기를 문제삼는 것입니다. 그러나 저 같은 사람이 한 것, 우리 세대가 한 것은 문학이지 글쓰기가 아닙니다. 문학이란 한국문학인데, 한국문학 연구에서 제일 중요한 것은 그 목적이 인류사가 어떻게 나아갈 것인가에 있다는 것입니다. 지난 시간에 루카치 이야기를 하면서 이런 이야기를 했죠. 인류사가 문제였지, 특정 민족이 어떠하다 하는 것은 중요하지 않았다고 강의 내내 누누이 얘기했습니다. 『소설의 이론』이 중요한 것은 소설^{Roman}이라는 것이 인류사에 관계된다고 본 데 있습니다. 헤겔은 소설을 '시민 사회의 서사시'라고 했습니다. 그리스시대의 서사시를 이은 것이라 보았던 것이지요. 이건 물론 범주로 볼 것 같으면 대서사 양식에 속하는 것입니다.

장르Genre에는 큰 갈래Gattung가 있고 작은 갈래Art가 있습니다. 큰 갈래는 서사적인 것, 서정적인 것, 극적인 것, 세 가지로 나뉩니다. 동서고금의 인류사에서 세 가지 양식밖에 없어요. 왜 세 가지로 나뉘는지 이유는 알 수가 없죠. 인류라는 종자가 정서를 발휘하는 것은 이 세 방식밖에 없다고 말할 수밖에요. 그러나 하위 장르, 즉 지방vernacular 장르로 나타날 때는 문제가 상당히 달라집니다. 가령 향가, 가사, 시조, 현대 시, 이런 것은 지방 장르입니다. 큰 갈래는 서정 양식에 속하지만, 그것이 지방 장르로 나타날 때는 여러 가지 다른 모양으로 나타나요. 한국은 이렇게 나타나고, 일본은 저렇게 나타나고, 또 다른 나라는 다르게 나타나고, 이렇게 된단 말이에요. 작은 갈래는 시대와 지역에 따라 다르게 나타납니다. 여기서 법칙성 문제가 제기됩니다.

그러나 큰 공부를 할 사람이라면 인류사를 가지고 해야 해요. 민족, 국가라는 것은 이와는 격이 다르죠. 한 국가를 맡길 테니까 운영해 봐, 어떻게 하겠느냐, 너한테 인류를 맡길 테니까 어떻게 해봐라, 이런 문제죠. 남의 종살이나 하고 감옥이나 가고 한 사람들의 생각과, 자기가 직접 책임을 지고 무엇을 해본 사람들의 생각은 다르죠. 각자의 운명과 소임, 필연이 있겠지만, 저는 적어도 이런 생각을 가졌던 것입니다. 지금 생각해 보면 참 어처구니없고 우습지만, 그때는 그랬다는 말입니다. 인류사를 공부한단 말이야. 이 인류사를 하는데 소설을 가지고 해야겠다는 것입니다. 다른 것은 안 돼. 왜 소설이어야 되느냐? 이것을 루카치, 헤겔이 가르친 것입니다.

헤겔이라는 사람이 대단하다고 생각할 수 있을지 모릅니다. 헤겔은 후진국 독일에 앉아 있으면서, 혁명도 겪지 않고 옆에서 구경이나 하면서 그런 것을 정리해 놓은 사람이죠. 프랑스 사람은 그렇지 않고 혁명에 뛰어들고 그랬어요. 그렇지만 헤겔은 중심에서 벗어난 변두리에서 "아, 혁명이 저렇게 지나가는구나"라며 혁명이 끝난 후 정리하고 그랬던 거죠. 미네르바의 부엉이는 황혼이 되어야 난다고 했죠. 사태가 다 끝나야 정리를 하고 평가를 할 수 있지, 지금 진행되는 중에는 할 수 없단 말이야. 그러면 어느 것이 중요하냐? 이것은 지식이란 무엇인가를 묻는 것입니다.

그 질문에 대해 에드워드 사이드라는 사람은, 자신도 영문학 교수고 전문가인데, 전문가들이 얼마나 시시하고 한계가 많으냐고 합니다. 그러면서 이렇게 설명해요. 아마추어와 전문가가 있다. 전문가는 전문가이니까 그 세계가 있어요. 가치평가 같은 것보다 훨씬 안정된 상태 속에 있습니다. 작가를 평가할 때도 마찬가지입니다. 어떤 작가가 있으면 이 사람이 작품을 참 깊이 있게, 촘촘하게, 세련되게 썼다, 아주 좋은 작품이다, 이렇게 우리가 얘기할 수 있을지 모릅니다. 그래서 이 작품이 고전이고 무게 있고 잘 썼다고 평가합니다.

그런데 아주 거칠게 비유해서, 이 사람이 참여문학을 하는 사람이라고 합시다. 고함지르고 말이야. 옛날 카프 시절에 선전 삐라 들고 나선 사람들, 임화라든가 하는 사람은 초기에 다 그랬죠. 그것이 선전 삐라이지 어떻게 문학이냐고 전문가 쪽에서는 그럽니다. 거기에 무슨 미가 있느냐. 꽥꽥 소리 지른 거지. 전문가에게는 그렇게 보일지 모릅니다. 그러나 당자 쪽에서 보면 그 사람들은 어떻게 살 것이냐 하는 국면에서 생을 결정하는 그런 사람들입니다. 실존적 위기를 겪고 있는 사람이란 말이지요. 전문가란 책상에 가만히 앉아서 관찰만 하는 사람이란 말이에요. 전문가와 아마추어, 각각 일장일단이 있지요.

한참 우리가 어렵던 시절에 당국에서 저보고 비판하라고 해요. 뭘 비판하냐고 했더니, 민중운동 하는 사람들이 연 미술 전시회를 비판하래요. 그건 미술 작품이라 할 수 없고, 무슨 이상한 그림, 깃발이나 주먹 같은 거 그려 놓고 민중 예술을 전시하니까 당신이 가서 한번 보고 비판 좀 해주시오. 전 미술은 모른다고 하고 거절했는데, 그 후에 어떤 분이 그에 대해 쓴 걸 보니까 그것이 어떻게 예술이냐고 써 놓았어요. 맞아요. 그 사람들은 예술을 하는 사람들이 아닙니다. 미술가라, 예술가라 그러는데, 그런 거 한 거 아닙니다. 그럼 뭐했느냐. 죽고 사는 일을 한 겁니다. 자본주의 사회에서 직업은 분업으로 전문화되어 있죠. 그들은 이런 전문가가 아니에요.

마르크스가 한 유명한 말 중에 이런 것이 있습니다. "사람은 저마다 가슴 속에 라파엘을 가지고 있다." 이것이 무슨 말이냐 하면 사람은 누구나 미술가이면서 노동자이면서 이론가가 될 수 있다는 말이에요. 이것을 발현시키는 사회가 제일 좋은 사회란 말이에요. 공산주의든 아니든 좌우지간 그런 사회를 만들어야 할 것 아니냐는 거예요.

이런 사람들이 있지요. "다시 태어난다 해도 이 길을." 어쩌다가 고시 한번 합격하고는 말이죠. 사람의 능력이라는 것은, 각자 가지고 있는 능력이라는 것은 무한한 것이라서 특정한 것만이 내 적성에 맞다는 것은 있을 수 없어요. 이것은 노력하지 않고 하는 말이지요. 괴테의 말대로 노력하는 한 방황하게 되어 있어요. 누구나 최고의 화가가 될 수 있고, 그 능력을 발휘할 수 있는 사회가 좋은 사회란 말이에요. 그런 사회로 나아가야 된다는 거죠. 그렇게 주장한 거란 말이야. 그러니까 전문가 쪽에서는 민중 예술을 했다고 보지만, 자기들 입장에서는 죽고 사는 일, 그것을 했어요. 최고의 삶을 수행한 거란 말이에요. 그걸 미술이다, 아니다, 라고 얘기하는 것은 분업을 전제로 하는 겁니다.

김동리가 마르크스주의자들과 논쟁할 때, 이런 말을 했어요. 사람들이 직업들이 다 있고 생업도 있는데, 그것은 비유하자면 닭, 돼지가 살기 위해 날카로운 발톱을 가지고 있거나 냄새 잘 맡는 코를 가지고 있는 거랑 비슷하다고 해요. 생업을 위해서 하는 것들이 전문화된 것들이죠. 김동리는 자신은 그런 것 안 한다고 했어요. 인간, 인류, 원인간, 인간 자체, 그걸 한다.

어떻게 보면 궁극적으로는 인류가 나아가는 방향, 이것이 모든 학문의 근거일 겁니다. 어떻게 인류사로 나아갈 수 있느냐는 것이 대전제인데 인류는 한 번도 여기 가까이 가본 적이 없어요. 더 쉽게 말하면 인류는 공산주의를 해본 적이 없어요. 소련이 국가사회주의를 70년 정도 하다가 지금은 그것도 중단되었지요. 그건 국가사회주의 제1단계에 지나지 않아요. 모두가 저마다 가슴 속에 라파엘을 갖고 있는 사회를 만들어 본 적이 없어요.

1965년에 마오쩌둥의 문화혁명이 일어났습니다. 약 10년 동안. 그래서 중국의 그 세대 사람들 가운데 대학을 다닌 사람이 없어요. 대학을 다 폐쇄해 버렸으니까. 이런 실험은 인류사에서 굉장한 일입니다. 프랑스 대학생들이 이런 마오쩌둥의 사상에 큰 충격을 받았습니다.

레닌도 농민을 제일 미워했어요. 왜 미워했나 하면 이유가 있어요. 노동자들은 가령 80시간 노동을 한다 치면 100달러를 임금으로 주면 딱 끝납니다. 그러니 의식화가 수월하지요. 그러나 농민은 땅에 대한 소유욕 때문에 그러질 못합니다. 그러니 미워할 수밖에. 그래서 국유화시켜서 집단농장을 만들면 농민들도 좋아지니 밭에서 80시간 노동을 해라, 그런데 한 달 월급이 100달러로 똑같다고 그러면, 가서 호박 쳐다보고 80시간 가만히 있다고 오면 된단 말이야. 그걸 잘 키우겠다든가, 수확을 많이 해야겠다든가 하는 것은 아무 상관이 없어요. 정치하는 사람의 입장도 마찬가지입니다. 호박 키우는 것, 생산량을 늘리는 것은 하나도 중요하지 않아요.

마오 선생이 모든 사람에게 철저하게 똑같이 줬어요. 딱 100달러. 그러니까 너는 이발사고, 너는 대학교수고, 또 너는 판사다. 그런데 월급은 똑같다. 굉장하죠. 그러면 미쳤다고 공부하며, 미쳤다고 노력하겠습니까. 그럴 필요가 없죠. 그러니까 인간을 너무 높이 평가를 해버렸죠.

자본주의 사회는 어떻습니까? 이 유리창을 다 닦으면 100달러 준다고 하면 목숨을 걸고 닦습니다. 몇 초 만에 다 닦아요. 그러면 딱 100불을 줘요. 그러나 너의 임무는 유리창 닦기이고 매달 100달러를 줄 테니 유리창을 닦으라고 하면 이 사람은 하루 종일 한쪽 구석 조금 닦고 하루를 보내면 돼요. 그렇죠? 루이 아라공이라는 프랑스 시인이 있습니다. 이 사람이 쓴 책 중에 『공산주의적 인간Les Communistes』1948~1951이 있습니다. 루이 아라공은 시인이고, 레지스탕스였어요. 말하자면 나치에 대한 저항운동을 했던 사람입니다. 그런데 이 사람이 보기에 공산주의적 인간이란 어떤 인간이어야 하느냐 하면 성인이 아니고는 안 돼요. 내가 독일군과 게릴라전을 하겠다 할 것 같으면, 전사들은 전부 자발적이어야 합니다. 누구의 명령도 필요 없어요. 목숨을 걸고 자발적으로 해야 하는 거야. 누가 시켜서 그러는 게 아닙니다. 기차를 폭발하다 죽을지 모르지만 나는 간다. 기독교의 성인들처럼 이 사람들은 조금도 자기 이익을 돌보는 사람이 아닙니다. 성자 급에 속하는 사람이 아니고서는 공산주의적 인간이 될 수 없습니다. 유리창을 닦는 것이 내 직업이면 아침부터 여덟 시간 동안 목숨을 걸고 닦는 것입니다. 그게 성자란 말이야. 공산주의는 이게 전제되어 있어요. 인류란, 인간이란 이런 거다, 이렇게 굉장한 거란 전제 말이지요.

그러나 인간이 그런 존재가 아니라면 다 헛거죠. 루카치, 헤겔, 마르크스 이런 사람들이 착각한 게 뭐냐 하면 인간을 너무 높게 평가한 점이에요. 인간이 이처럼 고상한 것이라고 생각한 거에요. 뉴욕에서 여섯 시간 동안 정전이 일어난 적이 있습니다. 백화점이 다 털렸어요. 실제 있었던 일입니다. 인간이 고상하냐, 고상하지 않느냐 하는 것은 참 어려운 문제입니다. 모파상의 소설 가운데 『여자의 일생』이라는 게 있습니다. 잔이라는 여자가 수도원에서 공부를 하고 나와 결혼을 했어요. 결혼이라는 것이 상당히 고상하다고 생각했는데, 막상 결혼해보니까 짐승살이야. 사람이 할 짓이 아니야. 고상한 게 어딨어. 이 사람의 소설 가운데 「비곗덩어리」라는 게 있지요. 여자가 아름다운 점이 있긴 하겠지만, 비곗덩어리란 말이야. 참 어려운 문제입니다.

주인과 노예의 변증법

큰 틀에서 봤을 때 인류사의 나아갈 길은 도달하기 어렵겠지만 언젠가 어디엔가는 있을 거란 말입니다. 도스토옙스키가 『악령』에서 황당무계한 몽상, 황당무계한 꿈이라고 한 것이 그것입니다. 도저히 이루어질 수 없는 꿈을 지상에 펼 수가 없어요. 그렇지만 인류는 이 황당무계한 이 황홀경, 즉 황금시대를 꿈꾸지 않고는 살 수가 없어요. 이것 때문에 십자가에 매달리고 이것 때문에 온갖 혁명도 하고, 수많은 사람들이 죽고. 그러니까 이 황당무계한 꿈이 없으면 인류가 살 수도 없고, 죽을 수도 없어요. 여기에 도달하는 것, 이것을 루카치가 『소설의 이론』으로 증명하려고 했던 것입니다. 대서사 양식이 있단 말이야. 그리스시대에는 이것을 서사시로 받아들였어요. 근대에 들어와서는 대서사 양식이 소설로 발전했습니다. 소설이 시민 사회가 만들어 낸 최고의 서사 양식이죠. 부르주아가 없어지면, 근대가 끝나면 소설도 당연히 없어지는 겁니다. 그 대신 다른 무언가로 서사 양식이 나타날 겁니다. 이렇게 생각했어요. 이게 헤겔의 도식입니다.

헤겔의 핵심 사상은 『정신현상학』 속에 나오는 주인과 노예의 변증법입니다. '역사의 종언'론은 그런 생각에서 나온 건데, 이것은 프랜시스 후쿠야마의 설명이 제일 우리가 알아듣기 쉽습니다. 이를테면 헤겔의 손자급이 후쿠야마이고, 헤겔의 아들급이 알렉상드르 코제브라고 합니다. 헤겔은 나폴레옹이 예나를 점령했을 때 역사의 종언을 봤습니다. 역사는 그때 끝났다는 거지요. 그 직계 제자라 할 수 있는 코제브는 제2차 세계대전이 끝났을 때 역사는 끝났다고 했습니다. 손자급인 후쿠야마는 일본계 미국인입니다. 이 사람은 소련이 무너졌을 때 역사는 끝장났다고 했습니다.

헤겔에서 제일 먼저 생각해야 할 것은 주인입니다. 종이 아닙니다. 감옥에 가고 한 사람이 아니라, 나라를 움직이고 한 사람이 주인입니다. 인간을 욕망으로 규정하지요. 인간의 본질이 욕망입니다. 이 욕망은, 다르게 말하면 나는 너보다 잘났다 하는 것입니다. 이걸 '위신을 위한 투쟁'이라고 부릅니다. 난 너보다 잘났어. 그래? 그러면 한번 겨뤄 보자. 싸울 수밖에 없죠. 이 위신을 위한 투쟁에 기본항으로 놓인 것이 죽음입니다. 죽음을 걸고 싸우는 것입니다. 어떤 싸움도 죽음을 걸고 싸운단 말이에요. 그러다 상대방이 죽어 버리면 죽은 사람은 나하고 실력이 비슷하다고 해서 대단히 높이 평가하고 애도하고 장례를 잘 치러줘요.

그러나 나하고 싸우다가 항복하면, 이것이 노예입니다. 그때 나는 어떻겠어요. 말할 수 없이 불쾌합니다. 나하고 대등하다고 해놓고 싸우다가 항복을 해? 목숨이 아까워서? 이걸 견딜 수 있겠습니까? 무자비하게 다룰 수밖에 없습니다. 이런 걸 노예라 그런단 말이야. 이 시시하고 형편없는 것. 화가 난단 말이야. 그래서 분풀이를 어떻게 하느냐 하면, "너 피라미드 만들어"라고 합니다. 만리장성 만들고 피라미드 만들고 하는 건 노예의 몫입니다. 그러면 주인은 편하게 놀고 향락에 빠져서는 타락하고, 반면에 노예는 피라미드를 만듭니다. 피라미드라는 것은 물건이죠. 물건을 만들려면, 이건 코제브 설명입니다만, 머리가 좋아야지요.

프랑스에는 '고등' 자가 붙은 대학이 세 개 있습니다. 고등사범, 고등기술, 고등정치, '고등' 자가 붙은 학교는 프랑스 최고 엘리트가 들어가는 학교로서 학생들에게 국가가 월급을 줘요. 역대 대통령들은 상당수 고등정치학교를 나온 사람들입니다. 그다음에 보통 사람들, 평범한 사람들이 다니는 데가 대학입니다. 파리 대학은 1대학, 2대학, 3대학 쭉 이어지지요. 4대학이 소르본이고 7대학이 한국학과가 있는 대학입니다. 학생도 꽤 있습니다. 또 어떤 학교가 있나 하면, 콜라주드 프랑스라는 것이 있습니다. 푸코가 여기 선생 노릇을 했죠. 이것은 대학 중의 대학으로 학생이 없어요. 학생은 없고 교수만 있어요. 여기 교수는 1년에 한 번 동네 아주머니, 아저씨들 모아 놓고 강의를 해요. 들으러 오는 사람도 몇 사람 안 되고 일주일만 하면 끝나요.

코제브라는 사람은 콜라주 드 프랑스에서 헤겔 강의를 했어요. 이 책은 우리말로도 번역이 되어 있는데, 청강생이 누구였냐 할 것 같으면 바타이유, 아롱, 라캉, 메를로-퐁티 등이었어요. 제2차 세계대전 후에 프랑스 사상계를 휩쓸었던 사람들이 여기서 전부 헤겔을 공부했습니다. 다만 사르트르는 헤겔 쪽이 아니고 독일 쪽으로 가서 후설의 현상학으로 빠져나간 사람입니다만.

헤겔을 가장 깊이 이해한 사람이 코제브입니다. 노예에 대한 그의 설명에 따르면, 피라미드라는 것은 물건인데 물건을 만들려면 맨 먼저 설계도가 있어야 한다고 합니다. 설계도 없이는 물건을 만들 수가 없어요. 설계도를 만들 줄 아는 사람은 노예가 아닙니다. 그러니까 물건을 만들 때부터 노예에서 벗어나는 것이죠. 주인은 향락에 빠져서 정신을 잃고 있고 노예는 그야말로 맨정신으로 설계도를 그리고 해서 주인으로 승격해 올라가요. 그러면 역전되겠죠. 역전되면 주인은 노예가 되고 노예는 주인이 됩니다. 주인과 노예가 한 인간 속에 존재합니다. 너는 언제나 주인, 나는 언제나 노예, 라는 건 없습니다.

여기에서 공부한 바타이유가 논문을 하나 썼어요. 헤밍웨이의 『노인과 바다』에 대한 것이죠. 이건 얄팍한 분량의 소설입니다. 이 소설로 활동사진을 만들었을 때 대단히 힘이 들었을 겁니다. 왜냐하면 영감한 명과 조그마한 배 하나, 물고기 하나가 나오는 게 끝이기 때문입니다. 이걸 한 시간 반 동안 어떻게 끌고 가는지 참 대단합니다. 소설도 마찬가지입니다. 소설도 아주 간단하게 돼 있어요. 바타이유의 논문 제목은 「헤겔의 시선에서 본 헤밍웨이 Hemingway à la lumière de Hegel 」입니다.

이 영감이 40일 동안 물고기를 못 잡았어요. 그러다가 커다란 물고기를 하나 잡았단 말이야. 이걸 잡는데 3일 동안 애를 써서 잡았어요. 노인도 피투성이가 되고 물고기도 피투성이가 되고 하면서 잡았어. 잡고 나서는, 내가 너를 잡았지만 너는 내 친구야, 그렇게 대화하면서 항구로 돌아오는데, 상어 떼가 나타나서 다 뜯어 먹어요. 영감이 상어 떼를 이길 수가 없지요. 항구에 도달했을 때에는 뼈다귀만 남았지요. 노인이 아주 기진맥진해서 자기 오두막집으로 갑니다. 가서는 잡니다. '사자의 꿈'을 꾸면서 자는 것입니다.

바타이유는 이렇게 설명합니다. 이 노인은 누구냐? 주인이란 말이죠. 그러면 이 물고기는 누구냐? 주인이란 말이죠. 나하고 실력이 대등한데, 서로 싸웠어. 그래서 내가 이겼어. 너는 목숨을 걸고 싸웠으니까, 나하고 같은 급이야. 노예가 아니야. 그래서 끌고 와요. 중간에 상어가 다 뜯어 먹어요. 노인이 얼마나 화가 나고 불쾌하겠어요. 자기 몸과 같은 동료를 뜯어먹었으니까.

서양 활동사진이나 소설에서 군주들이 사냥하는 장면이 많이 나오죠. 군주나 귀족들은 말과 개를 늘 키우고, 그러다 숲에 가서 사냥하고 그러죠. 졸도들 데리고. 그들이 왜 그런 짓을 하느냐 하면, 이제 적대할 자가, 그러니까 적이 없으니까 그렇지요. 그러니까 짐승이 자기하고 동격인 대결의 대상이 된 거죠. 사냥을 한다는 건 자신이 향락에 빠지지 않았음을 보여주는 거예요. 1년에 몇 번씩 짐승들과 대결해. 그러면 내가 주인으로 계속 유지할 수 있어. 향락에 빠지지 않을 수 있어. 소설에서 노인이 물고기와 상대하는 것은 중세 군주들의 사냥과 똑같은 것입니다.

그러면서 바타이유는 이렇게 덧붙여 놨어요. 프랑스어 번역이 참 엉터리라고. 그러면 어떤 대목을 잘못 번역했느냐? 'slave work'라는 구절입니다. 이 노인이 물고기를 잡아서 돌아오면서 물고기에게 말을 거는데, 너를 잡았으니 이제 항구로 돌아간단 말이야, 나를 기다리고 있는 것은 '노예적인 일slave work'밖에 없어, 라고 합니다. 물고기를 잡는 것은 노예적인 일이 아니고 주인으로서 행동하는 것이고, 돌아가서 요리하고 물건 팔고 하는 것은 노예적인 일이라는 뜻이지요. 그런데 프랑스어로 번역을 어떻게 했냐면 "잡스러운 일상에 매달리겠지" 이렇게 했단 말이야. 한국어 번역을 보니까 우리도 그렇게 해놨어. 번역하는 사람은 그 단어가 영어로 '노예'라고 하더라도 일상생활에서 쓸 때의 뉘앙스를 반영해야 하니까 그렇게 번역했겠지요. 그러나 바타이유가 보기에는 그렇지 않았다는 거지요.

문제는 한 사람 속에 주인과 노예의 변증법이 이루어지고 있다는 것입니다. 제가 공부한 한국 근대문학, 그게 다 서구 사회가 해놓은 것을 조선의 식민지인들이 그대로 흉내 내고 반복한 것이 아니냐 하고 이야기를 해요. 요즘 모두 그렇게 얘기하죠. 식민 통치하에 있었던 나라들이 독립해서 식민지 종주국 패들이 했던 것을 그대로 재생산합니다. 그렇죠? 우리가 제국주의에 희생되어 종살이를 했어요. 그런데 우리는 독립되어서도 나라를 만들어 제국주의의 패턴을 그대로 밟아 가고 있는 것 아니냐고 비판한단 말이야. 꼴 좋다. 그렇게 비판한다 말이에요. 그런 글들, 그런 비판들이 수없이 많아요.

그러나 노예라는 게 서구 자체, 그러니까 주인 속에 있지 않느냐. 어째서 우리는 식민지로 종주국 이론을 재생산했다고 비판받아야 하나요? 종주국이나 식민지나 주인과 노예의 변증법에서는 같은 선에 있는 건데, 그 변형에 지나지 않는데, 왜 나눠서 보느냐는 말이지요. 나누면 안 되지 않느냐? 파농이니 하는 포스트콜로니얼 이론가들이 수없이 이런 걸 떠들고 그 졸도들이 수없이 말했지만, 헤겔 앞에서 어쩔 거냐 말이야. 아도르노가 『부정 변증법』을 썼어요. 일본은 16년 만에 번역했어요. 우리는 1년 만에 번역했어요. 영어권에서는 6년 만에 번역했어요. 이 책은 처음부터 끝까지 헤겔 얘기야. 헤겔 손아귀에서 한 줄도 빠져나가지 못하면서, 부정 변증법이라 하면서 그렇게 늘어놨어요.

저번 시간에 잘 모르면서 이런 이야기를 했죠. '입법계품' 이야기 말입니다. 선재 동자가 길을 떠나서 53명의 사람을 만나고 어떤 자각의 경지에 도달하는 것, 이것이 절대정신의 길입니다. 괴테도 마찬가지죠. 『빌헬름 마이스터의 수업 시대』. 실연한 청년이 길을 떠나서 서커스에 들어가고 비밀결사에 도달합니다. 헤겔의 『정신현상학』의 주인공은 '의식'입니다. 의식이 자의식을 거쳐서 이것이 타자를 만나 정신으로 발전해서 정신이 절대정신에 도달하는 것입니다. 절대정신은 예술, 종교, 철학입니다. 이렇게 헤겔이라는 사람이 소설을 써 냈어요. 『법화경』, 이건 종교죠. 『빌헬름 마이스터의 수업 시대』, 이것은 예술이죠. 『정신현상학』, 이것은 철학입니다. 이렇게 보면 『정신현상학』도 그리 어려운 책이 아닙니다.

인문학 공부라는 것은 인류사에 최종 목표가 있다는 것, 그리고 주인이나 노예라는 것은 지배·피지배, 식민지·피식민지를 떠나서 한 인간 속에, 또는 한 국가 속에, 한 집단 속에 전개되어 있다는 것을 강조하고 싶습니다. 지배·피지배라는 국가 단위의 일과 인류사 단위의 일이 다른 것처럼 얘기한다는 것은 상당히 문제가 있는 것입니다. 나는 이것을 논리적으로 잘 설명하지 못하지만, 이런 문제는 우리 세대가 잘 해결하지 못해서 넘어온 경우입니다. 제 체험을 말하는 것입니다.

인류사가 이렇게 나아 왔는데, 이 서사시의 단계를 헤겔은 또는 루카치는 지상의 신이 우리 인간과 더불어 있었던 시대라고 합니다. 우리가 갈 수 있고, 가야 할 길을 하늘의 별이 지도의 몫을 하고, 그 빛이 우리가 갈 길을 환하게 비춰주는 시대, 그게 그리스시대입니다. 우리 향가 중에 「혜성가」가 있습니다. 화랑 세 사람이 금강산 유람을 가는데, 하늘의 별이 빗자루가 되어 길을 쫙 쓸어줘. "그런 시대는 복되도다." 이게 『소설의 이론』 첫 줄입니다. 신이 우리와 더불어 있던 시대니까 낯선 데가 없어요. 구석구석이. 그런데 어느 날 신이 떠나버렸어. 그러니까 지상도 어두워지기 시작했어요. 이게 근대입니다.

근대가 시작되면서부터 신이 떠나버렸어. 지상을 떠나버렸어. 이 어두워진 시대, 다르게 말하면 훼손된 가치에 들어간 시대의 최고 예술 형식이 소설이라는 것입니다. 그래서 소설 주인공은 자기를 찾아 길을 떠나는 문제고, 이 문제적 개인이 '나는 누구인가'를 찾아서 헤매는 과정을 그리면 소설이 됩니다. 어떤 소설도 실패하게 되어 있는데, 왜냐하면 세계가 다 썩었으니까, 이 속에서 자기 본질을 찾을 수가 없기 때문입니다. 그래서 소설은 우물쭈물 끝나 버린다는 것입니다. 그러니 소설 형식은 아이러니입니다. 그리스시대는 시산이 존재하지 않아 순금 그대로 있는 것이고 근대는 그렇지 않다는 것입니다. 이렇게 서사시와 소설을 구별하는 것은 시간입니다. 시간이 개입했다는 겁니다. 시간은 모든 것을 부식시키는 것입니다. 루카치는 소설을 이렇게 설명하고 있어요. 이건 헤겔이 소설을 부르주아의 서사시라고 규정한 것을 루카치가 매끈하게 정리한 것입니다.

역사의 종언에서

제가 이걸 읽고서는 인류사를 해야겠다고 생각했습니다. 인류의 황금시대를 위해서 우리가 살고 죽고 해야 할 것이 아니냐. 이걸 제가 할 수 있는 문학에다 대입해 보니까 시가 그렇다는 말은 없어요. 희곡이 그렇다는 말도 없어요. 소설만이 그렇다는 것입니다. 소설은 부르주아들이 나와서 만들어진 것이고 부르주아 계급이 끝나면 소설은 없다고 설명해요. 그런가 보다, 소설을 공부해야겠다, 라고 생각했지요. 도남은 소설을 하다 때려치고 시가로 갔는데, 저는 소설을 해야겠다, 소설이 인류사와 같이 가는구나 하고 생각했어요. 그래서 소설이란 건 공부해 볼 만하다고 생각했습니다.

소설에서 이런 문제를 다루는 것이 리얼리즘입니다. 엥겔스 같은 패들이 '세계관에 대한 리얼리즘의 승리'와 같은 얘기를 하는 것도 이 연장선상이에요. 그런데 제가 공부가 모자라서 이걸 해결 못 하고 있어요. 즉 포스트 콜로니얼리즘이 존재할 수 있느냐, 없느냐 하는 것 말입니다. 말하자면 식민지를 체험한 나라들이 제국주의자들의 이론을 그대로 재생산하고 있느냐 하는 것입니다. 그런 것이 아니고 서양의 근대, 서양의 문학, 서양의 사상 속에도 그 자체가 반근대적인 부정적인 요소를 다 포함하고 있는 것 아니냐는 것입니다. 그런데 마치 식민지는 따로 있고, 식민지가 제국주의를 모방하고 있다고 몰아칠 수 있느냐 말이에요.

이런 문제들을 우리 세대는 잘 못하고 넘어와 버렸어요. 인류사라는 목표를 가지고 우리가 공부를 해 나가는데, 개별 민족의 문제를 돌아보니까 일제 식민지로 되어 있어요. 그러면 개별 민족을 인류사와 어떻게 연결시킬 것이냐 하는 것을 자세히 못 하고 넘어왔단 말입니다. 무슨 말인지 짐작이 가지요. 그걸 어느 정도 설명을 하려면, 지금까지 말해왔던 이중어 공간, 해방 공간 등을 공부하지 않고는 안 되겠다는 생각을 가지게 되었습니다.

좀 어수선한 이야기입니다만, 이중어 공간, 해방 공간 등을 인류사라는 큰 틀 속에서 다 해석할 수 없느냐, 큰 틀을 먼저 생각하고 그 속에서 논할 수 없으냐 하는 것입니다. 개별 문제 속에서 일제와 대결하는 것만 논의한다면 전체를 보는 것이 아니죠. 우리가 지금 세계 12위권 국가 아닙니까? 이처럼 강국이고 이렇게 굉장한 나라입니다. 그런 시선에서 보면 이중어 공간, 해방 공간의 문제 같은 것을 큰 틀 속에 넣어서 볼 수밖에 없고, 그 자체만 가지고 논의하는 것은 한계 가 있다는 것입니다. 그래서 다시 공부를 하지 않을 수 없었다는 말 씀을 드립니다.

나폴레옹이 유럽을 제패했을 때, 예나를 점령했을 때 헤겔은 역사 가 끝났다고 했습니다. 헤겔이 보기에 정신의 발현은 자유를 위한 투 쟁인데, 유럽 전체에 자유가 다 퍼져 버렸으니까 역사가 더 나아갈 곳이 없죠. 이것이 역사의 종언론입니다. 헤겔은 그때 이미 역사의 끝장을 본 것이고 제2차 세계대전이 끝났을 때 코제브가 역사가 끝 났다고 한 것은 민주주의 쪽이 승리했으니까 역사가 이것으로 더 나 아갈 곳이 없다고 판단한 때문입니다. 역사가 끝장났을 때 그다음 단 계의 인류는 어떻게 사느냐? 짐승이라고 생각하는 겁니다. 코제브 는 미국을 동물적 세계라고 합니다. 배만 부르고 잘 먹고 잘사는, 자 유라는 개념이 없어진 사회라고 생각했습니다. 일본에 가서는, 일본 도 그렇구나, 형식미를 가지고 역사가 끝장난 후를 살고 있구나 하고 생각했어요. 프랜시스 후쿠야마는 소련이 무너졌을 때 역사의 끝장 론을 이야기하였는데『역사의 종언』, 1992, 그다음에 낸 책은 당연하게도 이 생물학적 DNA가 모든 것을 결정한다는 이야기입니다*Our Posthuman Future : Consequences of the Biotechnology Revolution*, 2002. 그 책에서 예를 들어놓 은 것을 보면 이렇습니다. 아침에 출근할 때 자동차를 타고 출근합니 다. 한 시간 정도 차를 타고 직장에 가는데, 혼자 타면 뭣하니까 절약

하기 위해서 어떤 사람이 같은 방향이면 태워주고 한단 말입니다. 그런데 이런 꾀가 어디서 나오느냐? DNA가 결정한다는 것이죠. 생물학입니다. 인류가 원자탄을 다 갖고 있으면서 사용하지 않는 것은 어째서 그러냐? DNA에 다 입력이 돼 있어서 그렇다고 설명을 해버려요. 말하자면 불균형을 극복하는 것이, 자유를 위해서 나아가는 것이 충족되어 버렸을 때 어떻게 하느냐는 것입니다. 그것은 생물학적 반복에 지나지 않는다는 것입니다. 우리가 그 속에 들어가 있는지 모르죠. 선진국에 들어갈수록 그런지도 모르죠. 그럴 때 개별문학사, 지역 문학사가 도대체 무슨 의미를 갖느냐 하는 문제들이 생기는 것입니다. 제가 공부할 때는 인류사의 문제와 지역사의 문제가 비등한 비중을 갖고 있었습니다. 지금은 지역사는 거의 비중이 없고 인류사 쪽으로 비중이 점점 더 커가고 있죠. 인문학의 위기라는 것은 이것과 관련이 있을지 모릅니다.

오늘 얘기하려고 하는 것은 학병 세대의 글쓰기입니다. 이게 고상한 인류사적 목적과 어떤 연결점이 있느냐 하는 것입니다. 이건 제 머릿속에는 어느 정도 있습니다만, 기본적으로 여러분 세대들이 처리할 문제라고 생각합니다. 일단 저는 '일제 말기 한국인 학병 세대의 체험적 글쓰기론'이라고 해서 이병주의 『지리산』이라든가 『관부연락선』이라든가, 선우휘의 「불꽃」이라든가 황순원의 「내 고향 사람들」이라든가, 강신재의 「봄의 노래」라든가, 이가형의 『분노의 강』을 살펴보았습니다. 이런 것을 일단 검토를 해놓고, 나중에 인류사의 문제와 연결시킨다는 것입니다. 저 황금시대로 어떻게 돌아가느냐.

클로드 로랭의 〈아키스와 갈라테아〉라는 그림, 도스토옙스키가 이 그림을 보고 미치고 환장하는 황금시대를 몽상하고 그랬던 것입니다. 이 그림 앞에 오래 서 있었던 체험은 지금 생각해도 감동적인데, 제가 이 그림을 보러 간 것은 순전히 루카치의 글 때문입니다. 『소설의 이론』이라는 것은 도스토옙스키론의 서론입니다. 『소설의 이론』은 큰 책이 아닙니다. 『소설의 이론』 끝부분에 가면 루카치는 이렇게 말합니다. "도스토옙스키는 한 편의 소설도 쓰지 않았다. 그는 새로운 세계에 속하기 때문이다." 발자크나 플로베르와 같은 여태까지의 소설과는 전혀 달라. 씨가 다르단 말이야. 그런 얘기입니다. 루카치는 본론을 결국 못 썼어요. 철학 쪽의 글을 쓰다가 제2차 세계대전이 끝날 무렵인 1943년에 「도스토옙스키」라는 평론을 하나 써요. 거기에 이 그림 얘기가 나와요. 『악령』이라는 소설에서 이 그림을 봤다는 것입니다. 루카치의 글을 읽고 흥분한 저는 이 그림이 있는 곳이 어디냐 찾아보았습니다. 어떻게 이렇게 미치고 환장하게 만드는 그림이 있을 수 있느냐는 생각이었어요. 물론 도록에는 나와 있었어요. 그러나 실제 가서 본 것하고 사진은 대단히 다릅니다. 찾아보았더니 당시 동독의 드레스덴에 있는 박물관이었어요.

일본은 제2차 세계대전 때 아시아 인구 약 2천만 명을 희생시키고도, 자기들도 육백오십만 명 희생되었습니다만, 한국이나 중국에 배상도 안 하고 야스쿠니 참배나 하고 그러지만, 독일은 안 그렇다고 합니다. 독일이 얼마나 자기 죄상을 드러내고 반성하고 있느냐고 하지요. 그러나 드레스덴에 가보면 안 그렇다는 것 알 수 있어요. 제2차 세계대전에서 가장 많은 폭격을 받은 지역이 드레스덴입니다. 고도古都인데 말이죠. 연합군이 독일 지역을 6년간 융단 폭격을 했어요. 이

만큼 많은 사람을 죽인 사건이 없습니다. 그런데 독일은 시내에 가장 큰 폭격을 당한 지역을 지금도 복원하지 않고 그대로 두고 있어요. 가보면 놀랄 정도입니다. 이 드레스덴에 가면 〈아키스와 갈라테아〉가 있습니다. 17세기에 그린 그림인데, 그리스 신화에 나오는 이야기를 그린 것입니다. 그동안 이 그림을 직접 보지 못하다가 동독이 무너지고 드레스덴을 방문할 수 있게 되었을 때 저는 재빨리 그곳을 방문했지요. 이 그림이 보여주는 세계, 이념, 이런 것을 가지고 개별문학을 논해야 하는 것이 아닌가 하고 생각합니다.

학병 세대의 감각

학병 세대의 글쓰기 문제로 다시 돌아갑시다. 제가 가지고 나온 것이 윤동주 시집입니다. 『하늘과 바람과 별과 시』. 1948년에 발행된 것으로 되어 있습니다. 정지용이 서문을 썼습니다. 윤동주는 모르는 사람이 없을 정도로 국민 시인인데, 이 이름을 들으면 한국문학의 운명 같은 느낌을 받죠. 이걸 세상에 내보낸 사람이 서울대 국문과 교수였던 정병욱 교수에요. 그는 윤동주와 연희 전문학교를 다니면서 하숙을 같이했어요. 윤동주가 자필 시집을 세 부 만들어서 그에게 한 부 주었지요. 그리고 곧 윤동주는 일본으로 공부하러 갔고, 정병욱 교수는 학병을 가게 됐어요. 학병을 가면서 그는 윤동주에게 받은 자필 시집을 고향에 있는 자기 어머니에게 맡겼어요. "전쟁에 나가서 죽고 돌아오지 못하거든 모교에 갖다주세요. 만약 내가 다시 살아오면 돌려주세요"라고 어머니에게 부탁하였는데, 학병에서 무사히 돌아오니 어머니가 비단 보자기에 싼 시집을 장롱 속에서 꺼내 주더라는 것입니다. 그래서 이게 세상에 나올 수 있었어요. 고전문학을 연구하는 학자지만 이걸 발굴해서 세상에 내놓았다는 것이 자신의 최대 공적이고, 이것을 기억해 달라고 정병욱 교수는 어느 글에서 적어 놓았어요. '나라 사랑 윤동주 특집'에 그렇게 써 놓았어요.

어떤 여자 소설쟁이가 한 분 있는데 이 양반이 윤동주 평전을 썼어요. 송우혜라는 작가입니다. 대단히 정밀한 평전인데, 최근 판을 보니까 대단히 놀라운 부분이 있어요. 어머니가 장롱 속에서 꺼냈다는 것은 거짓말이고, 마루 밑에 처박아 둔 것을 꺼내 주었다는 겁니다. 이건 정병욱 교수 누이동생의 증언입니다. 정병욱 교수는 재직하던 중에 돌아가셨어요. 그래서 우리가 하루 휴강을 하고 장지까지 가고 한 적이 있습니다. 이분의 기억, 그러니까 비단 보자기에 싸서 내주더라는 것은 사실과는 달라요. 그러나 진실입니다. 사실은 진실과 다르지요.

예를 들면 야나기 무네요시柳宗悦라는 일본 사람이 있습니다. 이 사람은 일본의 귀족 집안 출신이고 한국 예술을 많이 연구한 사람입니다. 도쿄에 가면 일본 민예관이라고 있는데, 거기에는 한국의 민예품이 가득 전시되어 있어요. 이 사람의 옛집입니다. 이 사람은 민중들이 만들고 사용한 예술, 즉 민예를 평생 연구한 사람입니다. 우리나라의 민예를 최고의 예술 가운데 하나라고 세계에 소개했는데, 이를 표현하여 조선의 예술은 선의 예술, 일본은 색의 예술, 중국이 형의 예술이라고 했습니다. 고려자기를 들어서 조선의 예술은 가냘프고 슬프고 비애에 찬 예술이라고 했지요. 일제강점기에는 광화문을 헐어서는 안 된다는 논설을 쓰기도 했고, 남궁억이니 염상섭이니 하는 우리 유학생을 돌봐주기도 했습니다. 이 사람의 조선 예술론은 한글로도 세 권이나 번역되었어요. 똑같은 책을 다른 세 사람이 각각 번역한 거지요. 저는 이 사람의 책을 많이 읽어봤어요.

그런데 해설을 보면 그의 글을 읽은 사람마다 욕을 한다는 걸 알수 있어요. 조선 예술이 어떻게 비애의 예술이냐, 자기 마음대로 생각한 것 아니냐는 것이죠. 요즘 식으로 말하면 오리엔탈리즘이라는 거지요. 일본 사람 중에도 그렇게 말하는 사람이 있습니다. 『인간 부흥의 공예』라는 책인데 우리나라에도 번역이 있습니다. 이 책을 쓴 이데카와 나오키는 공예 전문가입니다. 그 책은 야나기 비판에서 시작합니다. 민예품이란 생활 용구인데, 예술이라 생각하며 이론을 펴고 있다. 참 가관이다. 이렇게 써 두었어요. 아마 그 양반 말도 맞을 겁니다. 야나기 말도 맞을 겁니다.

저는 일본에 가면 항상 야나기의 집에 뛰어가요. 일본 민예관은 도쿄대학 교양학부 바로 옆에 있는데 2층에 조선 민예품을 상설 전시하고 있어요. 2층 입구에는 대리석으로 만든 조각이 하나 있지요. 이름하여 이조 석인. 미륵상 같은 그런 겁니다. 이걸로 민예관을 지키게 하고 있습니다. 현재 관장은 야나기의 아들이 하고 있는데, 다른 것은 수시로 바꾸고 하면서도 상설 전시는 그대로 두고 있어요. 우리 정부는 야나기에게 문화 훈장을 줬어요. 죽고 나서 준 거니까 아마 아들이 받았을 겁니다.

야나기가 쓴 책, 그가 조선에 대해 논한 것은 전문가가 보기에는 참 우습고 또 우리 입장에서 볼 때는 오리엔탈리즘이 틀림없습니다. 그게 사실입니다. 그러나 제가 야나기에 대한 책들을 구해 읽어보면서 대단히 놀란 게 하나 있어요. 야나기의 마지막 도달점은 민예가 아니고 민예의 밑바닥에 깔려 있는 불교입니다. 야나기의 후기 작품 가운데 『나무아미타불』1955이라는 책이 있습니다. 일본에서 베스트셀러였습니다. 『아미타경』을 해설해 놓은 것인데 아미타에게는 마흔여덟 원願이 있습니다.

불교에서는 모든 욕심을 버려야지, 그러니까 마음을 나 비워야지 극락에 간다, 해탈을 한다 그러지요. 욕심을 가지면 안 돼. 그런데 이 부처들은, 보살들은 전부 굉장한 욕심願을 갖고 있어요. 인류를 구한다는 욕심입니다. 이것 같이 큰 욕심이 어디 있어요? 내가 인류를 구하겠단 말이야. 해탈을 하지 못한 중생 있으면 말이야, 이 사람들이 다 해탈할 때까지 극락에 안 가. 이게 보살들이죠. 이것처럼 큰 허영이 없죠. 이것만큼 큰 욕심이 없죠. 우리가 명예가 어떻다든가 배가 고프다든가 하는 조그만 욕심을 가지고 있는데, 이런 욕심은 사실 욕심 축에도 안 듭니다. 보살들은 어마어마한 욕심을 갖고 있어요. 불교에서는 이걸 허용하고 있습니다. 불교에 대해 잘은 모르지만, 저에게는 그렇게 보인단 말이에요. 우리들 세속적인 눈으로 보면 말이야.

그런데 이 마흔여덟 원 가운데 다섯 번째 원이 뭐냐 하면, "이 지상에 미와 추가 있는 한, 나는 성불 안 한다"라는 것입니다. 이게 야나기의 마지막 명제입니다. 그의 민예론이 최종적으로 도달한 경지란 말입니다. 이건 예술을 넘어 종교로 가버린 거지요. 여기에다 오리엔탈리즘이 어떻다, 실용성이 어떻다 하는 건 말이 안 되지요. 그것보다 훨씬 크단 말이야.

그렇게 대단한 사람인데, 이 사람이 죽을 때 고통스럽게 앓고 있으니까 마누라가, "부처님한테 좀 빌어 보시오" 했습니다. 그랬더니 야나기가 벌컥 성을 내면서 "부처가 무슨 소용 있어"라고 했다고 합니다. 이건 아들의 증언인데 유명한 사상가인 쓰루미 슌스케鶴見俊輔가 쓴 야나기 평전에 적혀 있어요. 세상 사람들이 우리 아버지를 대단히 고상한 사람으로 알고 있는데 안 그렇단 말이야. 형편없단 말이야. 정병욱 교수의 경우와 똑같지요. 학도 지원병을 줄여서 학병이라합니다. 학병이 아니고는 학병 세대의 감각이 아니고는 비단 보자기에 쌀 수 없어요. 이렇게 소중하게 시를 간직했다는 것은 학병 세대가 아니고는 불가능합니다. 이는 학병이 가지고 있는 그 무엇을 상징적으로 보여주는 것입니다.

학병 세대의 형성

1937년에 중일전쟁이 일어났습니다. 1931년에 만주사변, 1940년에 창씨개명이 있었습니다. 1943년에 징병 제도가 실시됩니다. 창씨개명은 해도 좋고 안 해도 괜찮았지만, 징병은 달라요. 일제 말기에는 조선 사람도 군에 갈 수 있었는데 우선 지원병의 형식이었어요. 지원병에 간 사람이 20만 명에 가깝다고 추정됩니다. 가난한 사람들, 탄압받는 사람들, 노비 출신들이 출세하는 가장 빠른 길은 헌병이 되는 것, 일본 순사가 되는 것이었습니다. 징병을 가는 것 같으면 그 집안은 상당한 대우를 받고 본인도 군대에서 기술 배우고 실력도 기르고 할 수 있다고 생각했어요. 그리고 1942년에 조선어학회사건. 이것은 문학사적 사건이었지요. 그다음 최종적으로 학병이 있었어요.

1944년 1월 20일, 이날 일본에 있는 조선 학생, 국내에 있는 조선 학생을 몽땅 잡아 가지고 한날한시에 군대로 보냅니다. 이게 학병입니다. 전문학교 이상 대학생이 약 4,700명 되었습니다. 이들을 서울, 평양, 대구 세 곳에 강제로 붙들어 왔습니다. 학생 중에 여기 응하지 않은 사람도 물론 있습니다. 응하지 않은 학생은 탈영병이 될 수밖에 없죠. 대부분은 응할 수밖에 없습니다. 왜냐하면 학병 지원의 대상이 되는 학생들의 집안이라는 것이 굉장한 집안들이었기 때문입니다.

흔히 고학했다는 이야기를 하는데 고학해서는 공부가 안 됩니다. 대학에 안 나가도 졸업시켜 주는 그런 데라면 모르지만 말입니다. 공부라는 건 결사적으로 하는 것이니 당연하죠. 중국으로 간 학병 가운데 탈출 1호로 알려진 김준엽 선생, 고대 총장을 했던 이분의 회고록『장정』1987에는 이렇게 적어 놨어요. 자기가 입대할 때 현금을 갖고 갔는데 요새 돈으로 집 한 채 값이었다고. 그걸 가지고 입대했다는 말이지요. 자식을 일본에 있는 대학에까지 보낸 집안 같으면 엘리트 집안이죠. 괜찮은 집안들입니다.

이런 사람들을 한꺼번에 입대시킨 것은 보통 일이 아니죠. 그러니 학병은 징병과는 성격이 다르죠. 왜냐하면 학병들이 돌아와서 대한민국 건설 초기의 주역이 되었기 때문입니다. 정치, 군 등의 분야에서 적어도 박정희 때까지는 이 사람들이 사회의 주역이었습니다. 이 세대가 겪었던 문제들이 간단한 문제가 아니다. 그러니 우리가 이걸 그냥 건너뛸 수 없다. 그러면 역사학이냐? 그건 아니고 이 사람들이 써 놓은 글을 분석해 봐야겠다고 저는 생각했습니다.

일본에서 공부하는 사람이 있으면, 관에서 이들 집안에 가서 "당신 아들 일본에 있지? 군에 가야 돼"라고 합니다. 그러면 아버지는 어떻게 하겠어요? 돌아오라고 하겠지요. 아들더러 도망가라 할 수 없지요. 자식이 안 오면 이 집안을 그냥 둡니까? 이런 문제니까 어쩔 수 없었습니다. 이광수와 최남선, 김연수 등이 조선인 학도들을 설득하러 도쿄로 갔어요. 당시 자료들이 다 남아 있는데 저는 이것을 번역해서 모 계간지에 실으려고 생각하고 있습니다. 조선 학도들을 설득하기 위해 여러 사람들이 갔다는 걸 알 수 있어요. 도쿄에 가서 학생들 모아 놓고 군대에 나가라고 연설한 대단히 긴 자료인데 객관적인 자료니까 한번 봐야겠지요.

메이지대학에서 강연을 했는데 그때 강연을 들었던 사람들의 기록도 있어요. 김붕구 교수를 위시해서. 제정신인가 하는 반응도 있었고, 알겠다 하는 반응도 있었어요. 메이지대학 강당에서 육당이 강연한 것은 이런 내용입니다. 조선 학도들, 우리가 설득하러 왔는데, 너희들은 안심하고 나가라, 총 쏘는 법을 배워라, 언젠가 써먹을 데가 있을 것이다. 이광수는 어떤 얘기를 주로 했느냐 하면, 우리가 당신들 피의 대가를 받아 내겠다, 군대 나가라, 피를 흘려라, 라고 했지요. 어느 쪽도 말이 안 되긴 마찬가지지요. 두 사람 다 연설은 그런 뉘앙스로 했지만, 표면적으로는 삼국시대는 일본이 우리 식민지에 가까웠고 우리가 위에 있었다는 것을 가장 많이 강조했어요. 그러니 여러분은 자존심을 가지라는 것이 표면에 나와 있는 연설 내용입니다.

어쩔 수 없지 않느냐. 기술을 배워라. 육당도 이광수도 6, 7세기 일본 나라奈良시대의 역사에 대해서 김석형의 삼국 분국설, 그러니까 신라, 백제, 고구려가 일본 내에 있었다는 설과 비슷한 입장이었다고 할 수 있습니다.

학생들은 현해탄을 건너와서 입대하거나 현지에서 바로 입대합니다. 또 입대를 안 하고 도망간 대학생도 있어요. 그중에 유명한 것이 남도부입니다. 남부군의 부사령관이지요. 남도부의 본명이 하준수입니다. 진주 사람인데 굉장한 사람이에요. 가라테 5단으로 일본 가라테 대회에서 우승을 했던 사람인데 갑부 집 아들입니다. 갑부 중의 갑부였어요. 이 사람은 학병을 피해 지리산으로 가버렸어요. 그리고 같이 지리산으로 들어온 사람들과 보광단을 조직하는데, 이게 약 70명이었어요. 해방 후에는 빨치산 두목이 되었지요. 이병주의 『지리산』이라는 소설은 하준수 이야기죠. 지리산 빨치산의 총사령관은 이현상인데, 그는 구세대 인물입니다. 그러나 빨치산 간부들은 학병 출신이 많습니다. 실제 그랬으니까.

김준엽과 장준하

도망간 사람들은 이렇게 됐지만, 대부분의 대학생들은 학병을 나갔습니다. 훈련을 평양에서 받은 사람들은 대개 중국 전선으로 갔어요. 장준하, 김준엽, 이런 사람들은 평양에서 입대해서 중국 전선으로 갔어요. 이병주는 쑤저우 사단으로 갔어요. 1944년 1월 무렵 중국 전선이라는 것은 제2선에 지나질 않았어요. 막바지 기력이 남아 있을 때 주력이 태평양 전선으로 거의 다 빠져나가고 중국 전선에 남아 있는 것은 껍데기들이었습니다. 그런 부대에 갔다고 보면 됩니다.

장준하나 김준엽의 기록은 많이 남아 있습니다. 여기저기 써두었지요. 마치 자기들만 학도병이었던 것처럼 말이죠. OSS 훈련도 자신들만 받은 것처럼 적었습니다만, 사실은 그렇지 않습니다. 곳곳에 훈련소가 있었습니다. 하와이 쪽에도 있었고 버마 전선에도 있었습니다. 그러나 그렇게 썼다고 해서 이상할 것은 없습니다. 굉장한 체험이고 민족적인 체험인데 이 사람들 아니었으면 알아낼 수도 없어요. 이들이 얼마나 큰일을 했는가를 알 수 있습니다. 장준하가 쓴 것이 『돌베개』[1971], 김준엽이 쓴 책이 『장정』입니다. '돌베개'는 『구약』에 야곱의 돌베개로 나오고, '장정長征'이란 긴 행렬, 긴 길, 먼 노정의 정벌이라는 뜻입니다. 이 책들은 규모가 크니까 체험이 상세하게 드러납니다. 자기 체험적 글쓰기에 속하는데, 이들의 문장력 또한 뛰어납니다. 그 경위만 간단히 보겠습니다.

장준하는 당시 나이가 상당히 들었습니다. 신학교 다니다가 학병에 나갔는데, 신학교도 국민학교 교사를 하다가 장가도 들고 한 후에 뒤늦게 간 겁니다. 같은 학병이지만, 『현해탄은 알고 있다』[1961]를 쓴 한운사 같은 사람하고 다릅니다. 상업학교를 나와서 주오대학 예과에 갓 들어간 애송이와는 다르지요. 장준하, 김준엽 등은 어른이었습니다. 김준엽은 게이오대학 졸업반이었어요. 역사학을 전공한 사람입니다. 그러니까 이것저것 다 아는 나이, 상황이었다는 겁니다.

그다음에 신상초라는 사람이 있습니다. 이 사람은 『탈출』[1977]이라는 책을 썼습니다. 신상초는 도쿄제대 법학과에 다니다가 붙들려 갔는데 탈출해서 연안 팔로군 쪽으로 갔어요. 장준하, 김준엽 등은 대부분 팔로군으로 가지 않고 6천 리를 걸어서 임시정부가 있는 충칭으로 가서 김구 선생 밑에 들어갑니다. 김준엽은 학병 탈출 제1호라고 그러는데 장준하와는 부대가 달랐어요. 김준엽이 먼저 탈출하고 다른 부대에 있는 조선인도 탈출하는 사람들이 생기는데 학도병 가운데 탈출한 사람이 약 백 명 가까이 돼요.

그러면 같은 부대에 있는 일본인 군인들도 이들이 조선 학노병이라는 걸 다 알고 있는데, 이렇게 탈출할 수 있느냐. 그럴 수 있었어요. 왜냐하면 전선에서는 철저하게 감시하고 통제할 수가 없었기 때문이지요. 그럴 수가 없어요. 버마 전선에 있던 이가형이 탈출하지 않고 있으니까, 일본인 병사들이 너 왜 탈출 안 하냐, 다 죽고 다 후퇴하고 가진 것 아무것도 없는 이런 판인데 왜 탈출 안 했나, 네 친구 아무개는 탈출하지 않았느냐고 물을 정도였어요. 「버마 전선 패잔기」에 그렇게 적혀 있습니다. 그렇지만 거의 대부분은 탈출을 안 했으니까, 탈출한 사람들은 대단하지요. 그만한 자신감이 있었고 탈출 후의 온갖 고생을 견딜 수 있었으니까요.

이런 고생을 해서 장준하, 김준엽은 임시정부에 도착합니다. 여러분 충칭의 임시정부 건물이 얼마나 굉장한지 아십니까? 상하이 임시정부 건물은 작은데, 가난한 상하이 시절이었기 때문입니다. 그러나 윤봉길 의사의 의거 이후 중국군 2개 사단도 할 수 없는 굉장한 일을 했다 해서 이때부터 국민당 정부가 임시정부를 도와주기 시작했어요. 충칭의 청사는 옛날에는 호텔이었다는데 큰 몇 층 건물로 보여요. 물론 층계로 되어 있어서 그렇긴 하지만. 임시정부 요원들의 가족들도 300명 정도 있었다고 하는데, 그들도 중국 정부가 도와주고 그랬어요. 이때부터 안익태가 작곡한 〈애국가〉를 부르고 그랬습니다. 학도병들이 충칭에 가니까 김구 선생이 환영식을 열어주는데 그 환영식은 〈애국가〉로 시작되었어요. 그런데 자기가 알던 〈애국가〉와 곡이 다르거든. 옛날에는 애국가를 〈올드랭사인〉 음으로 불렀단 말이야. 그런데 임시정부는 안익태 곡으로 하고 있었어요. 학도병들은 입도 벙긋 못했다고 적혀 있습니다.

이 패들이 임시정부에 합류해서 무슨 일을 했냐 하면, 대단히 감격스럽게도, 잡지를 냈어요. 이 어려운 판에, 도망을 치면서도 잡지를 냈단 말이야. 이 두 사람이 잡지를 냈어요. 그게 『등불』이고, 그 후에는 『제단』이라는 잡지예요. 종이도 없고 아무것도 없는데 어떻게 했느냐? 옷을 벗어 찢어서 잡지 표지를 만들고 그랬다고 합니다. 지금은 한 권도 남아 있질 않아요. 이 사람들이 1950년대에 『사상계』를 만든 건 우연이 아닙니다. 이때부터 그랬으니까. 학병들이 여기서만 잡지를 낸 게 아닙니다. 버마 전선에도 그랬고 태평양 전선에서도 그랬어요. 귀국할 때 잡지들을 만들고 그랬어요. 이게 지식인 특유의 행위이지요.

『돌베개』에 따르면 장준하 임시정부가 파벌 논쟁을 하니까 흥분해서 폭탄선언을 했다고 해요. 이렇게 멀리 힘들여 임시정부를 찾아왔는데, 와 보니까 노인들이 파벌, 지역 싸움이나 벌이고 있으니, 내가 다음에 올 때는 비행기에다 폭탄을 싣고 와서 임시정부부터 폭격하겠다고 선언했어요. 그 영감들 앞에서 그랬으니까 난리가 났죠. 김준엽은 온건한 사람이니까 그건 너무 지나쳤다고 기록하고 있어요.

그런데 이들은 임시정부를 떠나서 시안西安, 그러니까 장안에 있는 미군 OSS에 들어가요. Office of Strategic Service의 약자지요. 전략 기구, 그러니까 미국이 제2차 세계대전에 이기기 위해 비밀 요원을 양성해서 적진에 투입하는 기구였어요. 조선 청년들은 정규군에 앞서 조선에 투입되기 위한 훈련을 하고 있었습니다. 이범석이 대장이고 미군 소령이 있었다고 해요. 이들이 훈련을 받는 도중인 8월 15일, 해방이 되고 말았습니다. 이들은 8월 15일 지나고 며칠 안 뛴 8월 17일 여의도 비행장에 도착했어요. 그런데 일본군이 돌아가라고 했어요. 해방이 되었어도 아직 일본군이 미군에게 통치권을 넘기지 않아 여전히 일본군 통치 아래에 있기 때문에 미군도 아닌 임시정부 나부랭이에게 통치권을 넘길 수 없다는 거지요. 우리가 휘발유를 주마, 떠나라. 그 후 이들이 귀국하는 것은 11월 김구와 함께입니다. 귀국 후에 이들은 김구 밑에서 활동했지만, 김구가 죽고 여러 가지 문제가 있어 장준하는 빠져나옵니다. 김준엽은 귀국을 안 했습니다. 학자가 되겠다 해서 중국 대학에 들어갔어요. 이 사람은 처음부터 학계로 나간 거고 다른 사람들은 돌아와서 다양한 정치 활동을 했습니다.

이병주의 글쓰기

『지리산』을 쓴 이병주는 와세다대학 불문과를 다니다가 학병으로 끌려갔어요. 쑤저우 60사단에서 근무했지요. 해방되고 돌아와 모교 선생을 했어요. 5·16 이후에는 박정희를 욕하는 논설을 200편 써서 감옥에 가요. 정확하게 7년 6개월 징역을 살아요. 그렇게 나와서 쓴 것이 「소설 알렉산드리아」[1965]입니다. 이렇게 소설가가 되어서 「관부연락선」[1968~1970], 「지리산」[1972~1978] 등을 쓰고 그랬습니다. 이런 건 작품이니까 글쓰기에서 제일 중요한 부분입니다.

학병 세대 글쓰기에서 직접적인 체험적 글쓰기가 장준하의 『돌베개』라든가, 김준엽의 『장정』같은 것입니다. 이것은 자기 체험이고 역사적 사실을 기록해 놓은 것입니다. 이것은 그대로 가치가 있고 또 잘 알려져 있고 평가도 되어 있습니다. 그런데 제가 관심을 갖고 있는 것은 이병주과 이가영의 글쓰기입니다. 이병주의 대표작이 「관부연락선」과 「지리산」입니다. 그의 데뷔작이 「소설 알렉산드리아」입니다. 알렉산드리아는 옛날 고대 도시를 가리킵니다. 이병주가 박정희 군사 정권에 대해서 『국제신문』에서 비판 사설을 대단히 심하게 쓰고 몇 년 징역을 살고 나온 직후에 쓴 것이 이 소설입니다.

감옥에 형이 갇혀 있는데 그가 가고 싶은 곳이 알렉산드리아라는 문명 도시입니다. 고대 최대 도서관이 있었던 곳이지요. 그래서 피리 부는 악사인 동생이 대신 갑니다. 형 대신에 선원으로 알렉산드리아에 가서 살면서 거기서 일어난 혁명군들의 반란 속에 휘말려 들어가는 얘기를 적어놓은 것입니다. 이 소설은 1960년대 김승옥이나 이청준의 소설들과는 대단히 다른 낯선 소설입니다. 어떻게 보면 소설도 아니고 어떻게 보면 소설입니다. 무대가 외국으로 되어서 그렇습니다. 우리 소설을 보면 재미가 없죠. 가족사진 찍어 놓은 것처럼 판박이입니다. 그렇지 않아도 지긋지긋한데 소설까지 그럴 필요 없단 말이죠.

그리고는 「관부연락선」을 『월간중앙』에 연재했어요. 이 소설은 현해탄 콤플렉스를 단적으로 드러낸 것입니다. 관부연락선에 대한 역사책도 있습니다. 거기서는 연락선이 언제 생기고 어떻게 변하고, 미해군 잠수함에 의해서 언제 폭파되고, 유학생이니 하는 사람들이 어떻게 드나들고 했는가 하는 것을 상세하게 보여줘요. 그러니까 한일 관계를 상징하는 것이 관부연락선입니다.

소설에서는 유태림이라는 사람이 주인공이고 '나'가 서술자인데, '나'와 유태림은 일본에서 같이 공부한 동창입니다. '나'는 보통 집안 출신이고 머리도 보통이고 고학을 합니다만, 유태림은 굉장한 부잣집 아들이고 머리도 뛰어나고 그래요. 둘이 학병으로 같이 쑤저우 사단에 있었어요. '나'는 실제 이병주 자신이지요. 두 사람 다 탈출을 안 했어요. 노예처럼 가만히 살았어요. 그러니 인간이라고 생각하면 안 된단 말이야. 마구간이나 청소하고, 얻어맞기도 하고 인간 이하의 삶을 살았어요. 조선 사람이라서 그랬던 것은 아닙니다. 일본군이 강했던 것은 하사관이 강했기 때문인데, 군대 내무반이란 게 규율이 그렇게 되어 있었어요. 조선인이니까 억압한다는 건 아니에요. 아닐 겁니다. 이 소설에서 그렇게 다뤄지진 않았어요.

엘리트고, 뛰어나고, 잘나고 한 사람들이 청춘을, 그것도 자기 조국이면 모르겠는데, 조국의 적인 일본을 위해 바치기는 어렵죠. 지식인으로서. 그러니까 인격이고 뭐고 다 버렸단 말이야. 탈출이고 뭐고 안 해. 탈출하면 뭐 해. 그러다 전쟁이 끝났어요. 전쟁이 끝나자, 유태림은 탈출해 버렸어요. '나'는 일본군이니까 포로가 되지요. 다른 자료들을 보면 연합군이 일본 포로를 자기들과 비슷하게 대접했다 해요. 참 이해하기 어렵죠. 그러나 이해하기 어려운 게 아니라 당연하죠. 헤겔에 의하면 당연하죠.

태평양전쟁에서 최악의 전선이 버마 전선이었는데, 버마를 일본군이 지배하고 있고 영국군이 이를 쟁탈하기 위해서 막대한 신식 무기를 가지고 쳐들어옵니다. 콰이강의 다리라는 게 있지요. 버마와 태국 사이에 있는 콰이강에 철교를 놓는 게 그렇게 어려웠어요. 이를 소재로 한 『콰이강의 다리』라는 소설을 쓴 사람은 피에르 불Pierre Boulle이라는 프랑스 작가인데, 이 사람은 실제로 여기서 포로 생활을 했습니다. 같은 제목의 활동사진을 보면, 영국군이 거지 같은 옷을 입고 행진하는 장면이 나오지요. 린 감독이 만든 이 영화는 주인과 노예 변증법을 그리고 있어요. 노예들이 다리를 놓는데, 이들이 설계도를 가지고 있으니까, 거꾸로 수용소 소장 하세가와 대령이 노예가 돼 버리죠. 관계가 역전되지요. 실제로 불은 여기에서 토목 기사로 있었던 사람입니다.

그런데 오증자가 번역한 소설을 보면, 일본군은 영국군 대령을 붙들어서 학대하고 감옥에 쳐놓고 합니다. 그래도 이 대령은 끄떡도 없어요. 이렇게 포로들을 학대하고 아주 못살게 굴고 한 사람이 누구냐. 포로 감시병들이 조선인으로 되어 있어요. 악독한 짓을 하는 것이 "원숭이처럼 생긴 조선인 포로 감시원들"이라고 작가는 쓰고 있어요. 이것은 사실입니다.

조선인으로서 일본군에 들어간 초기 인물 가운데 하나가 염상섭의 형인 염창섭이었어요. 염상섭에 대한 자료를 조사하다 보면 염상섭의 형이 일본군 육군 중위로 나와요. 일본 육사 26기생입니다. 일본 육사 26기생으로 우리나라 사람이 여럿 갔어요. 대한제국이 망하기 전인 1907년입니다. 일본으로 국비 유학을 간 거지요. 일본 육사에서 공부를 하고 돌아오면 대한제국 군인이 됩니다. 그런데 나라가 망해 버렸어. 나라가 망해 버렸으니까 이 사람들은 귀국해야겠지요. 그런데 일본 육군성에서는 "너희들은 귀국하려면 하고, 계속 공부하려면 남아서 공부해라"라고 합니다. 택하란 말이야. 그래서 귀국할 사람은 귀국하고, 졸업해서 일본 장교가 되려는 사람은 그렇게 했단 말이야. 염창섭은 남았습니다. 염상섭의 족보를 보면 무관 집안입니다. 대대로.

일본 육사에서 조선 학생으로서 제일 성적이 좋은 사람이 홍사익이었습니다. 그래서 이 사람은 졸업하자마자 수도 사단에 육군 소위로 갔어요. 염창섭은 수수하게 공부했는지, 교토 16사단에 임관이 됐어요. 교토에 있으면서 동생인 염상섭을 불러서 교토 부립 제2중학에 입학시킵니다. 명문 중학입니다. 우리나라 사람으로서 여기 나온 사람은 염상섭 한 사람밖에 없습니다. 일본군 졸병을 하나 두고 밥해주라 그러고. 제가 염상섭이 살았던 하숙집을 가 봤어요. 지금도 옛날 그대로 있어요. 염상섭은 일본말도 제대로 하고 공부도 제대로 했던 사람입니다.

일본 평론가 야마모토 시치헤이山本七平가 쓴『홍사익 중장의 처형』¹⁹⁸⁶이라는 두꺼운 책이 있어요. 한글로 번역도 되었어요. 홍사익이 대위일 때, 사단장이 그를 붙들어 호텔에 감금하고는 졸병 하나 시중들게 하고 얼음 기둥을 만들어 놓고 너는 공부만 하라고 했어요. 육군 대학에 가라. 육군 대학을 나온 조선인은 그가 유일합니다. 육

대학을 나와야 별을 달 수가 있단 말이야. 그래서 이 사람은 별을 달았어요. 별을 얼마나 달았느냐. 두 개나 달았어요. 중장입니다. 별을 두 개 단 조선 사람이 또 있는데 영친왕 이은입니다. 이 사람은 왕족이니까 그렇게 해준 거고 홍사익은 실력으로 됐습니다.

홍사익이 조선 사람이라는 걸 모르는 사람이 아무도 없고 일본군 누구도 다 아는 거고 이 사람이 실력 있다는 것도 다 알았습니다. 그렇지만 일본군은 이렇게 굉장한 인물도 결국은 사단장을 시키지 않고 일제 말기에는 필리핀 포로수용소 소장으로 임명했어요. 그래서 홍사익은 전범으로 제2차 세계대전 후에 총살당합니다. 조선 사람에 대한 차별 같은 문제가 있었지 않았나 합니다. 포로 감시병을 조선 사람에게 맡기는 경위가 어떤 것인지 모르지만 소설에 그렇게 나와 있습니다.

남태평양 전선에서 밀리니까 일본군은 이제는 버마 전선으로 해서 인도로 쳐들어가자 했어요. 인도 사람 중에 약 만 명이 영국으로부터 해방한다고 일본군에 붙기도 했습니다. 이것도 이해가 가지요. 또 버마는 영국 식민지였죠. 그러니까 영국 세력을 물리치고 독립하려는 버마 독립군들도 있었습니다. 아웅산이 대장이었어요. 이런저런 것을 믿고 일본군 대본영은 인도까지 쳐들어가자 했단 말이에요. 그래서 어마어마한 전투가 벌어졌는데 영국군은 정예 부대에다가 인도 용병 수십만을 거느리고 싸웠어요. 또 버마 독립군도 나중에는 반일로 돌아섰어요. 그래서 일본군이 항복했어. 항복하니까 포로가 됐어.

영국군은 어떻게 했느냐. 박순동 같은 사람들의 버마 참전기를 보면 상세하게 나옵니다. 포로 생활을 통해 실제로 겪었으니까. 영국군이 이런 짓을 했단 말이야. 영국군이 첫 번째, 그리고 두 번째는 일본군. 포로인데도 말이지요. 세 번째가 인도군, 네 번째가 버마군. 이렇게 되어 있어요. 인도군, 버마군은 연합군의 일원입니다. 그런데 그걸 밑으로 내려버리고 말이지요. 일본군의 보급이고 체계고 다 그냥 놔두었어요. 이가형은 이때 진급을 해요. 전쟁이 끝났는데도 진급까지 하고 그래요. 영국은 이런 식으로 처리했어요.

전쟁이 끝났을 때 유태림은 상하이로 뛰어갔는데, '나'라는 사람은 왜 탈출을 안 했는가. 일본군은 연합군의 포로가 되었지만, 체재는 그대로 다 유지되고 있었어요. 그런데 일본군에서는 조선 사람은 가려면 가고, 있으려는 사람은 있으라고 했어요. 그렇지만 포로로 있는 게 제일 안전해요. 여기 가만히 있는 게 제일 좋단 말이야. 이병주는 가만히 있었어요. 유태림은 건방졌는지 답답했는지 모르지만 나가고, '나' 이병주는 가만히 있다가 귀국선을 타고 돌아온 것입니다. 다른 자료들을 봐도 그런 사람이 많았어요. 전쟁이 끝나고 나서 유태림도 '나'도 돌아와 모두 학교 선생을 해요. 그러다가 유태림은 지리산으로 갑니다.

6·25전쟁을 겪고 '나'가 대학교수로 살고 있는데 일본에서 E라는 사람이 편지를 해왔어요. 같은 대학에 다녔던 일본인 동창입니다. 이 사람이 유태림을 찾고 있어요. 그래서 편지를 교환합니다. 유태림은 사실은 6·25동란 때 지리산으로 가서 죽었는지 살았는지 아무도 몰라요. E라는 사람이 유태림을 찾는 이유를 편지에 씁니다. 유태림이 「관부연락선」이라는 기록을 남겼는데 그 기록을 자기가 갖고 있다는 겁니다. 그러니까 유태림이 대학 다닐 때 자료를 모아서

「관부연락선」이라는 수기를 썼어요. 그것을 자기가 갖고 있다. 그래서 연락을 해야겠다는 겁니다. 그러면 유태림이 쓴 「관부연락선」이란 어떤 거냐 하면서 조금씩 이야기가 전개되어 갑니다.

그러면 여기에 들어 있는 핵심 사상이 무엇이냐? 이건 저 같은 사람이 아니면 하기 어려운 겁니다. 그게 뭐냐? 「지리산」도 그렇지만 이병주가 갖고 있는 세대 감각이 있어요. 그게 인민 전선입니다. 인민 전선 사상입니다. 부르디외의 방법을 가지고 하면 가장 설명이 잘 됩니다. 학벌이나 지연이나 하는 것들, 이런 것을 문화 자본이라 합니다. 부르디외는 이것을 계량했어요. 가령 어떤 계층 출신이다, 어떤 학교 출신이다, 어떤 지역 출신이다, 집안이 어떤 상태다 하는 것이 각각 문화 단위입니다. 여기에는 정치권력이나 하는 것들이 침투할 수 없어요. 그런 것들이 자본이란 말이야. 내가 어느 대학을 나왔다 할 것 같으면 이것보다 큰 자본이 어디 있어요. 실제로 살아 나가는 데, 사회생활 하는 데, 문화 자본이라는 것은 돈보다도 훨씬 강한 자본이에요. 프랑스처럼 안정된 사회에서는 문화 자본이 가장 중요한 것입니다. 프랑스처럼 안정된 사회에서는 이것이 계량화될 수 있어요. 과학적으로 객관적으로, 말하자면 계산을 할 수 있다는 것입니다. 이론화할 수 있다는 것입니다. 이것이 부르디외라는 사회학자가 해놓은 대단한 업적입니다. 아비투스라는 것이죠. 이 이론을 가지고 학병 세대를 설명할 수 있습니다. 이 사람들 모두 대학 다닌 사람들이지요. 그러면 이 문화 자본을 어떻게 계산할 수 있느냐.

일본 학제는 소학교 6년, 중학교 5년, 그다음에 고등학교 3년이 있고, 마지막에 대학이 있습니다. 고등학교에 못 가는 사람은 전문학교로 갑니다. 고등학교가 제일 중요한 것인데, 조선엔 고등학교가 하나도 없었어요. 일본 본토에만 고등학교가 있었어요. 제1고, 제2고, 제3고 해서 8고까지 있었어요. 숫자를 붙인 넘버스쿨이지요.

제1고는 도쿄에 있었는데, 우리나라 사람으로 처음 들어간 사람이 주요한입니다. 굉장해, 여기 합격했단 말이야. 그것도 아주 변두리 중학교에서. 메이지학원 중등부가 생긴 이래 처음이었다고 합니다. 이광수도 다닌 학교입니다. 학교만 놀란 게 아닙니다. 주요한이 자기 문집에 이렇게 적어 놨어요. 어느 날 도쿄에서 제일 유명한 양복점에서 양복 맞춰 주러 하숙집을 찾아왔다고. 아직 발표도 안 났는데.

그렇게 대단한 게 제1고, 지금 도쿄대학 교양학부이지요. 그다음이 제2고로 센다이에 있었고, 제3고는 교토, 제4고는 가나자와, 제5고가 구마모토에 있었고, 그 뒤로 오카야마[6]고, 가고시마[7]고, 나고야[8]고까지 총 여덟 개의 넘버스쿨이 있었습니다. 그다음이 지역 이름 따위가 붙은, 그래서 네임스쿨이라 부른 관립, 공립, 사립 고등학교가 있었어요. 오사카고등학교, 야마가타고등학교 같은.

고등학교를 졸업해야 대학에 들어갈 수가 있었는데, 사립에는 예과를 만들어서 여기를 수료한 후 대학에 들어가게 했습니다. 그렇지만 진짜는 고등학교로, 엘리트들은 여기 다 들어갑니다. 여기서 결판이 다 납니다. 그러니 여기 들어가기가 어렵겠지요. 조선인들은 얼마나 더 어려웠겠습니까. 이양하나 권중휘나 하는 사람들은 다 3고에 간 사람들입니다. 엘리트 중의 엘리트만 들어갈 수 있었습니다. 여기 들어가면 제국대학에는 거의 자동으로 들어갑니다. 간단한 시험으로 다 들어갈 수 있었어요. 여기서 받는 교육이 모든 것을 결정하는

데, 여기 나온 사람들은 일정한 자본을 인정받는 것입니다. 이게 이 사람이 살아가는 평생을 결정해 버리는 그런 것이었습니다.

고등학교라는 문화 자본은 시대별로 많이 다릅니다. 학병 세대는 1930년대 말, 1940년대 초에 속합니다. 이때 고등학생들의 사상적인 공통분모가 뭐냐 하면, 그게 인민 전선입니다. 그전까지는 마르크스주의였고 또 그 전으로 올라가면 니시다 철학이라는 식으로 시대에 따라서 세대 감각이 달라집니다. 1920~30년대에 주류가 마르크스주의 아닙니까. 1930~40년대가 인민 전선 사상이고. 그러면 인민 전선이 뭐냐 알아야겠지요. 소설 『지리산』의 빨치산도 인민 전선 사상으로 되어 있습니다.

여러분 『누구를 위해 종은 울리는가』라는 소설을 알지요? 조지 오웰의 『카탈로니아 찬가』, 앙드레 말로의 『희망』, 이런 것들이 다 인민 전선과 관계가 있지요. 마르크스주의가 판을 치던 시대에서 벗어나 파시즘이 등장하니까 파시즘을 어떻게 막느냐 하고 마르크스주의와 서방 세계의 자유주의가 연합한 것이 인민 전선입니다. 원래 둘은 대결 관계에 있었는데 파시즘이 들어오니까, 파시즘에 대해 소련 쪽도 공산주의 쪽도 두려워하고 자유주의 진영에서도 두려워하고 하니까 대결 관계에 있던 자유주의와 공산주의가 연합을 해서 파시즘에 대결할 수밖에 없어요. 이걸 이병주는 회색의 사상이라 표현하고 있어요. 지식인의 사상이란 회색이다. 회색의 사상을 가진 자가 지식인이라는 것이지요.

이들은 공산주의 사상에 물들었던 그 전 사람들과는 대단히 다릅니다. 이현상같은 마르크스주의자들은, 마르크스주의야말로 진짜다,

제일이다 라고 생각했을 겁니다. 그러나 그다음 세대인 학병 세대들은 그렇게 생각하지 않아. 그조차 허위이고 하나의 사상에 지나지 않고 세상에는 다양한 사상이 있다고 생각했지요. 이것이 인민 전선에서, 스페인 내란에서 증명이 되었어요. 그 안에 다양한 사상이 있었으니까. 학병 세대는 여기에 결정적인 영향을 받았습니다.

「지리산」이나 「관부연락선」에는 공산주의에 대한 비판이, 아주 정확한 비판이 많이 있습니다. 공산주의의 약점, 장점 같은 것이 인민 전선 앞에서 다 드러나 버린단 말입니다. 반공이 국시로 되어 있고 연좌제가 엄연한 분단 체제 하에서, 군부 독재 하에서 많은 지식인들이 여기에 환호를 하고 하니까, 이병주의 소설이 베스트셀러가 될 수밖에. 교과서처럼 말이야. 이게 학병 세대의 체험적인 글쓰기에서 나온 한 양상입니다. 이것은 이병주라는 사람의 경우입니다.

물론 학병 출신들 대부분은 정치에 참여하고 군 장성이 되고 그랬습니다. 그리고 군부에 많은 줄을 갖고 있고, 그래서 해방 이후 이들이 나라를 만드는 데 많은 권력을 행사했다는 것은 사실입니다. 그동안 군인들이 통치해 왔고, 이들이 군인 출신, 곧 엘리트 학병 출신이었기 때문이지요. 그렇지만 그건 역사학이나 정치사에서 다룰 문제고 우리는 문학을 문제삼습니다. 그럴 때 이러한 것들은 역사나 정치가 아니라 체험적 글쓰기의 문학적 현상 가운데 하나라고 할 수 있습니다.

이가형의 글쓰기

이 세대와 관련된 문학적 현상이 또 하나 있는데 그것은 이병주의 경우와 대단히 다릅니다. 이것을 마지막으로 강의를 끝맺겠습니다. 이가형의 대표적인 글은 르포 「버마 전선 패잔기」[1964]입니다. 『신동아』라는 잡지에서 일 년에 한 번씩 르포를 공모하고 그랬습니다. 수기 모집이지요. 그 체험기를 모아서 부록에 실었는데, 그중의 하나로 쓰인 것이 「버마 전선 패잔기」입니다. 실제 체험기입니다. 소설이 아니고. 나중에 그것을 29년 만에 소설로 썼어요. 『분노의 강』[1993]입니다.

이가형은 목포 출신입니다. 사실인지 아닌지 잘 모르지만, 자신은 친일파 집안이라고 적어 놨어요. 아버지는 돈을 많이 벌어서 자수성 가하고 부의회 의원이 된 그런 친일파였어요. 그런 집안의 아들입니다. 그런 집안의 아들이니까 공부도 제대로 했겠지요. 누가 머리가 좋다 그러지만, 세상에 머리 안 좋은 사람이 어디 있어요? 어쨌든 그는 제5고에 들어갔어요. 광주서중, 그러니까 광주고보 나와서. 제5고는 구마모토에 있던 명문 학교입니다. 여기서 제국대학에 들어가는 것은 저절로입니다. 여기 마치고 이가형은 도쿄제대 불문과에 들어갔어요. 이병주는 와세다대학 불문과였어요. 불문과 갔다는 건 글쓰기를 생각했다는 것이죠. 이가형도 마찬가지입니다.

그는 불문과 2학년 때 학병으로 끌려갑니다. 버마 전선으로 갔어요. 최악의 전선에. 당시 전쟁에서 태평양 전선, 필리핀 전선과 더불어 가장 중요한 전선이 버마 전선이었어요. 이때는 전쟁 막바지로 패전하기 얼마 전이었죠. 1944년 1월이니까, 한 일 년 지나면 패전하게 되어 있었습니다. 태평양 쪽은 괌을 통해서 미군이 일본 본토를 폭격하고, 필리핀 쪽도 거의 패색이 짙어지기 시작하던 때였어요. 그럴 때 버마 전선만 활성화되어 있었어요.

전쟁 기록을, 전사를 보면 버마 전선은 참 기묘해요. 무다구치 렌야牟田口廉也라는 일본군 중장이 있었는데, 이 사람은 대단히 뛰어난 군인으로 전쟁 초기에 싱가포르를 일거에 점령한 사람이었어요. 자전거를 타고 산을 넘어서 그야말로 전격 작전으로 아시아에서 최고의 힘을 깃고 있는 영국군을 항복시켰어요. 이 사람이 비마 진신을 맡았어요. 버마 전선은 일본군이 인도로 쳐들어가기 위해서 생겨난 전선입니다. 영국군이 재정비해서 정예 부대로 버마 전선으로 공격해 옵니다. 중국 쪽에서는 장제스 군대가 위에서 내려옵니다.

이가형은 용산 부대에 1944년 1월 입대해서 5개월 동안 훈련을 받고 버마 전선에 투입되었어요. 버마 전선에 투입된 부대가 일명 '늑대 사단'인데 이 전선의 생존자가 증언한 바에 따르면 살아남은 사람이 거의 없다고 합니다. 사단은 이만 명 규모입니다. 그런데 살아남은 사람이 거의 없었어요. 그 생존자가 쓴 책이 『작살난 늑대』1954라는 제목으로 되어 있습니다. 늑대 사단 가운데 이가형이 배속된 부대는 산포山砲 부대였습니다. 그러나 이가형이 소속된 부대는 대포 쏘는 부대도 아니고 대포 보조 부대로 대포를 옮기는 동력인 말을 관리하는 부대였죠. 버마에 간 것이 1944년 6월쯤이었는데, 이때 버마 전선에서 일본군은 이미 작살나서 후퇴하는 중이었어요. 여기에 투입됐단 말이야. 그러니까 말이 안 되죠. 일본군 19만 명이 여기에 투입돼서 살아남은 사람이 몇만 명에 지나지 않는다고 기록되어 있어요. 그러니까 얼마나 많이 죽었는지 알 수 있어요.

늦대 사단에서 살아남은 후쿠타니라는 장교가, 『작살난 늑대』를 쓴 사람이, 이가형을 만나러 서울에 오고 그랬어요. 생존한 자기 부대 사람들을 기록하고 죽은 사람들의 영혼을 위로하는 것이 일생의 일이었어요. 그가 이가형을 만나러 온 이유는 「버마 전선 패잔기」를 읽었기 때문입니다. 그의 소개로 NHK가 이 르포를 방송에서 다루기도 했어요. 이 르포에 조선 정신대 여자들 얘기가 생생하게 나오기 때문이지요. 이 글만큼 정신대를 상세하게 다룬 것이 없습니다. 버마 전선에 투입되었던 일본 사람이 쓴 르포도 있는데, 두꺼운 책 한 권인데도 정신대 얘기는 한 줄도 없어요. 그러나 「버마 전선 패잔기」에는 이렇게 많이 들어있단 말이지요. 자기 동네 처녀들이니까. 이걸 어떻게 알았는지 『작살난 늑대』를 쓴 후쿠타니 씨가 NHK에 이걸 소개하고, 또 이가형을 만나러 왔어요. 그런데 이가형이 이 만남을 그냥 가슴에 두고 있다가, 이보다 세월이 훨씬 지난 후에 쓴 소설이 『분노의 강』입니다. 대단히 큰 소설입니다.

이가형은 2002년도에 작고했습니다. 학병에서 귀국해 대학 교수가 됐는데, 이상하게도 영문과 교수를 했습니다. 불문학을 안 하고. 추리 소설을 전문으로 하는 사람입니다. 그래서 추리작가협회 협회장을 지내기도 했습니다. 영문학회 회장도 하고, 국민대학교 교수로 마쳤던 사람입니다. 이분은 학생들에게 일반 영어 가르칠 때도 자기가 교재를 만들어서 가르쳤어요. 거기 보면 전부 추리 소설만 넣어 두었어요.

그가 쓴 논픽션과 픽션을 비교해 보면 무엇이 다르고 무엇이 같은

지 알 수 있습니다. 버마 전선에서 후퇴하면서, 투입되었다가 바로 후퇴해 내려오니까, 이 사람이 가장 괴로워한 일은 조선 학병 세 명과 관련이 있어요. 하나는 가는 도중에 죽었어요. 그래서 유골을 이가형이 갖고 귀국하게 됩니다. 나머지 두 사람은 이가형을 빼고 탈출했어요. 아무 소리도 안 하고. 이가형에게는 이게 제일 견디기 힘든 일이었습니다.

탈출한 두 사람 모두 살아 돌아왔어요. 한 사람, 박순동이라는 사람은 「모멸의 시대」 1965라는 르포를 썼어요. 거기에 왜 자기들만 탈출했는지 상세히 적어 두었어요. 그 점은 이가형의 글을 읽어봐도 짐작이 가요. 이가형은 몸무게가 50 킬로그램밖에 안 될 정도로 체격이 작았어요. 전선에서는 늘 말라리아에 걸리고 해서 거의 다 죽어가는 상태였고 이런 몸을 데리고 탈출했더라면 자기들도 살아남을 수 없다고 생각했다는 겁니다. 이가형의 입장에서는 그렇다고 해서 자기에게 귀띔도 하지 않고 갈 수 있느냐는 거지요.

여기에 두보의 「빈교행」이라는 시가 나옵니다. 탈출한 친구들의 배낭에 남아 있던 것을 이가형이 발견한 거지요. 옛날에는 이 시가 「두시언해」로 교과서에 들어 있었어요. '가난할 때의 친구 사귀기'라는 뜻이지요. 이태백의 시에도 「소년행」이라는 게 있는데, '행'이란 한시의 형식 가운데 하나입니다. 가난할 때의 우정이라는 것이 뭐냐? 가난할 때, 아주 어려울 때 친구를 사귀기가 어렵다. 손을 뒤집듯이 바뀐다는 것입니다.

「버마 전선 패잔기」는 분량이 많지 않습니다만 『분노의 강』은 대단히 큰 소설입니다. 르포가 소설에 전부 녹아 들어가 있어요. 르포에 없는 것도 소설에 수없이 들어 있는데, 그중에 상세한 것은 위안부 조선 처녀들 문제입니다. 또 「빈교행」 문제, 그러니까 자기만 빼고 친구들이 탈출한 일이지요. 나중에 박순동의 기록 같은 것을 다 보고 했으니까, 소설에서는 그 분노가 순화되어 나타나 있어요. 두 글에 똑같은 비중으로 들어 있는 것은 저같은 사람에게는 참 눈물이 나는 그런 장면입니다. 여러분들은 더 눈물을 흘릴지 모르겠네요. 그렇지만 눈물을 흘리면 안 되지요.

전면적 진실과 일면적 진실

올더스 헉슬리라는 사람이 있습니다. 『멋진 신세계』를 쓴. 이 사람은 영국의 거족 가문 출신입니다. 자기 형, 줄리언 헉슬리는 진화론의 대가인데, 자기는 과학자가 못되고 소설쟁이가 됐어요. 왜 그렇냐하면 눈이 나빴어요. 그래서 소설쟁이가 돼 버렸어요. 이 사람에게는 「밤의 음악」이라는 에세이가 있어요. 거기 유명한 대목이 나와요. 시적 진실과 산문적 진실, 즉 전면적 진실과 일면적 진실이라는 부분이에요. 우리가 어떤 작품을 읽고 감동했다면 틀림없이 사기를 당했다는 것입니다. 그것을 알라는 것입니다. 그게 틀렸다는 게 아니라 그건 일면적 진실에 지나지 않는다는 것입니다.

제게는 이게 실감이 나는 일이 있었어요. 옛날에 제가 대학 다닐 때 아세아 극장이라는 개봉 극장이 새로 문을 열었어요. 청계천변에 있었지요. 우리나라 영화를 개봉했는데 〈굴비〉[1963]라는 영화였어요.

이게 어떤 영화냐 하면 전쟁 미망인 영화입니다. 제가 이걸 보고 눈물이 나서 견딜 수가 없었어요. 친구들이 옆에 있는데 울 수도 없고 말이에요. 〈검사와 여선생〉, 〈흐르는 마을〉, 소년 소녀 순정 소설, 이런 걸 보면 눈물이 나죠. 눈물 나게 만들어 놨단 말이야. 그걸 보고 눈물을 안 흘리면 잘못이야. 그런데 감동을 받거들랑 내가 사기당했다는 것을 알아라, 하는 것이 이 사람의 말입니다. 일면적 진실에 지나지 않는다는 것이죠. 그러면 전면적 진실은 어떤 것이냐.

존슨 박사는, 영어사전으로 유명한 영국의 새뮤일 존슨은 이런 말을 했어요. 고전이란 어떤 거냐? 이걸 읽고 나면 내가 밖에 나가서 목을 매달고 싶다고 생각할 만큼 지루한 것이 고전이야. 왜 그렇냐 하면 전면적 진실을 다루어 놨기 때문에. 아무리 비참하게 산 사람이라도 일 년을 회고해 보는 것 같으면 갈빗대가 휠 만큼 감격적인 장면도 있습니다. 그걸 일 년이라는 세월에 펼쳐 놓고 보면 보이지도 않아요. 그 장면만 집어내서 그래도 감동하지 않을 거냐 하는 건 틀린 것은 아니지만 일면적 진실에 지나지 않지요. 이걸 24시간, 1년, 10년 속에 풀어 놓아 보란 말이야. 어디 있는지 보이지도 않는단 말이야. 그게 산문이고 그게 전면적 진실이라는 것입니다.

그 예로 호머를 들었어요. 호메로스라고도 하지요. 『오디세우스』를 썼지요. 오디세우스는 로마 말로는 울릭세스라 하는데, 대단히 꾀가 많은 사람이죠. 신을 속일 정도니까. 이타카 왕인데, 이타카란 양치기를 하는 조그마한 동네로, 말하자면 오디세우스는 그런 마을 동장인 셈이지요. 이런 사람인데 꾀가 대단히 많았어요. 신도 속이니까, 얼마나 머리가 좋은가를 알 수 있죠. 이 사람이 목마를 만들어서 트

로이성을 무너뜨리고, 보화를 배에 싣고 돌아옵니다. 전쟁하는 데 10년, 고향으로 돌아가는 데 10년, 20년이 걸립니다. 지중해를 돌아서 고향으로 가는데 오디세우스에게 모독을 당한 바다신 포세이돈이 노해서 그가 고향에 가는 것을 자꾸 지연시키고 골탕을 먹이고 해서 겨우 자기 혼자 살아서 고향으로 돌아가는 이야기입니다. 페넬로페라는 마누라가 베를 짜면서 기다리고 있습니다.

귀향하는 도중에 물귀신 떼를 만나요. 사이렌 물귀신이 나타나서 선원들을 잡아먹는단 말이야. 그렇지만 오디세우스는 꾀가 많으니까 물귀신 노래를 내가 듣겠단 말이야. 그래서 선원들 귀를 양초로 다 막고 배를 젓게 합니다. 이 일행 가운데 여섯 명이 물귀신에게 잡아 먹힙니다. 그러다 배가 파선되어 기진맥진해서 어떤 섬에 도달했어. 배가 고프니까 또 열심히 사냥해서 아주 맛있게 먹었어. 배가 부르니까 죽은 친구들이 생각난단 말이야. 울어. 한참 울다 보니까 졸음이 와서 잤다. "이들은 섬에 도착해서 식사를 해결하고 죽은 동료들을 애도하고 조용히 잠으로 빠져들었다." 호머가 그렇게 썼어요. 이게 진실이야. 식음을 전폐하고 슬피 운다. 이것은 일면적 진실에 지나지 않고, 아무리 굉장해도 먹어야 돼. 아무리 굉장해도 자야 돼. 이게 대가의 솜씨지요.

카프카라는 사람. 저는 카프카란 사람이 참 대단하다는 생각이 들어요. 한국카프카학회장이었던 박환덕 교수는 카프카를 아무렇게나 읽어서는 안 된다고 합니다. 독일어판으로 읽어서도 안 되고 번역판으로 읽어서도 안 되고, 그가 유대인이란 걸 알고 읽어야 한다고 합니다. 유대교가 뭔지 알고 읽으면 되고, 안 그러면 안 된다고 그래요.

우리가 카프카 읽으려고 유대교까지 공부할 필요는 없지요. 유대인들이 살아가는 지혜에 특별한 무엇이 있는지 그런 거는 잘 모르겠습니다만, 이런 건 생각해 볼 여지가 있습니다. 유대인들이 말하는 "이에는 이, 눈에는 눈"이라는 게 있지요. 그건 똑같이 복수하라는 게 아닙니다. 내가 자동차를 하나 갖고 있어요. 다른 사람이 내 자동차를 발길로 찼어요. 그러면 나는 어떻게 해야 하느냐. 화를 내지 말라는 것입니다. 나도 그 사람의 자동차를 발길로 차고 그걸로 끝내라는 말입니다. 이 말 맞지요. 카프카의 유대교 관련성을 ㄱ 친구는 그렇게 설명합니다.

카프카가 사이렌에 대해 써놓은 게 있어요. 카프카 전집 번역이 있지요. 그걸 읽어보면 사이렌이, 여기 물귀신들이 노래를 절대 부르지 않고 침묵한다고 합니다. 이 사실을 오디세우스도 알고 있어. 신도 속이는 사람이니까, 그걸 꿰뚫어 보지 못할 이치가 없지요. 그러나 그 위기를 돌파하려면, 물귀신을 기절시키려면, 바보 노릇을 하는 겁니다. 물귀신이 노래 부르면 나는 괴롭다는 연기를, 연극을 하는 것입니다. 그러면 침묵하던 물귀신들이 기절할 수밖에. 야, 저놈 참, 하고. 이게 카프카의 해석입니다.

그런데 이것보다 더 굉장한 해석이 있어요. 시오노 나나미라는 일본 여자가 있어요. 저보다 한 살 많은가 그런데, 게이오대를 나온 사람입니다. 이 사람이 학교 다닐 때 게리 쿠퍼가 죽었어. 교수가 출석을 부르니까, 나나미가 안 왔다 그래요. 왜 안 왔느냐 학생들에게 물어보니까, 게리 쿠퍼가 죽어서 안 왔다는 거야. 이 여자는 이탈리아인 의사와 결혼했어요. 아들도 있고 나중에 이혼도 하고 그랬는데,

이탈리아에 귀화해서 살면서 늘 바티칸 도서관에 가서 공부했어요. 한 번은 교황하고 부딪혔어. 교황 옆에 있던 비서가 일본서 공부하러 온 여자고 잡지에 글을 연재하고 있다니까, 교황이 무슨 잡지냐고 물었어요. 『중앙공론』이라는 잡지라고 그럽니다. 중앙공론 잡지라? 그래 좌도 아니고 우도 아닌 중앙이라는 게 있는가? 모르겠습니다. 일본에는 그런 게 있습니다. 그랬다고 합니다.

시오노 나나미가 쓴 로마인 이야기 시리즈는 일본 사람이 좋아하게 되어 있어요. 그렇지만 우리가 좋아할 이유는 별로 없어요. 일본 사람들이 좋아하게 된 이유는, 그쪽 분석에 의하면 미국 때문입니다. 일본 사람이 갖고 있는 가장 큰 콤플렉스가 미국이란 말이야. 팍스 아메리카나 말이죠. 그런데 팍스 아메리카나를 심리적으로 물리치려면, 그것을 욕하려면 어떻게 해야 하느냐. 팍스 로마나가 필요해요. 로마는 천 년을 버텼어요. 제국으로서 로마가 가지고 있는 덕목은 미국과는 비교가 안 돼요. 로마에서 가장 중요한 것은 우정입니다. 아무리 이방인이라도 실력이 있으면 시민으로 받아줘요. 그에 비하면 미국은 아무것도 아니죠. 좀팽이들이란 말이야. 이런 것이 일본인 심리의 내막에 깔려 있어요. 그러니까 로마인 이야기가 마음에 들수밖에. 우리가 덩달아서 그런다는 것은 좀 그렇지요.

그런데 진짜 로마 사람을 남편으로 둔 시오노는 오디세우스를 이렇게 설명해요. 고향까지 가는 데 왜 십 년이나 걸리느냐. 그 이유는 간단해요. 고향에 안 가려고 했다. 고향에 가면 마누라 있지, 자식들 있지, 가서는 양이나 치고 그래야지요. 오디세우스는 양치기나 하는 고향을 떠나서 아가멤논 같은 영웅들하고 굉장한 전쟁을 했어. 이제 전쟁이 끝나서 돌아가야 하지만, 돌아가면 이런 생활이 기다리고 있어. 그래서 어떻게 하면 안 가느냐 하고 빙빙 돌았어. 이게 좀 맞지 않은가 생각이 듭니다.

다시 이기형으로 돌아갑시다. 『분노의 강』에는 그야말로 눈물이 날 정도로 감동적인 장면이 있는데, 전면적 진실을 다루지 않았기 때문이겠지요. 이 사람이 만년에 자기 인생의 가장 아름다웠던, 또는 가장 괴로웠던 이야기를 남겨 놓고 가는 건데, 아마 쓰는 사람은 감동했을 겁니다. 그런데 이게 버마 전선과 연결되어 있습니다. 버마는 밀림 지대고 산악 지대입니다. 여기서 전쟁을 하려면, 비행기가 있으면 모를까 제공권이 없는 일본군은 짐승을 사용할 수밖에 없습니다. 대포고 뭐고 짐승이 싣고 끌고 갈 수밖에 없습니다. 그래서 동원되는 것이 물소입니다. 당나귀와 물소입니다. 그 방법밖에 없어요. 산포 부대인 이가형의 부대가 짐을 싣고 다니려면 짐승이 필요합니다. 개인 짐이라면 쌀 몇 되 정도밖에 안 되니까 문제가 없죠. 게다가 버마는 삼모작이기 때문에 쌀은 얼마든지 있어요. 곳곳에, 집집마다 있으니까 굶는 일은 전혀 없었고, 말라리아 같은 풍토병 때문에 병사들이 죽어 나가요. 설사하다가 말이죠. 여기서 수송을 담당하는 것은 전부 소야. 무기도 싣고. 후퇴할 때도 소, 전진할 때도 소. 여기에 매달릴 수밖에 없어요. 짐을 싣고 가는데 이 소들은 전부 물소란 말이야.

공지영의 소설에 『무소의 뿔처럼 혼자서 가라』[1993]라는 것이 있습니다. 무소의 뿔처럼 혼자서 가라, 이것은 초기 불경인 『수타니파타』에 들어 있는 말입니다. 우리나라에는 세 가지 번역이 있어요. 법정 스님이 한 것이 있고, 석지현 시인이 한 것이 있고 전재성이란 전문가가 한 게 있습니다. 법정 스님이 한 것은 일본판으로 한 것이고 석지현 씨가 한 것은 영어판으로 한 것입니다. 원어인 팔리어에서 한 것은 전재성의 번역입니다. 경전 앞부분에 그 대목이 나옵니다. "소리에 놀라지 않는 사자와 같이, 그물에 걸리지 않는 바람과 같이, 진흙에도 더럽히지 않는 연꽃과 같이 무소의 뿔처럼 혼자서 가라."

공지영의 소설은 지금 읽어봐도 감동적입니다. 신촌에 여대생 세 사람이 있었어요. 이 여대생들이 서른 살까지 사는 얘기를 적어놓은 것입니다. 한 사람은 자살했고 한 사람은 이혼했고 한 사람은 그야말로 바람처럼 삽니다. 초점 서술자는 이혼한 여자입니다. 결혼해서 애를 낳았어요. 자기도 직장에 나가겠다 해서 아이를 돌보지 못하는 사이에 이 애가 죽었어요. 차에 치여서. 그래서 이혼하고 괴로워하고 그럽니다. 이건 누구의 잘못도 아닙니다. 누구의 잘못도 아니라는 것을 계속 써놨어요. 남자도 살 줄을 몰라서 그래. 우리가 태어날 때부터 수영을 할 줄 알면 괜찮아. 그러나 그렇지 못하지요. 물에 뛰어들어서 자기가 배워야 돼. 남편도 살 줄 몰라서 그렇게 된 것이고 '나'도 살 줄 몰라서 그렇게 된 거야. 누구의 잘못도 아니야. 그렇게 써놓은 것이 이 소설인데, 문제는 무소의 뿔처럼 혼자서 가라는 말입니다. 여러분, 무소의 뿔을 본 적 있습니까? 〈동물의 왕국〉 같은 데 무소가 나오지요. 무소의 뿔은 두 개로 되어 있습니다. 혼자서 갈 수 없어요. 그러나 그건 아프리카 무소입니다. 인도의 무소는 안 그래요. 그러니까 무소의 뿔처럼 혼자서 가라는 것이 말이 돼요.

버마 전선에서는 총이고 뭐고 다 필요 없어요. 소가 중요해. 소가 다 해야 되는 것입니다. 소는 어떻게 모느냐. 빨리 갈 때는 소를 잡아

당기고, 늦게 갈 때는 채찍질을 하면서 가겠지요. 그러면 이 소도 피곤하단 말이야. 이 소는 풀이 있으면 뜯어 먹고 물이 있으면 마셔야 되는데 그럴 수 없단 말이에요. 이 무소들도 피곤해요. 적의 비행기가 오고 그러면 천천히 걷는 소를 매질한단 말이야. 매질해도 피곤하면 잘 따르지 않지요. 그러면 어떻게 하느냐? 소 불알을 차요. 수없이 차요. 그러면 소가 펄떡 뛰어서 가고 그럽니다. 이렇게 소와 같이 살았습니다.

그런데 마지막에 강을 만납니다. '분노의 강'이라는 살윈상이 흐르는데 이 강은 자주 범람하는 그런 강입니다. 이 강을 건너서 후퇴해야 하는데 그렇게 정이 들었던 소를 버리고 올 수밖에 없어요. 여기서부터는 소가 필요 없어. 그래서 소를 버렸어. 그런데 소가 가지 않고 이쪽을 처다보고 있어. 병사들도 발길을 옮길 수가 없어. 소와 헤어질 수가 없어요. 소도 헤어질 수 없고. 실제 소가 그랬는지 모르겠는데, 좌우지간 그렇게 적어놨어요. 버마 전선에서는 일본군 정규 사단들도 전부 소에 의존했어요. 짐승에 의존했어요. 이 전선에서는 다른 방도가 없었어요.

이병주의 글쓰기들은 이데올로기 문제입니다. 지식인 문제이고 사상 문제입니다. 공산주의의 장단점을 정확하게 파악했어요. 그것이 인민 전선 사상입니다. 그것이 반공이 국시로 되어 있는 나라의 독서계에 큰 힘이 되고 군부에게는 위협이 되고 했다는 것입니다. 이가형에게는 그런 냄새가 하나도 없어요. 그런 것은 없고 짐승 얘기야. 학병이 아니라도 그럴 수 있느냐? 학병이 아니라도 이런 글을 쓸 수 있느냐? 학병이었기 때문에 이런 것을 쓸 수 있지 않았느냐 생각합니다.

강의를 마치며

마지막으로 여러분에게 당부를 하나 하고 싶은 것이 있습니다. 여태까지 들어주셔서 고맙고, 길을 가다 제가 지나가면 '저 사람 아무개구나'라고 마음속으로라도 생각해 주시면 고맙겠습니다. 또 하나 당부하고 싶은 것은 자기가 하고 싶은 것을 하라는 겁니다. 결정해야 할 일이 생길 때면 머리보다 가슴 쪽으로 가는 것이 후회가 덜 할 겁니다. 우리가 머리를 숙일 데는 절대 없습니다. 하늘과 우리를 낳아 준 부모님 외에는 머리 숙일 때가 절대 없습니다. 고맙습니다.

이 책은 김윤식 선생님께서 2007년 1월 8일에서 11일까지 나흘 동안 네 번의 저녁 시간에 대안적 연구자 집단인 '수유 너머'에서 강연한 내용을, 그 자리에 참석했던 엮은이가 녹취하여 정리한 것이다. 그날을 생각하면 바깥은 무척 추웠다는 것, 입시학원이 떠난 자리를 빌려 들어앉은 해방촌의 '수유 너머'로 가는 길이 무척 가팔랐다는 것이 떠오른다. 더불어 대부분이 '수유 너머'의 구성원이있던 청중들의 뜨거운 반응, 그리고 시시로, 내가 볼 때는 그럴 대목이 아닌데도, 터진 웃음(이라기보다 폭소)이 인상적인 강의였다. 김사량 말대로 "옷밥이 나오"는 이야기도 아닌데도 자발적으로 모인 청중들의 달뜬 호기심과 열기에 선생님께서도 약간 상기되신 듯, 정해진 시간을 훌쩍 넘겨 막차 시간을 걱정해야 할 정도로 강연은 늦은 밤까지 이어졌다.

문자로 된 이 책에는 그 분위기를 온전히 담지 못해 아쉬울 뿐이지만, 지금은 직접 들을 방도가 없는 선생님의 육성을 책의 형태로나마 그것을 접하지 못했던 분들이나 그리워하는 분들에게 전하기 위함이 이 책을 내는 첫 번째 이유이다. 거의 40년동안 이어진 '한국 근(현)대문학의 이해' 강좌는 서울대 및 명지대의 최고 인기 강의 가운데 하나였을 만큼 평소에도 선생님께서는 강의에 힘을 쏟으셨다. 눌변과 달변, 냉소와 정념이 뒤섞인 특유의 말투를 통해 울려오는 한국 근대문학에 대한 박식과 열정에 후학들은 감염되지 않을 수 없었는데, 그 정점에 놓인 '수유 너머' 강의의 생생한 기록을 문자로나마 담아 지금이라도 전달할 수 있게 된 것은 다행이라 하지 않을 수 없다.

이 책을 출간하는 두 번째 이유는 그것이 선생님께서 직접 꾸미신 일이었기 때문이다. 처음부터 책의 출간을 염두에 두셨는지, 강의 중 혹은 후에 그런 생각이 드셨는지는 알 수 없으나, 마지막 4강이 끝난 후 돌아가는 길에 강연록을 출판하자고 제안한 것은 선생님이셨다. 평소부터 문어체의 글만으로는 성에 차지 않은 듯 대화체, 강연체 등 다양한 구어체를 글쓰기에 도입하신 선생님이시기에 어쩌면 새로운 소통 언어에 대한 갈구가 있었을지도 모를 일이다. 이유야 어쨌건 강연을 위한 원고가 아닌 강연 자체를 활자화한 것은 150권이 넘는 선생님의 저서 가운데 이 책이 유일하다. 다만 17년이나 늦게 세상에 나오게 되어 나로서는 송구스럽기 그지없으나, 한편으로는 마음속에 담아 두었던 숙제를 이제라도 완수하게 되어 홀가분하기도 하다.

이 책 출간의 직접적인 계기가 된 것은 서울대 국어교육연구소의 '김윤식 강좌'이다. 서울대 발전기금 '김윤식 학술기금'의 후원으로 중견 연구자에게 연속 강연과 강연록 출간의 기회를 제공하는 '김윤식 강좌'는 올해 3회째를 맞이한다. 그간 서울대 김종철, 카이스트 이상경 선생이 각각 판소리와 여성문학을 주제로 강연했고, 곧이어 문학교육을 주제로 한 서원대 최지현 선생의 강연이 펼쳐진다. 이러한 기획의 출발점에 김윤식 선생님의 강연을 두어 '김윤식 강좌'의 든든한 지반이자 모범으로 삼고자 하는 것이 이 책 출간의 또 다른 이유이다. 이 책을 '김윤식 강좌' 0권이라고 한 까닭이다.

이 강연록은 2000년대 들어 선생님께서 가장 힘들여 공부하신 세 가지 주제, 즉 일제 말기의 이중어 글쓰기, 해방 공간의 민족문학 글쓰기, 학병 세대의 체험적 글쓰기에 관한 것이다. 그러나 그것에 대한 요약이나 해설이라기보다는 그러한 공부의 핵심에 놓인 문제의식을 담고 있다. 거칠게 말하면 헤겔주의자, 근대주의자가 포스트모더니즘을 어떻게 이해하는가가 이 책의 주제라 할 수 있는데, '문학'이라 하지 않고 '글쓰기'라고 하거나, '이광수와 그의 시대'처럼 '시대', '시대 정신'이 아니라 이-푸 투안을 빌어 '공간'이라는 개념으로 이 세 현상을 포착하고자 한 것은 그 때문이다. 이처럼 노학자가 시도한 끊임없는 자기 갱신과 그 내면이 지금 새삼 호소력이 있지 않을까 하는 것이 이 책을 내는 또 다른 이유이다.

마지막으로 강연을 책으로 옮기면서 달라진 부분을 말해두지 않을 수 없다. 이 책은 기본적으로 강연을 충실히 문자로 옮기고자 했다. 그러나 강연은 판서나 몸짓, 침묵 등의 비언어적 표현을 수반하는 고맥락의 언어 표현이기 때문에 이것을 그대로 문자로 옮기면 생략이나 지나친 반복, 오해를 부를 수 있는 표현 등이 생기게 마련이다. 이를 피해 문자만으로도 의미와 분위기를 전달할 수 있도록 내용과 표현을 보충하기도 하고 삭제하기도 했다. 또한 기억에만 의존하여 전달되기 때문에 틀린 정보도 포함될 수 있는데, 이는 모두 바로잡았다. 그리고 단락 구분이나 소제목도 강연에는 없는 것으로 엮은이의 판단에 의한 것이다. 이외에도 자잘한 변동 사항이 있는데, 이런 점들에 오류가 있다면 그것은 전적으로 엮은이의 몫이다. 어쭙잖게 엮은이의 이름을 나란히 적은 것은 그 때문이다.

2024년 8월

엮은이 씀